A ARTE DA GUERRA

Livros do autor na Coleção **L&PM** POCKET:

A arte da guerra
O príncipe

Nicolau Maquiavel

A ARTE DA GUERRA

Tradução e notas de Eugênio Vinci de Moraes

Coleção **L&PM** POCKET, vol. 676

Texto de acordo com a nova ortografia.

Título original: *Dell'arte della guerra*

Primeira edição na Coleção **L&PM** POCKET: fevereiro de 2008
Esta reimpressão: janeiro de 2023

Tradução e notas: Eugênio Vinci de Moraes
Capa: Marco Cena
Introdução: João Carlos Brum Torres
Preparação: Elisângela Rosa dos Santos
Revisão: Lia Cremonese

CIP-Brasil. Catalogação na fonte
Sindicato Nacional dos Editores de Livros, RJ

M136a

Machiavelli, Niccolò, 1469-1527
  A arte da guerra / Nicolau Maquiavel ; tradução e notas Eugênio Vinci de Moraes. – Porto Alegre, RS: L&PM, 2023.
  208p. – (L&PM POCKET; v. 676)

  Tradução de: *Dell'arte della guerra*
  ISBN 978-85-254-1734-3

1. Ciência militar - Obras anteriores a 1800. 2. Guerra – Obras anteriores a 1800. I. Título. II. Série.

08-0109.	CDD: 355
	CDU: 355

© da tradução, L&PM Editores, 2008

Todos os direitos desta edição reservados a L&PM Editores
Rua Comendador Coruja, 314, loja 9 – Floresta – 90.220-180
Porto Alegre – RS – Brasil / Fone: 51.3225.5777

Pedidos & Depto. comercial: vendas@lpm.com.br
Fale conosco: info@lpm.com.br
www.lpm.com.br

Impresso no Brasil
Verão de 2023

SUMÁRIO

Maquiavel e *A Arte da Guerra* – João Carlos Brum Torres / 7

A ARTE DA GUERRA / 19

    Proêmio / 21
    Livro Primeiro / 25
    Livro Segundo / 55
    Livro Terceiro / 94
    Livro Quarto / 119
    Livro Quinto / 135
    Livro Sexto / 154
    Livro Sétimo / 182

MAQUIAVEL E A ARTE DA GUERRA

João Carlos Brum Torres *

Em 29 de agosto de 1512, tropas mercenárias espanholas integrantes da chamada Liga Santa, a soldo de Lorenzo II de Médicis, duque de Urbino, e do Papa Júlio II, derrotaram os florentinos em Prato e puseram fim à breve independência republicana que Florença conquistara em 1494, justamente contra a Casa de Médicis. Na ocasião, Maquiavel, secretário da Chancelaria da República de Florença, um dos grandes notáveis da cidade, foi preso, torturado e, finalmente, em 4 de abril de 1513, liberado, tendo então se retirado para sua propriedade de Sant'Andrea in Percussina, comuna de San Casciano, em Val di Pesa, na Toscana.

Foi nos anos desse retiro forçado – que se estendeu de 1513 a 1520 – que Maquiavel escreveu as suas três grandes obras teóricas: *O Príncipe* (1513), *Comentários sobre a Primeira Década de Tito Lívio* (1513-1521) e *A Arte da Guerra* (1519-1520).

Comentando sua rotina nesse período de vida privada e de criação – cujos dias eram dedicados ou ao trato dos assuntos de sua propriedade ou a charlas e carteados na hospedaria do lugar –, Maquiavel dá uma ideia viva da intensidade de sua vida intelectual ao relatar o que se passava consigo à noite, ao adentrar na solidão de seu escritório:

> no umbral me despojo da indumentária cotidiana, suja e embarrada, e me ponho em roupas régias e curiais, e, vestido assim dignamente, entro nas antigas cortes dos homens antigos, onde, queridamente acolhido, me alimento dessa comida que "solum" me pertence e para a qual nasci (....).[1]

---

* João Carlos Brum Torres é professor, doutor em Ciência Política e autor do livro *Transcendentalismo e dialética* (L&PM, 2005).

1. *Apud* Federico Chabod. *Escritos sobre Maquiavelo*. México: Fondo de Cultura Econômica, 1994, p. 216.

A metáfora das vestes talares e desses *alimentos refinados e exclusivos* remete manifestamente às lições dos grandes clássicos antigos, sobretudo dos historiadores e muito especialmente de Tito Lívio, sob cuja inspiração foram escritos os *Discorsi*[2] e que tinham como iguaria especialmente distinguida para o gosto de Maquiavel os temas políticos e militares. O sentido da distinção, da distinção pessoal, é manifesto nessa passagem, onde se percebe bem que o homem que milita para igualar-se aos comuns na faina diária sabe bem do caráter excepcional de sua vida e de sua obra.

A propósito da ideia que Maquiavel tinha de si mesmo, da importância do que estava a fazer nessas noites de meditação e estudo, Leo Strauss, louvado na frase de abertura da Introdução aos *Discorsi* – frase em que Maquiavel diz que a inveja dos homens tornou o "descobrimento de novos métodos e sistemas tão perigoso quanto a descoberta de terras e mares desconhecidos"[3] –, vai ao ponto de dizer que "Maquiavel apresenta a si mesmo como um outro Colombo"[4]. Autoavaliação que é, aliás, endossada pelo mesmo Strauss em outro livro, onde se lê:

> Foi Maquiavel, maior do que Cristóvão Colombo, que descobriu o continente sobre o qual Hobbes pôde edificar sua doutrina.[5]

Por certo, essa avaliação excepcional justifica-se primeiramente pela importância ímpar de *O Príncipe* na história do pensamento político ocidental, obra singularíssima, incomparável quer com os demais casos do gênero em que parece

---

2. *Discorsi* é a maneira breve de fazer referência à obra de Maquiavel intitulada *Discorsi sobre la prima deca de Tito Livio*, cuja primeira edição foi feita em Roma, em 1531, por Antonio Blado.
3. V. Maquiavel. *Comentários sobre a Primeira Década de Tito Lívio*. Trad. de Sérgio F.G. Bath. Brasília: Universidade de Brasília, 1982, 2ª ed. p. 17.
4. V. Leo Strauss. *Thoughts on Machiavelli*. Chicago University Press, 1958, p. 85.
5. In *Direito Natural e História*, na tradução francesa de Monique Nathan e Éric de Dampierre, publicada por Plon, Paris, 1954, p. 192.

à primeira vista classificar-se – o dos chamados *espelhos do Príncipe*[6] –, quer com as grandes obras de filosofia política da Antiguidade clássica, quer, enfim, com a grande tradição contratualista que, a partir do século XVII, viria a constituir-se como o *main stream* da filosofia política. Contudo, não obstante o destaque que é preciso reconhecer a essa obra maior, não há como deixar de ver que tanto os *Comentários* quanto *A arte da guerra* integram e compõem o núcleo do pensamento maquiaveliano sobre a política, formando um tríptico formidável e quase indissociável.

Se nos indagarmos sobre a origem, sobre os fatores que ensejaram o surgimento desse pensamento radicalmente inovador – e admitindo embora que as obras de gênio tenham no caráter surpreendente e desconcertante de sua aparição justamente um de seus sinais mais característicos –, parece muito razoável pensar que pelo menos parte da extraordinária singularidade de pensamento de Maquiavel resulta do encontro de uma aguda inteligência política com a enorme instabilidade que caracterizava a vida institucional da Itália de seu tempo e que contrastava muito com a unidade política multissecularmente estabelecida, própria das monarquias hereditárias de França, Inglaterra e Espanha. A sugestão é, pois, a de que foi o espetáculo recorrente das hegemonias duramente conquistadas e logo perdidas, das disputas cruas de poder, das divisões agudas entre os compatriotas e da insegurança permanente, peculiar às circunstâncias italianas, o que despertou o intenso interesse de Maquiavel pela ação e pela intriga política e que,

---

6. Gênero literário típico da Idade Média, cujas obras tinham como objetivo principal influenciar os governantes na direção da virtude privada e da responsabilidade e justiça públicas, questão absolutamente crítica em uma época em que o poder monárquico não se encontrava submetido a quaisquer limitações formais e na qual, como diz Bernard Guenée, "o único obstáculo prático à tirania é o horror (...) à tirania". V. Bernard Guenée, *O Ocidente nos séculos XIV e XV (Os Estados)*, tradução de Luiza Maria F. Rodrigues, Livraria Pioneira Editora/Editora da Universidade de São Paulo, 1971, p. 133. Cf. Jacques Krynen, *Idéal du Prince et pouvoir royal en France à la fin du Moyen Âge (1380-1440) – Étude de la literature politique du temps*, Éditions A. Et J. Picard, Paris, 1981, p. 52, nota 4.

assim, fez com que o foco de sua fina inteligência se concentrasse, ineditamente, sobre o fenômeno do poder político tomado em estado puro.

Seja como for, o traço essencial e distintivo do labor analítico maquiaveliano consistiu justamente no *isolamento* do fenômeno do poder. Esse passo teórico exigiu, no entanto, não apenas, como se acabou de sugerir, que Maquiavel assentasse o foco de sua análise na iniciativa, na ação e na disputa política, mas requereu também que, metodologicamente, ele se mantivesse rigidamente a distância seja da doutrina do príncipe virtuoso, própria dos ditos *espelhos do Príncipe*, seja da ideia de construção de cidades ideais e justas, própria dos filósofos políticos da Antiguidade clássica, seja ainda do desafio moderno de estabelecer fundacionalmente a legitimidade do poder político. O que é também dizer que Maquiavel só se tornou Maquiavel, só pôde fazer-se o pensador da política pura na medida em que se recusou, terminantemente, a tratar da política e das questões políticas como questões éticas.

No presente contexto, o que interessa destacar é, porém, que o extremado realismo que decorre desta concentração da atenção no fenômeno político puro – nu e cru se assim se pode dizer – não poderia deixar de acarretar também uma atenção privilegiada ao fenômeno militar, à presença sempre maximamente próxima do exercício da força e da violência como dimensões incontornáveis da conquista, da manutenção e da preservação do poder político.

Tanto no *Príncipe* quanto nos *Comentários*, Maquiavel já tratara dessa relação essencial entre o poder e a força, sendo inúmeras as referências à expressão concreta dessa dimensão da vida política: a guerra externa ou interna e as forças armadas, que são os instrumentos de sua efetivação e das quais depende, queira-se ou não, o desfecho dos conflitos cruentos. No entanto, foi como se o tratamento conceitual desse ponto nessas duas obras ainda não bastasse e como se Maquiavel, insatisfeito com o modo ainda incidental com que a questão militar é tratada no *Príncipe* e nos *Discorsi*, se visse compelido a retomar esse ponto essencial de modo mais sistemático e aprofundado, com a concentração absoluta e a tenacidade analítica que lhe são peculiares[7].

A justificativa expressa para esse desdobramento do pensamento maquiaveliano e, assim, do trânsito das obras políticas ao tratado de estratégia militar, a encontramos já na abertura de *A Arte da Guerra*, quando Maquiavel observa que, embora comumente se pense que "não há nada menos afim entre si, nem tão dessemelhante quanto a vida civil da militar", a verdade é que, se levarmos em consideração as imprescritíveis lições dos antigos, devemos nos dar conta que "não se encontrariam coisas mais unidas, mais afins e que, necessariamente mais se amassem uma a outra" do que essas, pois tudo o que se fizer com vistas ao bem comum de uma cidade será vão "se suas defesas não forem bem-preparadas." O que é dizer que para Maquiavel o cuidado com a segurança é central e crítico para a vida civil, de sorte que, deixado de lado, a consequência inevitável será a ruína das cidades imprudentes, das que não entenderam que Marte, o deus da guerra, é também – reconheça-se isso ou não – o deus da polis.

É exatamente daí que vem, pois, a ideia de que um povo e uma cidade livres são uma cidade e um povo armados, tese essencial, que, tida por Maquiavel como uma verdade tão insofismável quanto negligenciada, o levou à escrita deste *A Arte da Guerra* – o notável livro que ora a editora L&PM oferece em primorosa tradução aos leitores brasileiros.

*****

A Arte da Guerra é um tratado de estratégia militar, desdobrado de maneira sistemática e com minúcia obsessiva, a despeito de que formalmente se apresente como um diálogo, como uma conversação aprazível entre homens experientes e cultivados, desfrutando a sombra e as comodidades do jardim da casa de um dos personagens: o palácio Rucellai em Florença. Os personagens, curiosamente, Maquiavel os forma e nomina como contemporâneos seus, notadamente o coman-

---

7. Cf. Chabod, op. cit., 226.

dante Fabrizio Collona, em cujas falas coloca seu pensamento, e que é secundado na tertúlia por outras pessoas também muito reais, como são Cosimo Rucellai – o anfitrião – e Battista della Palla, Zanobi Buondelmonte e Luigi Alemanni – jovens amigos de Rucellai, que, diz Maquiavel, eram homens de qualidade e amantes dos estudos.

Do ponto de vista metodológico, o pressuposto e a tese principal do livro é que se deve pensar a problemática militar dos modernos à luz das lições dos antigos, notadamente dos romanos, os quais, como ninguém, foram capazes de organizar-se militarmente.

Quanto à estrutura, do ponto de vista de seu arranjo interno, a obra é dividida em sete livros, como segue.

O primeiro é dedicado a defender a tese de que o que Maquiavel chama de *deletto* – e que em português se diz *leva*, isto é, o recrutamento forçado que serve de base para a triagem dos melhores soldados –, feito entre os súditos, ou entre os nacionais, como se poderia dizer, um tanto anacronicamente, é a melhor forma de se obter um exército confiável, por oposição aos então frequentes apelos a tropas mercenárias. Manifestamente a preocupação dessa primeira parte é a de introduzir o princípio de que um exército nacional, comprometido com a defesa direta do território do qual se origina o grosso da tropa e das pessoas que lhe são próximas, é a forma ideal de enfrentar o desafio de ter um povo capaz de defender a si mesmo. Mas essa lição geral não é tudo, e Maquiavel logo se lança ao exame dos aspectos particulares do tema, discutindo minudentemente os critérios da convocação e da escolha dos que podem e devem ser chamados utilmente às tarefas de guerra.

O segundo livro toma como fio condutor os exércitos antigos e se detém no exame comparativo do que hoje chamamos as armas, sobretudo a infantaria, que é posta longamente em contraste com a cavalaria. A posição de Maquiavel, que é apresentada como uma recuperação da experiência dos romanos, é que a infantaria deve preceder, de longe, a cavalaria, a qual competem funções ancilares, ainda que, complementarmente, muito úteis. A discussão, porém, vai adiante, passando a cotejar os modos de armar as infantarias. A infantaria pesada – que, lembra repetidamente Maquiavel, compunha a parte central das legiões romanas – é comparada então tanto com as infantarias ligeiras, os chamados *vélites*, quanto com o, à época, moderno padrão suíço de armamento dos infantes, baseado essencialmente no pique, a lança longa que ganhou fama como a arma preferida dos mercenários helvéticos. Sua conclusão é que nada é mais efetivo do que o armamento da infantaria pesada, que, além de poder suportar os ataques das tropas montadas, é defensivamente muito superior aos infantes suíços, os quais, a despeito de que muito eficazes no combate contra os cavaleiros, porque desprovidos de armaduras, no combate corpo a corpo não têm como enfrentar soldados armados à romana, protegidos por escudo, couraça e casco. Antes de concluir o livro, Maquiavel abre ainda uma nova e importante frente de discussão, voltada à análise e à avaliação das formações de batalha, detendo-se então, extensamente, tanto no exame dos formatos que é possível adotar para colocar o exército em ação – se em quadrado, se em cunha ou corno, se abrindo uma praça ao meio de flancos adiantados –, quanto na avaliação do modo como convém dispor as diferentes armas do exército – a saber: cavaleiros, piqueiros, infantaria ligeira e o corpo central da infantaria pesada – nas situações de combate.

O terceiro livro segue com o mesmo tema e detalha, por assim dizer dinamicamente, como é possível ordenar as diferentes partes da tropa e como se deve articular o movimento delas de modo a assegurar que as perdas sejam repostas o mais rápido possível, de modo a preservar a formação de combate. Aqui as comparações com os antigos se multiplicam, e Maquiavel se alonga no trato do que julga serem condições indispensáveis para o êxito militar: primeiramente, a necessidade de treinamento intensivo e a repetição frequente dos exercícios pelos corpos de guerra; em segundo lugar a orientação e a disciplina operacional que devem ser seguidas pela cadeia de comando nos diferentes níveis de orientação e condução dos embates. O livro trata ainda da artilharia e do modo de enfrentá-la, seja pela obtenção de proteção, seja pela ação de atacá-la diretamente, ainda que a Maquiavel pareça que essa arma seja por demais pesada, inflexível, causando inevitavelmente problemas de coordenação com o restante do exército.

No quarto livro, Maquiavel dedica-se a explorar as condutas a serem escolhidas nas diferentes situações de combate, sejam as referentes às circunstâncias de terreno, às condições climáticas ou ao tamanho e ao perfil das forças em confronto. Maquiavel então chama a atenção sobre a importância de bem colocar-se com relação ao sol, sobre a conveniência de escolher o posicionamento no terreno, levando em conta se o inimigo é mais ou menos numeroso do que a tropa de que se dispõe, sobre os ardis que é possível engendrar para ludibriar as forças inimigas, questões todas que a obra trata à luz principalmente da experiência histórica antiga, notadamente a dos grandes generais romanos, ainda que também exemplos mais recentes sejam mencionados. Antes de encerrar-se, o livro quarto trata ainda das condições por assim dizer subjetivas dos confrontos, da determinação dos soldados de uma e outra parte, assim como dos mecanismos de que se devem valer os comandantes para manter e elevar o moral de seus comandados, inclusive na eventualidade das situações de inferioridade e das retiradas.

O quinto livro volta a tratar da disposição das forças no terreno, do trabalho dos batedores, dos ritmos de marcha, da escolha das linhas de ataque – tanto as frontais quanto as que avançam pelos flancos –, do modo de proteger a intendência, do enfrentamento dos acidentes geográficos, como a travessia dos rios, dos estímulos que as autorizações de saque podem representar para a animação dos soldados, da importância de não perseguir inutilmente inimigos em fuga e, novamente, das inúmeras lições que se pode tirar sobre esses e outros pontos do conhecimento das estratégias de batalha dos generais da Antiguidade, como é o caso, para dar somente um exemplo, da campanha de César contra Vercingetorix, ou ainda da de Marco Antônio contra os partos.

O sexto livro volta-se principalmente ao que se poderia chamar de o urbanismo militar, da forma de organizar os acampamentos, dos formatos do aquartelamento, dos espaços que convém manter entre os corpos armados, da posição que deve ocupar o quartel-general, do sistema das guardas e do modo de distribuir as provisões, assim como, antes disso, da escolha dos lugares de assentamento. Neste caso, Maquiavel nota a força extraordinária dos exércitos romanos que por assim dizer dobravam e submetiam os terrenos à sua conveniência, mediante a fortificação dos acampamentos e o rigor das vigilâncias, por oposição às condutas mais tradicionais, dos gregos, por exemplo, que procuravam aquartelar-se se aproveitando de sítios mais protegidos e, por isso, facilitadores da defesa. É aqui também que Maquiavel trata da disciplina do exército e das maneiras de assegurá-la, assim como do modo de enfrentar as sedições quando essas se impõem incontornavelmente.

O sétimo e último livro, enfim, começa tratando das fortificações e dos instrumentos de assalto, das artilharias de que era possível dispor antes da existência e da disseminação dos grandes canhões – que viriam a constituir, nos tempos vindouros, o essencial dessa a partir de então renovada e decisiva arma. O estudo dos cercos e sítios, seja do ponto de vista ofensivo, seja do defensivo, ocupa então longamente Maquiavel, que, nesse caso também, apoia-se extensamente nas experiência dos antigos. Novamente a importância do comando, o papel crucial da liderança, da firmeza e da inteligência dos comandantes é enfaticamente ressaltado.

A parte final do livro faz uma avaliação da capacidade militar dos contemporâneos, elogiando espanhóis e suíços, criticando italianos. De uma maneira geral, a conclusão dessas comparações será então a de que a *arte da guerra* dos antigos continuava insuperada e de que é na adoção de seu exemplo, na aplicação de suas lições, que reside a melhor orientação para o estabelecimento de uma força militar que, nos novos tempos modernos, e muito especificamente na Itália, seja capaz de efetivamente atender às necessidades dos sempre inevitavelmente presentes conflitos bélicos de grande escala.

*****

Começamos esta apresentação enfatizando o fato de que se deve ver a atenção prestada por Maquiavel às questões de estratégia militar como uma consequência natural e necessária de seu interesse maior em analisar e entender de maneira realista e focada o fenômeno puro do poder.

No entanto, se agora, bem-ponderadas as coisas, novamente nos perguntarmos sobre o sentido, sobre a posição de *A Arte da Guerra* na economia geral da obra maquiaveliana, convém revisar essa primeira avaliação, não para negar o que há nela de coerente e certo, mas antes para visualizar as relações internas às grandes obras de Maquiavel de maneira menos abstrata.

De fato, para concluir esta breve apresentação, convém lembrar que, muito embora a grandeza e o prestígio incomparável de Maquiavel se derivem em grande e decisiva medida de seu inédito modo de isolar o fenômeno do poder e de analisá-lo imanentemente, sem as distorções que a associação das questões de poder às questões éticas não pode deixar de acarretar, não é menos verdade que a obra do florentino é também, em uma outra dimensão, *a obra do patriota*. Quer dizer: é também a obra do cidadão de Florença que não se conforma com a impotência e a decadência italianas, com a ausência de um Estado nacional e com as humilhações que daí decorrem: mais do que tudo, a submissão repetida das questões italianas à influência e à vontade das grandes potências, notadamente Espanha e França.

Nesse registro, a articulação de *A Arte da Guerra* com o restante da obra maquiaveliana deve se fazer por meio do último capítulo de *O Príncipe*, o lugar em que naquela obra abstrata e universalista emerge, com inusitada paixão, o sentimento patriótico de Maquiavel e sua esperança de que a Itália possa ser palco de um segundo renascimento, do renascimento de si mesma como unidade e potência política.

Com efeito, ali, no fechamento de *O Príncipe*, no momento da pregação da imperiosa necessidade de surgimento do príncipe novo, da desesperada necessidade de constituição de o que poderia e deveria ser o instrumento da redenção italiana, a premência da questão militar emergia com enorme dramaticidade.

Dificilmente poderia ser diferente, uma vez que na origem da desgraça italiana – na raiz desse estado *de maior escravidão do que a dos hebreus, de maior servidão do que a dos persas, de maior dispersão do que a dos atenienses antes de Teseu; de carência de chefe, de ordem; dessa humilhante situação de abatimento, de espoliação, de dilaceramento, de invasão e esbulho*[8] – se encontra justamente a combinação perversa de pequenez política e impotência militar.

Em circunstâncias como essas, dizia ali Maquiavel, não há como deixar de evocar as palavras de Tito Lívio consoante as quais:

> Justas, pois, são as guerras necessárias, e piedosas as armas quando só nelas há esperança.[9]

À luz, pois, dessas páginas finais do *Príncipe*, percebe-se bem que *A Arte da Guerra* não foi obra que tenha sido escrita somente para dar satisfação à necessidade teórica de completar o estudo da política com o estudo, em tudo afim e complementar, da estratégia militar. Não. Malgrado as aparências, *A Arte da Guerra* precisa ser entendida como obra engajada, a ser lida como mais uma tentativa de Maquiavel de oferecer ao povo italiano uma lição apta a devolvê-lo a si mesmo, apta a, ao mesmo tempo, mostrar-lhe, sem tibieza nem tergiversação, tanto sua fragilidade e impotência quanto os caminhos necessários para superar ambas.

Nessa lição, indissociável do projeto de uma luta emancipadora, *A Arte da Guerra* é um instrumento indispensável porque, como ensina o capítulo XXVI de *O Príncipe*, a Itália está ainda à espera do seu Moisés, do seu Ciro, do seu Teseu, e a obra unificadora e fundadora da nova identidade italiana não poderá ser levada a termo senão por meio da ação decidida e da disposição aos sacrifícios maiores que são próprios

---

8. Cf. Maquiavel. *O Príncipe*. Edição bilíngue, organizada por José Antônio Martins, também tradutor da obra, São Paulo: Hedra, 2007, p. 243.

9. Id., p.245 e nota 193, p.270.

de toda guerra, inclusive das de libertação. Para isso, pensava Maquiavel, preparar-se para a guerra, conhecer-lhe a arte, ser capaz de dominá-la e levá-la a bom termo era uma prioridade indiscutível.

Nestes nossos tempos, em que a consciência do horror da guerra domina entre os homens esclarecidos e de boa vontade, o declarado belicismo do florentino pode parecer, e é, chocante. Lastimavelmente, porém, a ideia de uma paz perpétua e universal continua a ser apenas uma ideia, de modo que ainda não é em nosso tempo que se poderá abandonar definitivamente a preocupação com as relações políticas conflituosas e com a eventualidade dos conflitos cruentos. É para a reflexão sobre essas eventualidades indesejadas, mas que teimam em não sair do horizonte, que o livro ora publicado pode, realística e utilmente, contribuir.

Dezembro de 2007.

A ARTE DA GUERRA

Nota do Tradutor

Para esta tradução, utilizamos a edição das obras completas de Maquiavel organizadas por Francesco Flora e Carlos Cordie (*Tutte le opere di Niccolò Machiavelli*. Milão: Arnoldo Mondadori, 1949, v. 2). Serviram-nos de apoio a tradução mexicana *El arte de la guerra* (México: Ediciones Leyenda, 2005) e as traduções nacionais desta obra, em especial a da editora Martins Fontes, a cargo de Patrícia Fontoura Aranovich (*A arte da guerra*. São Paulo: Martins Fontes, 2006).

PROÊMIO

DE NICOLAU MAQUIAVEL,
CIDADÃO E SECRETÁRIO FLORENTINO
SOBRE O LIVRO *A ARTE DA GUERRA*
PARA LORENZO DI FILIPPO STROZZI[1],
PATRÍCIO FLORENTINO

Muitos, Lorenzo, sustentaram e sustentam esta opinião: que não há nada menos afim entre si, nem tão dessemelhante, quanto a vida civil da militar. Donde se vê, com frequência, aquele que se dispõe a servir às armas logo mudar não só os hábitos como também as maneiras civis – as roupas, os costumes, a voz e a aparência; porque não se pode crer que alguém que esteja disposto e preparado para agir violentamente vista um traje civil; nem vestes e hábitos civis pode usar aquele que julgue essas vestes efeminadas e esses hábitos inapropriados às suas ações. Tampouco parece conveniente manter a aparência e o discurso comuns quem com barba e imprecações quer amedrontar os homens. O que torna tal opinião, nos dias de hoje, muito verdadeira. Mas se considerássemos as antigas ordenações, não se encontrariam coisas mais unidas, mais afins e que, necessariamente, se amassem mais uma à outra do que essas, pois todas as artes que se ordenam em uma cidade tendo em vista o bem comum, todas as ordenações criadas para que se viva com temor às leis e a Deus, isso tudo seria vão se suas defesas não fossem preparadas; defesas que, bem-ordenadas, mantêm essas coisas, mesmo que estas não estejam bem-ordenadas. Assim, pelo contrário, sem o apoio militar, as boas ordenações desordenam-se tal qual os cômodos de um soberbo e majestoso palácio, ainda que ornamentados por pedras preciosas e ouro, quando, sem serem recobertos, não

---

1. Filho de Filippo Strozzi, amigo e protetor de Maquiavel, Lorenzo Strozzi foi quem o levou para a casa da família Médicis. (N.T.)

têm nada que os proteja da chuva. E, se em quaisquer outras formas de ordenação das cidades e dos reinos usava-se todo o tipo de diligência para manter os homens fiéis, em paz e tementes a Deus, na milícia isso se duplicava, pois em que gênero de homem deve-se procurar a maior fé na pátria senão naquele que prometeu morrer por ela? Em quem deve ser maior o amor à paz senão naquele que só pela guerra pode ser ofendido? Em quem deve ser maior o temor a Deus senão naquele que todo dia, submetendo-se a infinitos perigos, tem mais necessidade de Seus préstimos? Considerada bem essa necessidade por aqueles que faziam as leis dos impérios e por aqueles que se dedicavam aos exercícios militares, a vida dos soldados era louvada pelos outros homens e, com muito estudo, seguida e imitada. Mas, por terem se corrompido completamente as ordenações militares e há muito tempo estarmos separados dos antigos hábitos, nasceram estas opiniões infundadas, que fazem odiar as milícias e evitar o diálogo com seus integrantes. Por tudo o que vi e li,[2] e julgando não ser impossível reconduzi-las aos antigos costumes e restituí-las de alguma forma à antiga *virtù*,[3] deliberei, para não passar em branco esse meu período de ociosidade, escrever, para a satisfação daqueles que amam as ações dos antigos, sobre aquilo que entendo da arte da guerra. Embora seja coisa arriscada tratar de uma matéria da qual outros fizeram profissão, não acredito ser errado ocupar com palavras um posto que muitos, com maior presunção, com obras o ocuparam, porque os erros que eu venha a cometer escrevendo podem ser corrigidos sem dano algum, mas os que são cometidos pela ação não o podem ser, pois só são conhecidos com a ruína dos impérios.

---

2. Maquiavel refere-se aqui aos autores antigos como Tito Lívio, Plutarco e Xenofonte, entre outros, dos quais retira exemplos e argumentos para o seu *A arte da guerra*. (N.T.)

3. Preferimos manter *virtù* no original, pois sua tradução por "virtude", em português, não corresponde ao sentido empregado por Maquiavel. A *virtù* maquiaveliana não se define por qualidades morais permanentes, como sabedoria, prudência etc., mas sim por qualidades variáveis de acordo com as circunstâncias e a ocasião, as quais fazem um príncipe agir deste ou daquele modo em vista manutenção do estado. (N.T.)

Vós, Lorenzo, considerareis, portanto, os méritos destes meus labores e dareis a eles, com o vosso juízo, a vossa reprovação ou aprovação que venham a merecer. Labores que vos envio tanto para demonstrar a minha gratidão, ainda que sejam mínimas as minhas possibilidades diante dos benefícios que recebi de vós, quanto porque, sendo de costume honrar, com obras como esta, aqueles que por nobreza, riqueza, engenho e liberalidade resplendem, sei existirem somente alguns com vossa nobreza e riqueza, poucos com vosso engenho e ninguém com vossa liberalidade.

LIVRO PRIMEIRO

Porque acredito que se possa louvar, sem ônus, os homens depois da morte, estando ausentes quaisquer razões ou suspeitas de adulação, não hesitarei em louvar nosso Cosimo Rucellai,[4] de cujo nome me recordo em lágrimas, tendo conhecido nele as qualidades que se podem desejar encontrar num bom amigo e no cidadão de sua pátria. E não sei de nada que fosse seu (nem mesmo sua alma) que não tivesse sido de bom grado dispensado aos amigos; não sei de empresa de que tivesse se acovardado quando reconhecesse nela o bem de sua pátria. Confesso francamente não existir, comparado aos vários homens que conheci e com quem tratei, homem no qual fosse mais aceso o espírito para as coisas superiores e magníficas. E só se lamentou com os amigos, ao morrer, o fato de ter nascido para morrer jovem, ainda em sua casa, sem honra, sem ter conseguido segundo sua vontade trazer alegria aos outros, porque sabia que sobre ele não seria possível dizer nada a não ser que um bom amigo havia morrido. Isso não significa, porém, que nós e todos aqueles que como nós o conheceram não possamos dar fé (uma vez que as obras não aparecem) das suas eminentes qualidades. Verdade seja dita: a fortuna não lhe foi tão adversa que não lhe deixasse alguma breve recordação da destreza de seu engenho, como demonstram alguns de seus escritos e poemas de amor em que (embora não estivesse

---

4. Cosimo Rucellai falecera 25 anos antes, em 1519. Maquiavel dedicou os *Discorsi* (*Comentários sobre a primeira década de Tito Lívio*) a ele e a Zanobi Buondelmonti, a quem se referirá mais adiante. (N.T.)

apaixonado) se exercitava na juventude, em que claramente se pode compreender a grande felicidade com que descrevia seus conceitos e quanto êxito poderia ter alcançado na arte poética, se a ela tivesse se dedicado firmemente. Tendo sido privado, pela fortuna, do convívio desse grande amigo, não encontro outro remédio, dentro daquilo que está a nosso alcance, a não ser celebrar sua memória e reproduzir algo que tenha feito ou agudamente dito ou sabiamente discutido. E como não há coisa mais recente a seu respeito do que o diálogo que há pouco tempo o cavaleiro Fabrizio Colonna[5] teve com ele nas dependências do seu jardim (onde esse senhor discorreu largamente sobre as coisas da guerra e em boa parte foi sagaz e prudentemente indagado por Cosimo), pareceu-me justo trazê-lo à memória, estando presente aí alguns outros amigos, para que, lendo-o, os amigos de Cosimo, que com ele estiveram nesse dia, refrescassem sua alma com a memória de suas *virtù*, e os demais, por um lado, lamentem não ter participado dele e, por outro, para que aprendam muitas coisas úteis não só à vida militar, mas à civil também, sabiamente discutidas por um homem sapientíssimo.

Digo, então, que Fabrizio Colonna, ao voltar da Lombardia, onde militara com muitas glórias a serviço do rei católico,[6] resolveu, passando por Florença, descansar alguns dias nessa cidade para visitar sua excelência o duque[7] e rever alguns cavalheiros com quem já tivera, tempos atrás, certa intimidade. Donde pareceu propício a Cosimo convidá-lo para seus jardins, não tanto para usufruir de sua liberalidade quanto para ter a oportunidade de falar longamente com ele, e com isso entender e aprender muitas coisas, de acordo com o que se pode esperar de tal homem, parecendo-lhe ser conveniente gastar um dia conversando sobre assuntos que lhe davam prazer à alma.

---

5. Famoso *condottiero*, Fabrizio Colonna (1450-1520) foi condestável do reino de Nápoles. Com seu sobrinho, Próspero Colonna, supervisionou a preparação dos treze duelos contra os franceses no desafio de Barletta.

6. Como era chamado Ferdinando, o rei da Espanha. (N.T.)

7. O duque de Urbino, Lorenzo de Médicis, a quem Maquiavel dedicou seu livro mais conhecido, *O príncipe*. (N.T.)

Fabrizio compareceu então, de bom grado, e foi recebido por Cosimo e seus fiéis amigos, entre os quais Zanobi Buondelmonti, Batista della Palla e Luigi Alamanni, todos jovens amados por ele, além de apaixonados pelos mesmos estudos, cujas boas qualidades omitiremos para que sejam louvadas todos os dias e a toda hora por si mesmas. Fabrizio foi então, segundo o tempo e o lugar, coberto de todas e maiores honras possíveis; mas passados os prazeres do banquete e tiradas as mesas e consumidas todas as formas de festejos, os quais diante desses grandes homens e de reflexões tão elevadas se consomem rapidamente, e sendo o dia longo e muito quente, Cosimo julgou ser melhor, para realizar seu desejo, encaminharem-se para a área mais afastada e mais fresca de seu jardim, aproveitando a ocasião para fugir do calor. Depois de chegarem e sentarem-se, uns na relva, que naquele lugar é agradabilíssima, outros nos bancos, que naquela parte do jardim ficavam sob a sombra de árvores altíssimas, Fabrizio enalteceu o lugar, muito aprazível, e, observando particularmente as árvores, sem reconhecer algumas delas, hesitava. Cosimo percebeu o que se passava e disse: "Não vos admireis caso não estejais familiarizado com algumas destas árvores, porque há algumas delas que são mais celebradas pelos antigos do que o são hoje". Ao dizer-lhe os nomes delas, e como Bernardo,[8] seu avô, havia se exaurido em cultivá-las, Fabrizio replicou: "Imaginava justamente isso que dizeis, e este lugar e esta coleção me lembram alguns príncipes do Reino de Nápoles que apreciavam essas plantas antigas e suas velhas sombras". E interrompendo neste ponto seu discurso, um tanto quanto hesitante, acrescentou: "Se eu não julgasse ofender, daria a minha opinião a esse respeito, mas julgo poder fazê-lo sem ofensa, entre amigos, discutindo esses assuntos, sem caluniar ninguém. Muito melhor teriam feito, seja dito com toda a serenidade, se procurassem imitar os antigos nas coisas fortes e severas, não nas delicadas e lânguidas, naquelas que faziam sob o sol, não debaixo da sombra, e apropriar-se das maneiras verdadeiras e perfeitas

---

8. Bernardo Rucellai (1448-1514), que abriu aos pensadores e escritores de sua época os *Orti Oricellari* (Jardins dos Rucellai) em Florença. (N.T.)

da Antiguidade, não das falsas e corrompidas, porque, depois que os romanos passaram a apreciar estes estudos, minha pátria arruinou-se". Ao que Cosimo respondeu... Mas para evitar o aborrecimento de ter de repetir tantas vezes "fulano disse e beltrano acrescentou", serão anotados os nomes de quem falou e mais nada. Disse então:

Cosimo: Como eu desejava, abristes um caminho para a discussão, e rogo-vos que faleis sem rodeios, porque eu sem rodeios vos perguntarei; e se eu ao perguntar ou replicar vier a desculpar ou acusar alguém, não terá sido para desculpar ou acusar, mas tão somente para ouvir de vós a verdade.

Fabrizio: Ficarei muito contente em vos dizer aquilo que eu entender de tudo o que me perguntardes; e o que será verdadeiro ou não, submeterei ao vosso juízo. E vos serei grato por me perguntardes, porque assim aprenderei convosco, e ao responder-vos aprendereis comigo, porque muitas vezes um sábio perguntador estimula outrem a considerar muitas coisas e conhecer muitas outras, as quais, sem ser dessa forma perguntado, não as conheceria jamais.

Cosimo: Eu gostaria de retomar aquilo que dissestes antes, que meu avô e os vossos[9] teriam agido mais sabiamente ao imitarem os antigos nas coisas severas em vez de nas delicadas; quanto aos meus quero justificá-los, porque, quanto aos vossos, deixarei que vós os justifiqueis. Não acredito que tenha havido naquele tempo homem que detestasse mais a vida delicada quanto ele e que amasse como ele a severidade desta vida que vós louvastes; no entanto, ele sabia não poder adotá-la ele mesmo, tampouco o podiam seus filhos, nascidos em meio a um século tão corrompido, no qual alguém que pretendesse romper com os hábitos comuns seria infamado e vilipendiado por todos. Porque se alguém ficasse nu e rolasse na areia, no verão, sob o sol a pino, ou na neve, nos mais gelados meses do inverno, como fazia Diógenes,[10] seria considerado louco.

---

9. Os romanos. (N.T.)
10. Trata-se do Diógenes, o cínico grego, famoso por viver nu dentro de um tonel. Ver, de Diógenes Laércio, a *Vida de homens ilustres*, vi, 2. (N.T.)

Se alguém (como os espartanos) alimentasse seus filhos no campo, fizesse-os dormir ao relento, andar com a cabeça e os pés descobertos, lavar-se na água fria para induzi-los a suportar o mal e amar menos a vida e temer menos a morte, seria escarnecido e considerado um animal, não um homem. E se ainda fosse visto alimentando-se de legumes e desprezando o ouro, como Fabrizio,[11] seria louvado por poucos e por ninguém seguido. De tal modo desconcertado com os costumes do seu tempo, ele abandonou-se aos antigos e pôs-se a imitar os antigos naquilo que podia suscitar menos estupor.

Fabrizio: Justificastes os vossos com galhardia, e decerto dissestes a verdade; mas eu não falava tanto desses rudes modos de viver quanto de outros, mais humanos, que têm com a vida de hoje maior conformidade, nos quais não creio ser difícil introduzir os homens mais importantes de uma cidade. Eu não me afastaria jamais, com exemplos de qualquer ordem, dos meus antepassados romanos. Quem considerasse a vida destes e a ordenação de sua república veria muitas coisas nela que não é impossível introduzir numa cidade onde ainda houvesse alguma coisa sã.

Cosimo: Quais são as coisas semelhantes às dos antigos que gostaríeis de introduzir?

Fabrizio: Honrar e premiar as *virtù*, não desprezar a pobreza, estimar os hábitos e as regras da disciplina militar, compelir os cidadãos a amarem-se uns aos outros, a não participar de seitas, a estimar menos o privado do que o público, e outras coisas semelhantes que facilmente seriam compatíveis com nossa época. Costumes sobre os quais não é difícil persuadir alguém, quando neles se pensa intensamente e adotam-se os meios convenientes, porque a verdade assim aparece de tal modo que qualquer engenho simples é capaz de entendê-la; e quem assim ordena planta árvores sob cujas sombras vive-se mais feliz e alegre do que sob esta em que estamos.

---

11. É o cônsul romano Caio Fabrizio Luscino, que denunciou uma traição contra o rei Pirro, o qual, mais tarde, tentou corrompê-lo, oferecendo-lhe ouro. Dante referiu-se a ele no canto XX do Purgatório. (N.T.)

Cosimo: Não pretendo responder a isso que dissestes, mas sim deixar que o julguem aqueles que mais facilmente podem fazê-lo; e dirigirei a minha fala a vós, que acusastes aqueles que nas graves e grandes ações não imitam os antigos, pensando, por essa via, ver mais facilmente satisfeitas as minhas intenções. Assim, gostaria de saber de vós de onde vêm as razões que, de um lado, vos levais a ofender aqueles que em suas ações não imitam os antigos e, de outro, na guerra, que é a vossa arte, aquela em que vós fostes julgado excelente, vós não tenhais usado nenhum expediente antigo, ou que com este tenha alguma semelhança.

Fabrizio: Chegastes exatamente ao ponto onde eu esperava, pois as minhas palavras não mereciam outra pergunta, nem eu desejaria outra. E embora eu pudesse esquivar-me com uma desculpa qualquer, todavia desejo enveredar-me, para maior alegria minha e vossa, pois o tempo o permite, por uma reflexão mais demorada. Os homens que desejam fazer algo devem antes preparar-se com toda indústria, para estarem, chegada a ocasião, aparelhados para cumprir aquilo que se propuseram executar. E porque, uma vez que os preparativos feitos cautelosamente não são conhecidos, não se pode acusar ninguém de negligência alguma, se a ocasião não os pôs a descoberto; ocasião em que, portanto, se não são executados, ou vê-se que não foram preparados o bastante, ou que não se pensou em coisa alguma. E porque não apareceu a ocasião de poder mostrar os preparativos feitos por mim para poder reconduzir a milícia às antigas ordenações, se eu não a reconduzi assim, não posso ser por isso inculpado nem por vós nem por qualquer outro. Creio que essa desculpa bastaria como resposta à vossa acusação.

Cosimo: Bastaria, caso eu estivesse seguro de que a ocasião não tenha se apresentado.

Fabrizio: Mas porque sei que podeis duvidar se essa ocasião teria se apresentado ou não, caso queirais com paciência escutar-me, quero discorrer amplamente sobre que preparativos são necessários antes, qual ocasião é preciso surgir, qual dificuldade impede que os preparativos tenham êxito e surja a ocasião, e como tudo isso é dificílimo e facílimo, parecendo opostos.

Cosimo: Vós não poderíeis fazer a mim e a todos nós algo mais gratificante do que isso; e, caso não seja desagradável para vós falardes, para nós não será jamais desagradável ouvir-vos. No entanto, uma vez que essa exposição deve ser longa, peço ajuda com vossa licença a esses meus amigos; e tanto eles quanto eu vos rogamos que não vos sintais incomodado caso vos interrompamos com alguma pergunta impertinente.

Fabrizio: Fico felicíssimo que vós, Cosimo, e estes outros jovens me perguntais, porque acredito que a juventude os torne mais amigos das coisas militares e mais disponíveis a acreditar naquilo que vos direi. Outros, por já terem os cabelos brancos e o sangue enregelado, ou são inimigos da guerra ou são incorrigíveis, como aqueles que creem ser os tempos e não os maus costumes que obrigam os homens a viver assim. Portanto, me perguntais com firmeza e sem temor; o que eu desejo, seja porque me permitirão descansar um pouco, seja porque será um prazer não deixar em vossa mente nenhuma dúvida. Desejo começar por vossos próprios termos, Cosimo, em que vós me dissestes que na guerra, que é a minha arte, eu não havia utilizado nenhum expediente antigo. Sobre isso digo que, sendo essa uma arte mediante a qual os homens não podem viver dignamente seja em que tempo for, ela não pode ser usada como tal senão por uma república ou um reino; e tanto uma quanto o outro, desde que bem-ordenados, jamais consentiram a qualquer um de seus cidadãos ou súditos a praticá-la como arte; nem jamais algum homem bom a exercitou como uma arte particular. Porque jamais será julgado bom aquele que pratique algo que, para lhe ser útil a qualquer tempo, obrigue-o a ser rapace, fraudulento, violento e possuir muitas qualidades as quais necessariamente não o façam ser bom; tampouco podem os homens que a praticam por arte, tantos os grandes quanto os pequenos, agir de outra forma, porque essa arte não os sustenta durante a paz, donde têm necessidade de pensar em algo para que não haja paz ou aproveitar o máximo possível os tempos de guerra, para que possam na paz sustentar-se. Nenhum desses dois pensamentos cabe a um homem bom, porque do desejo de poder sustentar-se sempre nascem as rapinagens, as violências, os assassinatos, que os soldados praticam tanto contra os amigos quanto contra os inimigos; e, por não desejar a paz, nascem os enganos que os capitães impõem aos que os seguem para que a guerra dure; e, se por acaso vem a paz, ocorre amiúde que os chefes, sendo privados de estipêndios e víveres, licenciosamente juntam um bando de mercenários e sem piedade alguma saqueiam uma província. Vós não conservastes na memória de que modo, acabada a guerra, havendo na Itália muitos soldados sem soldo, eles se reuniram em inúmeras brigadas, que vieram a ser chamadas de Companhias,[12] e se puseram a tributar e saquear as terras, sem que houvesse remédio para isso? Acaso não lestes que os soldados cartaginenses, terminada a primeira guerra contra os romanos,[13] sob o comando de Mathus e Spendius,[14] tumultuadamente transformados por eles em chefes, desencadearam uma guerra mais perigosa contra os cartagineses do que aquela que haviam acabado de travar contra os romanos? No tempo de nossos pais, Francesco Sforza,[15] para poder viver honradamente em tempos de paz, não só enganou os milaneses, dos quais era soldado, como também lhes tolheu a liberdade e tornou-se príncipe de Milão. Iguais a este são todos os outros soldados da Itália que usaram a milícia como arte particular; e se não acabaram, mediante sua malignidade, tornando-se duques de Milão, merecem ser ainda mais execrados, porque, sem serem tão úteis (se se visse como viveram), tiveram todos

---

12. Conhecidas como *Compagnie di ventura*, reuniam mercenários de várias procedências. (N.T.)

13. As chamadas Guerras Púnicas, entre romanos e fenícios, que duraram mais de cem anos, de 264 a.C até 164 a.C. (N.T.)

14. Ver *Discorsi*, III, 32. (N.T.)

15. Francesco Sforza (1401-1466), célebre comandante e príncipe de Milão, citado nos capítulos I e VII de *O príncipe*. (N.T.)

a mesma culpa. Sforza, pai de Francesco,[16] obrigou a rainha Joana a atirar-se nos braços do rei de Aragão, abandonando-a repentinamente, deixando-a desarmada em meio a inimigos, apenas para satisfazer sua ambição ou extorqui-la ou tirar-lhe o reino. Braccio,[17] com as mesmas indústrias, procurou tomar o reino de Nápoles e, se não tivesse sido derrotado e morto em Áquila, teria conseguido. Semelhantes desordens não nascem de outra coisa senão do fato de existirem homens que usavam o exercício do soldo como sua arte particular. Por acaso não tendes um provérbio que fortalece meus argumentos ao dizer que "A guerra faz os ladrões, a paz os enforca"? Porque aqueles que não sabem viver de outra prática, não encontrando quem lhes sustente e não possuindo tanta *virtù* a ponto de saber se conduzir em grupo para fazer uma maldade nobre, são forçados pela necessidade a sair do reto caminho, e a justiça é forçada a eliminá-los.

Cosimo: Rebaixastes a quase nada a arte militar, que eu pressupunha ser a mais excelente e a mais honrada de todas, de modo que, se vós não me esclarecerdes isso melhor, não ficarei satisfeito, uma vez que, pelo que dizeis, não sei de onde vem a glória de César, de Pompeu, de Cipião, de Marcelo[18] e de tantos capitães romanos que são pela fama celebrados como deuses.

Fabrizio: Ainda não terminei de discutir tudo o que me propus, que foram duas coisas: uma, que um homem bom não podia fazer desse exercício uma arte particular; a outra, que uma república ou um reino bem-ordenado jamais permitiriam que os seus súditos ou os seus cidadãos a usassem pura e simplesmente como arte. Acerca da primeira falei o quanto me veio à mente; resta falar da segunda, quando tentarei res-

---

16. Trata-se de Muzio Attendolo Sforza, a quem se refere Maquiavel no capítulo xii, de *O príncipe*. (N.T.)

17. Andrea Fortebracci, conhecido como Braccio da Montone (1368-1424). Ver *O príncipe*, xii, 16. (N.T.)

18. Marcos Cláudio Marcelo I (270-208 a.C), conhecido como "a espada de Roma", conquistou Siracusa em 212 a.C. (N.T.)

ponder à vossa última pergunta, e digo que Pompeu e César, e quase todos os capitães que estiveram em Roma depois da última guerra contra os cartaginenses, conquistaram fama de homens valentes, não de homens bons; e aqueles que viveram antes deles conquistaram a glória como valentes e bons. O que se deu porque estes não fizeram do exercício da guerra uma arte pessoal, e aqueles a empregaram como arte particular. No tempo em que a república viveu imaculada, jamais um cidadão eminente pretendeu, mediante esse exercício, aproveitar-se dos tempos de paz, desrespeitando as leis, espoliando as províncias, usurpando e tiranizando a pátria, abusando de sua condição; tampouco alguém de pouca fortuna pensou em violar o juramento e mancomunar-se aos homens privados, em não temer o Senado, ou em seguir algum golpe tirânico para poder viver sempre da arte da guerra. Mas aqueles que eram capitães, contentes com o triunfo, com volúpia voltavam-se à vida privada, e os subordinados depunham as armas com mais desejo ainda do que quando as empunhavam; e cada um voltava a sua arte mediante a qual tocavam suas vidas; nem jamais houve quem esperasse com pilhagens e com essa arte poder sustentar-se. Quanto aos cidadãos eminentes, chega-se a tal conjectura quando se tem em mente o capitão dos exércitos romanos na África, Régulo Atílio que, tendo quase vencido os cartaginenses, pediu ao Senado licença para retornar para casa a fim de cuidar das suas terras, que haviam sido saqueadas pelos seus empregados. Donde é mais claro que o sol que, se ele tivesse usado a arte da guerra para si e, por meio dela, tivesse pensado fazer algo útil, tomando várias províncias, não teria pedido licença para voltar para cuidar de seus campos, pois em um dia teria conquistado mais que o preço de tudo aquilo que possuía. Mas porque esses homens bons, que não usam a guerra para seus próprios fins, não querem trazer dela senão o cansaço, os perigos e a glória, quando conquistam glória suficiente desejam voltar para casa e viver da própria arte. Quanto aos homens inferiores e soldados rasos, parece ser verdade que tivessem a mesma disposição, porque cada um de bom grado se afastava de tal exercício e, quando não combatia, queria combater; e quando combatia, queria estar de licença. Isso se verifica de muitas maneiras, mormente vendo como, entre as primeiras regalias que o povo romano dava a um cidadão, era o de não constrangê-lo, contra a sua vontade, a combater. Em Roma, portanto, enquanto foi bem-ordenada (o que foi até os Gracos), não houve nenhum soldado que tomasse esse exercício por arte; e se houve, porém, alguns maus, esses foram severamente punidos. Deve então uma cidade bem-ordenada desejar que as práticas militares sejam usadas nos tempos de paz para exercícios e nos tempos de guerra por necessidade e por glória, e só ao poder público deixar usá-la como arte, como fez Roma. Qualquer cidadão que em tal exercício tem outro fim não é bom; e não é bem-ordenada qualquer cidade que se governe de outra forma.

Cosimo: Estou bastante satisfeito com aquilo que até aqui dissestes e me agrada muito a conclusão a que chegastes. No que diz respeito à república, creio que ela seja verdadeira, mas quanto aos reis já não sei bem, porque eu acreditaria que um rei quisesse ter à sua volta alguém que tomasse particularmente tal exercício como arte sua.

Fabrizio: Muito mais deve um reino bem-ordenado fugir de semelhantes artífices, porque são justamente estes que pervertem seu rei e em tudo se fazem ministros da tirania. E não alegueis contra isso o exemplo de algum reino atual, porque contestarei serem esses reinos bem-ordenados. Porque os reinos bem-ordenados não dão o império absoluto a seu rei senão no comando dos exércitos; porque só nesse posto é necessária uma deliberação repentina e que aí haja, por isso, um único potentado. Nas demais coisas nada pode fazer sem se aconselhar, e devem temer, aqueles que o aconselham, que o rei tenha junto a si alguém que em tempos de paz deseje a guerra por não conseguir viver sem ela. Porém, quero ser nesse aspecto mais generoso e não procurar um reino completamente bom, mas sim um semelhante àqueles que existem hoje, em que ainda os reis devem temer aqueles que tomam por arte sua a guerra, pois sem dúvida alguma o nervo dos exércitos são as infantarias. De forma que, se um rei não ordenar as coisas de modo que seus infantes em tempos de paz estejam contentes em voltar para casa e viver de suas artes, sucede necessariamente que se arruíne, porque não há infantaria mais perigosa do que aquela composta por soldados que fazem a guerra por arte; porque força o rei ou a promover sempre mais guerra, ou a lhes pagar sempre, ou a viver sob o perigo de lhe tomarem o reino. Promover a guerra sempre não é possível, não se pode sempre lhes pagar, eis então que necessariamente se corre o perigo de perder o estado. Os meus romanos (como eu disse), enquanto foram sábios e bons, jamais permitiram que os seus cidadãos tomassem por arte esse exercício, não obstante pudessem sustentá-los o tempo todo, uma vez que o tempo todo guerreavam. Porém, para evitar o dano que esse contínuo exercício podia trazer, uma vez que as circunstâncias não variavam, eles variavam os homens e iam acomodando suas legiões renovando-as a cada quinze anos; e assim se valiam de seus homens na flor da idade, de dezoito a trinta e cinco anos, em cujo período as pernas, as mãos e os olhos respondem uns aos outros; tampouco esperavam que suas forças diminuíssem e a malícia crescesse, como aconteceu nos períodos de corrupção. Porque Otaviano, primeiro, e depois Tibério, pensando mais na própria força do que no bem público, começaram a desarmar os romanos para poder mais facilmente comandá-los e manter continuadamente os mesmos exércitos nas fronteiras do Império. E também, porque julgaram que não bastava manter no cabresto o povo e o senado romano, formaram um exército chamado pretoriano,[19] que permanecia junto às muralhas de Roma e era como uma fortaleza sobre a cidade. Porque eles começaram então de forma liberal a permitir que os homens incumbidos desses exercícios usassem a milícia em prol de sua arte, veio-lhes daí a insolência e tornaram-se aterradores ao senado e danosos ao imperador; donde resultou que muitos foram mortos por causa dessa sua insolência, porque

---

19. Era a coorte pretoriana que de guarda do comandante transformou-se em um exército durante o Império Romano. (N.T.)

davam e tiravam o império a quem lhes aprouvesse; e às vezes aconteceu que ao mesmo tempo houvesse muitos imperadores criados por diferentes exércitos. Dessas coisas se seguiram, primeiro, a divisão do Império e, por último, a ruína dele. Devem os reis, portanto, se querem viver seguros, ter suas infantarias compostas por homens que, quando é tempo de se guerrear, de boa vontade e por amor, vão à guerra e, quando vem a paz, com mais boa vontade, retornam às suas casas. O que sempre sucederá quando forem escolhidos homens que saibam viver de outra arte além desta. E assim deve desejar, chegada a paz, que seus príncipes voltem a governar seu povo, os gentis-homens aos cuidados de suas terras e os soldados às suas artes particulares: e cada um deles faça de bom grado a guerra para existir a paz e não procurem conturbar a paz para promover a guerra.

Cosimo: Com efeito, este vosso raciocínio me parece bem-considerado; todavia, sendo quase que contrário àquilo que eu até agora pensei, minha mente ainda não sente purgada de todas as dúvidas, porque vejo muitos senhores e gentis-homens sustentarem-se em tempo de paz dos exercícios das armas, como os vossos pares, que são remunerados pelos príncipes e pela comunidade. Vejo ainda quase todos os homens de armas permanecerem com seu soldo; vejo muitos soldados ficarem nas sentinelas da cidade e das fortalezas, de tal modo que me parece haver lugar, em tempo de paz, para todos.

Fabrizio: Não creio que acrediteis nisso, que todos tenham lugar em tempos de paz, porque, ainda que não fosse possível apresentar outra razão, o pouco número daqueles que permanecem nos postos alegados por vós assim vos responderia: que proporção há entre as infantarias necessárias na guerra e as que são empregadas na paz? Porque as fortalezas e as cidades que se guardam em tempo de paz, na guerra se guardam muito mais, a que se juntam os soldados que estão em campanha, que são em grande número, os quais se abandonam todos em tempo de paz. E acerca das guardas dos estados, que são em pequeno número, Papa Júlio e vós, florentinos, mostraram a todos quanto é preciso temer aqueles que não desejam aprender a fazer outra coisa a não ser a guerra, os quais foram por sua insolência subtraídos das vossas guardas e substituídos pela Guarda Suíça, por serem nascidos e educados sob as leis e eleitos pelas comunidades, em eleições de fato; de modo que não dizeis mais que na paz haja lugar para todos os homens. Quanto aos cavaleiros continuarem a receber seu soldo em tempos de paz, parece ser de solução mais difícil; no entanto, quem tudo bem considera encontra a resposta fácil, porque esse modo de manter os cavaleiros é corrompido e ruim. Isso porque são homens que fazem disso arte, e assim todo dia criariam mil inconvenientes para os estados, caso tivessem uma companhia suficiente, mas sendo poucos e não podendo por si sós reunir um exército, não podem amiúde causar danos mais graves. No entanto, fizeram isso muitas vezes, como vos disse de Francesco e de Sforza, seu pai, e de Braccio de Perúgia. De tal modo que não aprovo esse costume de sustentar os cavaleiros, além de ser corrupto e causa de grandes inconvenientes.

Cosimo: Gostaríeis de não mantê-los? Ou, mantendo-os, como gostaríeis de fazê-lo?

Fabrizio: Por meio de uma ordenança,[20] mas não semelhante à do rei de França, porque é perigosa e insolente como a nossa, e sim às dos antigos, as quais formavam a cavalaria com seus súditos, e nos tempos de paz os mandavam para suas casas para viver de suas artes, como mais amplamente, antes de terminar esta exposição, discutirei. De modo que, se agora essa falange do exército pode viver em tal exercício, mesmo quando em tempos de paz, isso advém de uma ordem corrompida. Quanto ao soldo reservado a mim e aos outros capitães, digo-vos que isso é, do mesmo modo, uma ordenação muito corrupta, porque uma república sábia não deve pagá-lo a ninguém; deve sim empregar como capitães, na guerra, os seus cidadãos e, em tempo de paz, desejar que retornem às suas artes. Assim também um sábio rei ou não deve nada lhes pagar

---

20. No original, *ordinanza*. Refere-se a um exército regular ou permanente que se opõe ao exército de mercenários. (N.T.)

ou, pagando-lhes, devem ter motivos: ou como prêmio por algum feito excelente, ou por querer contar com um homem tanto na guerra quanto na paz. Porque alegastes o meu exemplo, desejo falar sobre isso; e digo jamais ter usado a guerra como arte, porque a arte minha é governar os meus súditos e defendê-los e, para poder defendê-los, amar a paz e saber guerrear. E o meu rei não me premia e me estima apenas por eu entender da guerra, mas também por eu saber aconselhá-lo durante a paz. Não deve nenhum rei, portanto, desejar ter junto a si alguém que assim não seja, se ele sábia e prudentemente deseja governar; porque terá à sua volta ou amantes exagerados da paz ou amantes exagerados da guerra que o farão errar. Não posso aqui, neste meu primeiro raciocínio e segundo as minhas proposições, dizer outra coisa; e quando isso não vos bastar, convém que procureis quem melhor vos satisfaça. Podeis bem ter começado a conhecer quanta dificuldade existe em referir os costumes antigos às guerras presentes, e quais preparativos convêm a um homem sábio adotar, e quais ocasiões se deve esperar para poder executá-los, mas vós pouco a pouco conhecereis melhor, tais coisas, caso não vos aborreça essa exposição, comparando-se qualquer seção das antigas ordenações aos costumes presentes.

Cosimo: Se nós desejávamos ouvir-vos antes de discorrerdes sobre essas coisas, aquilo que até agora dissestes sobre isso duplicou o nosso desejo; portanto, nós somos gratos a vós por aquilo que recebemos e vos suplicamos pelo restante.

Fabrizio: Dado que isso vos agrada, quero começar a tratar dessa matéria desde o princípio, a fim de entendê-la melhor, podendo assim demonstrá-la mais amplamente. O fim de quem deseja fazer a guerra é poder combater o inimigo no campo e poder vencer uma batalha. É para isso que se constitui um exército. Para constituí-lo, é preciso encontrar os homens, armá-los, ordená-los e, em pequenas e grandes formações, exercitá-los, alojá-los e depois, parados ou caminhando, colocá-los diante do inimigo. Nisso consiste toda a indústria da guerra campal, que é a mais necessária e a mais honrada. E quem sabe se apresentar bem a um inimigo na batalha, outros erros que se cometam nas manobras da guerra podem ser desculpados; mas a quem falta essa disciplina, ainda que em outros aspectos valesse muito, jamais conduzirá honradamente uma guerra; porque uma batalha que se vence apaga todas as outras ações malogradas, do mesmo modo que, quando se perde, restam vãs todas as coisas bem-empregadas anteriormente. Portanto, é necessário, antes de tudo, encontrar os homens e convém tratar do *deletto*,[21] porque assim o chamavam os antigos aquilo que nós damos o nome de seleção, mas, para chamá-lo por nome mais honrado, quero fazer uso desse termo *deletto*. Aqueles que deram regras à guerra preferem que se escolham os homens de regiões de clima temperado, a fim de que tenham coragem e prudência, porque a região quente os torna prudentes e não corajosos; e o frio, belicosos e imprudentes. Essa regra é bem adequada a alguém que seja príncipe do mundo todo e que, por isso, pode trazer homens dos lugares que achar conveniente; porém, se se quer tornar isso uma regra que todos possam empregá-la, convém dizer que cada república e cada reino deve escolher os soldados de seus territórios, sejam eles quentes, frios ou temperados. Porque se vê, pelos exemplos dos antigos, como bons soldados se fazem à custa de exercícios, no país que for, uma vez que, onde falta a natureza, supre a indústria, que, nesse caso, vale mais do que a natureza. Escolhendo-os em outros lugares, não se pode chamar *deletto*, porque *deletto* quer dizer subtrair os melhores de uma província e ter poder de escolher tanto os que não querem quanto os que querem combater. Não se pode, portanto, fazer esse *deletto* senão nos lugares submetidos a ti, porque não podes subtrair quem quiseres nos territórios que não são teus, mas trazer aqueles que querem combater.

COSIMO: É possível, mesmo entre os que querem combater, deixar alguns de lado, e por isso é que se pode chamar *deletto*.[22]

FABRIZIO: De certo modo dissestes a verdade, mas deveis considerar as imperfeições que tal *deletto* tem em si mesmo,

---

21. Forma italianizada do latim *delectus*. (N.T.)

22. *Delectus* vem do verbo *deligo*, "escolher", "selecionar", daí a observação de Cosimo. (N.T.)

porque muitas vezes ele não se dá como uma seleção. Primeiro: aqueles que não são teus súditos e que voluntariamente combatem não são os melhores, ao contrário, são os piores de uma província, porque são os escandalosos, os preguiçosos, os sem freios, os sem religião, fugitivos da autoridade do pai, blasfemadores, jogadores, mal-educados todos os que querem combater, e cujos costumes não podem ser mais contrários aos de uma verdadeira e boa milícia. Quando tais homens te são oferecidos numa quantidade que ultrapassa o número que planejaste, podes escolhê-los; mas, com tal matéria ruim, o *deletto* não pode ser bem-sucedido. Mas muitas vezes acontece de o número deles ficar abaixo do que precisas; de modo que, sendo forçado a pegar todos, não se pode chamar mais isso de *deletto*, e sim de assoldadar. Com tal desordenação se fazem hoje os exércitos da Itália e em outros lugares, exceto na Alemanha, onde ninguém é assoldadado a mando do príncipe, mas segundo a vontade de quem quer combater. Pensai, então, quais modos dos antigos exércitos podem ser introduzidos em um exército de homens reunidos por semelhante via.

Cosimo: Qual via então deveria ser seguida?

Fabrizio: A que eu disse: escolhê-los entre seus súditos e com a autoridade do príncipe.

Cosimo: Nessas escolhas seria introduzida alguma forma antiga?

Fabrizio: Sabeis bem que sim, quando no caso de um principado quem as comandasse fosse seu príncipe ou senhor; ou no caso de uma república, como cidadão e, por esse período, capitão; de outra forma dificilmente se faz algo de bom.

Cosimo: Por quê?

Fabrizio: No tempo devido, eu vos direi; por ora quero que vos contenteis com isto: não se pode agir bem a não ser por essa via.

Cosimo: Tendo então de se fazer o *deletto* em seu território, de onde julgais ser melhor trazê-los, da cidade ou do campo?

Fabrizio: Aqueles que escreveram sobre isso concordam que seja melhor escolhê-los no campo, por serem homens habituados às privações, crescidos entre as fadigas, acostumados ao sol e a fugir da sombra, a saber lidar com o ferro, escavar uma fossa, carregar peso, além de não serem astuciosos nem maliciosos. Mas sobre isso minha opinião seria a de que, sendo de dois tipos os soldados, a pé e a cavalo, se escolhessem do campo, aqueles a pé; e das cidades, os a cavalo.

Cosimo: Com que idade vós os escolheríeis?

Fabrizio: Eu os escolheria, se tivesse de formar uma nova milícia, dos dezessete aos quarenta anos; e se estivesse já formada e eu tivesse de restaurá-la, dezessete, sempre.

Cosimo: Não entendo bem essa distinção.

Fabrizio: Eu vos direi. Quando eu tivesse de organizar uma milícia onde ela não existisse, seria necessário escolher os homens mais aptos, que estivessem em idade de servir, para poder instruí-los, como direi mais adiante. Mas quando eu tivesse de fazer a seleção nos lugares onde essa milícia já existisse, para suplementá-la eu escolheria os de dezessete anos, porque os demais há mais tempo estariam escolhidos e inscritos.

Cosimo: Então, gostaríeis de formar uma ordenação semelhante àquela que existe em nossos territórios.

Fabrizio: Dissestes bem. A verdade é que eu os armaria, comandaria, exercitaria e ordenaria de um modo que não sei se vós os ordenais assim.

Cosimo: Louvais então a ordenança?

Fabrizio: Por quê? Gostaríeis que eu a vilipendiasse?

Cosimo: Porque muitos sábios a condenaram seguidamente.

Fabrizio: Dizeis uma coisa contraditória ao afirmardes que um sábio condena a ordenança, pois ele pode ser tido como sábio sem sê-lo.

Cosimo: As más provas que ele nos mostrou provocaram em nós tal opinião.

Fabrizio: Observais se esse não é um defeito vosso, e não dele, o que conhecereis antes que termine esse diálogo.

Cosimo: Algo pelo qual vos seremos muito gratos; por isso, quero vos dizer de que muitos a acusam e para que possais justificá-la melhor. Eis o que dizem: ou a ordenança é inútil e, ao confiarmos nela, perderemos o estado; ou ela é virtuosa e, mediante ela, quem a governa poderá facilmente tomar-nos o estado. Referem-se aos romanos, os quais, com armas próprias, perderam a liberdade; referem-se aos venezianos e ao rei de França: os primeiros, por não terem de obedecer a um de seus cidadãos, empregam os exércitos de outros, e quanto ao rei, este desarmou os seus súditos para poder comandá-los mais facilmente. Mas temem muito mais a inutilidade do que isso. Sobre a qual alegam duas razões principais: uma, por ser os soldados inexperientes; e a outra, por terem de combater à força, porque dizem que na idade adulta não se aprende mais nada e com a força jamais se faz algo de bom.

Fabrizio: Todas essas razões que expusestes são de homens que conhecem as coisas um pouco a distância, como eu francamente vos mostrarei. Mas antes, quanto à inutilidade, vos digo que não se emprega milícia mais útil que a própria, nem se pode ordenar uma milícia própria senão desse modo. Porque a esse respeito não há discussão, não quero perder meu tempo nisso, uma vez que todos os exemplos das histórias antigas fazem-no por nós. Quanto à inexperiência e à força, é verdade que a inexperiência engendra pouca coragem e a força produz descontentamento, mas coragem e experiência se ganham mediante o modo de armar, exercitar e ordenar os soldados, como vereis na sequência desta exposição. Quanto à força, vós entendeis que os homens que são conduzidos à milícia por ordem do príncipe ali vão nem totalmente à força nem a toda vontade, porque tal voluntarismo provocaria os inconvenientes que disse antes: que isso não seria *deletto* e seriam poucos os que iriam; e, igualmente, a toda força engendrar-se-iam péssimos efeitos. Por essa razão, deve-se tomar o caminho do meio, onde não haja nem força nem vontade totais, mas sejam atraídos pelo respeito ao príncipe e temam mais o seu desprezo do que o castigo iminente; e convém que força e vontade estejam de tal modo misturadas na milícia para não haver tanto descontentamento que leve a maus efeitos. Não digo, por isso, que a ordenança não possa ser vencida, porque várias vezes os exércitos romanos foram vencidos, e vencido o exército de Aníbal, de sorte que não se pode ordenar um exército e prometer que ele nunca será vencido. Por isso, esses vossos sábios não devem mensurar a inutilidade do exército por uma derrota, mas acreditar que, assim como se perde, pode-se vencer e remediar as causas da derrota. Quando eles procurassem isso, veriam que não teria sido por defeito do modo, mas da ordenação que não alcançara a sua perfeição; e, como disse, deviam preocupar-se não em condenar a ordenança, e sim em corrigi-la; e como se deve fazê-lo, vós o entendereis aos poucos. Quanto ao receio de que tal ordenação vos arrebate o estado por alguém que esteja no seu comando, respondo que as armas levadas pelos seus cidadãos ou súditos, dadas pelas leis e pela ordem, jamais provocarão dano algum, ao contrário, sempre serão úteis e manterão as cidades mais tempo imaculadas com essas armas do que sem elas. Roma permaneceu livre por quatrocentos anos à força das armas; Esparta, oitocentos; muitas outras cidades foram desarmadas e permaneceram livres menos de quarenta anos. Porque as cidades têm necessidade das armas e, quando não têm as suas, assoldadam forasteiros; e muito mais rapidamente o bem público é prejudicado pelas armas estrangeiras do que pelas próprias, porque aquelas são mais fáceis de se corromper-se, e um cidadão que se torne poderoso pode valer-se disso mais rapidamente, e ter mais à mão a matéria para manobrar, vindo a oprimir os homens desarmados. Além disso, uma cidade deve temer muito mais dois inimigos do que um. Aquela que se vale de milícias estrangeiras teme a um tempo o estrangeiro que ela assolda e o cidadão; e que temor deve ser este, recordai-vos do que eu disse faz pouco sobre Francesco Sforza. Aquela que usa as próprias armas não teme senão o seu cidadão. Entre todas as razões que se podem arguir, desejo me servir desta: que jamais alguém ordenou uma república ou reino que não pensasse que seus próprios habitantes, com suas armas, o defendessem. E se os venezianos tivessem sido sábios nisso, como em todas as suas outras ordenações, eles teriam criado uma nova monarquia no mundo. Eles merecem ser mais condenados por isso, tendo sido os primeiros a serem armados por seus legisladores. Mas não possuindo domínios em terra, armaram-se no mar, onde com *virtù* travaram suas guerras e, com as armas em punho, criaram a sua pátria. No entanto, quando veio o tempo de fazer a guerra em terra para defender Vicenza, para onde eles deveriam mandar um de seus cidadãos, assoldadaram o marquês de Mântua para ser seu capitão.[23] Esta foi a resolução desditosa que lhes tolheu o voo e o engrandecimento. E assim fizeram por não terem confiança em guerrear em terra, embora soubessem guerrear em mar, o que foi uma desconfiança nada sábia, porque mais facilmente um capitão do mar, acostumado a combater contra ventos, águas e homens, tornar-se-á capitão em terra, onde se combate contra homens somente, do que um capitão de terra em um de mar. Os meus romanos, sabendo combater em terra e não no mar, na guerra contra os cartagineses que eram fortes no mar, não assoldadaram gregos ou espanhóis acostumados ao mar, mas impuseram esse ofício aos cidadãos que comandavam na terra e venceram. Se os venezianos fizeram isso para que um de seus cidadãos não se tornasse um tirano, esse foi um temor pouco sopesado, porque, além das razões que eu disse a esse propósito faz pouco, se um cidadão em armas no mar nunca veio a ser um tirano numa cidade assentada nas águas, tanto menos o poderia fazer com as armas em terra. Visto isso, deviam ver que as armas nas mãos de seus cidadãos não poderiam torná-los tiranos, e sim as más ordenações do governo que levam a tiranizar uma cidade; e tendo eles um bom governo, não deviam temer as suas armas. Tomaram, portanto, uma resolução imprudente, o que foi motivo para subtrair-lhes muita glória e muita felicidade. Quanto ao erro que comete o rei de França em não dis-

---

23. Gianfrancesco Gonzaga II (1395-1444). (N.T.)

ciplinar seu povo nas coisas da guerra (o que os vossos sábios referem como exemplo), não há ninguém, salvo alguma paixão particular, que não julgue isso um defeito desse reino e que tal negligência só o faça mais fraco. Fiz uma longa digressão e talvez tenha escapado ao meu propósito, mas o fiz para vos responder e demonstrar que não se pode ter outro fundamento nas armas senão nas próprias, e as armas próprias não podem ordenar-se de outra forma a não ser por via de uma ordenança, nem por outras vias pode-se introduzir esta ou aquela forma de exércitos no lugar que for, nem de outra maneira ordenar uma disciplina militar. Se vós haveis lido as ordenações que os primeiros reis adotaram em Roma, mormente Sérvio Túlio, veríeis que a ordenação das classes não é outra coisa senão uma ordenança para poder rapidamente reunir um exército para defesa da cidade. Mas retornemos ao nosso *deletto*. Digo novamente que, tendo de restaurar uma antiga ordenação, eu escolheria homens de dezessete anos; tendo de criar uma nova, eu os tomaria de toda idade, entre dezessete e quarenta, para poder me valer deles rapidamente.

Cosimo: Distinguiríeis a arte deles em vossa escolha?

Fabrizio: Esses autores[24] o fazem porque não querem que se recrutem passarinheiros, pescadores, cozinheiros, rufiões e qualquer um que pratique sua arte por divertimento, mas sim ferreiros, ferradores, lenhadores, açougueiros, caçadores e semelhantes, além dos camponeses. Para mim, deduzir da arte a qualidade do homem faria pouca diferença, mas o faria para poder empregá-los com mais utilidade. Por essa razão, os camponeses, que estão acostumados a lavrar a terra, são os mais úteis de todos, porque de todas as artes essa é a que mais bem se adapta aos exércitos. Depois desta, vêm os ferreiros, lenhadores, ferradores, talhadores, dos quais é útil ter muitos, porque se empregam bem as suas artes em muitas coisas, sendo coisa muito boa ter um soldado do qual se possa extrair dupla função.

---

24. Maquiavel refere-se escritores da Antiguidade que trataram da arte militar, entre eles Xenofonte, Suetônio, Plutarco, Tito Lívio e Vegécio. (N.T.)

Cosimo: Como se conhecem aqueles que são aptos ou não para combater?

Fabrizio: Eu quero falar do modo de selecionar uma nova ordenança para depois fazer dela um exército, porque iremos ainda discorrer da seleção que se faria para restaurar uma velha ordenança. Digo, portanto, que a boa qualidade de alguém que tendes de escolher para soldado se conhece ou pela experiência, mediante uma de suas obras notórias, ou por conjectura. A prova de *virtù* não se pode encontrar nos homens que são escolhidos pela primeira vez e nunca mais foram escolhidos, e destes há poucos ou nenhum nas ordenanças que se ordenam pela primeira vez. É necessário, pois, na ausência dessa experiência, recorrer à conjectura, a qual se faz pela idade, pela arte e pela aparência. Das duas primeiras já se comentou, resta comentar a terceira; digo, porém, que alguns, como Pirro, queriam que o soldado fosse alto; outros os escolheram somente pela robustez do corpo, como fazia César; robustez de corpo e de ânimo que se conjectura da constituição dos membros e da graça do aspecto. E dizem os que escrevem sobre isso que devem ter olhos vivos e alegres, o pescoço enervado, peito largo, braços musculosos, dedos longos, pouca barriga, os quadris arredondados, as pernas e os pés esguios; partes que sempre hão de tornar o homem ágil e forte, que são as duas coisas que se procuram num soldado acima de todas as outras. Deve-se sobretudo estar atento aos bons costumes e ao fato de que nele haja honestidade e pudor, caso contrário escolhe-se um instrumento de escândalo e um princípio corruptor, porque não creia ninguém que, na educação desonesta e no espírito vilão, possa conter alguma *virtù* que seja louvável. Não me parece supérfluo, antes creio ser necessário, para que vós entendais melhor a importância dessa seleção, dizer-vos o modo observado pelos cônsules romanos no princípio de sua magistratura na escolha das legiões romanas, em cuja seleção – em que vinham misturados novatos e veteranos entre aqueles que tinham de ser escolhidos por causa das seguidas guerras – podiam se conduzir pela experiência dos mais velhos e pela conjectura dos mais novos. E é preciso notar isto: que essas seleções eram feitas ou para empregar esses homens imediatamente ou para exercitá-los e empregá-los mais tarde. Falei e falarei de tudo o que se ordena para empregá-los no tempo certo, porque minha intenção é mostrar-vos como se pode ordenar um exército nos territórios onde não haja milícia, nos quais não se pode proceder o *deletto* para empregá-los imediatamente; mas nos territórios onde seja costume arregimentar exércitos por meio do príncipe, pode-se muito bem empregá-los imediatamente, como se observava em Roma e como se observa hoje entre os suíços. Porque nessas seleções, se lá estão os novatos, também estão muitos outros acostumados a servir nas hostes militares; assim, novatos e veteranos misturados fazem um corpo unido e bom, não obstante os imperadores, depois que começaram a manter quartéis, nomearam junto aos novos soldados, os quais chamavam de recrutas,[25] um mestre para adestrá-los, como se vê na vida do imperador Maximino.[26] Assim, enquanto Roma foi livre, isso se fez dentro da cidade, não nos exércitos; e sendo comum acontecerem aí os exercícios militares em que os jovens se adestravam, disso surgia que, sendo escolhidos depois para ir à guerra, estavam habituados de tal modo à milícia falsa que podiam facilmente adaptar-se à verdadeira. No entanto, tendo em seguida os imperadores extinguido esses exercícios, foi preciso adotar os usos de que eu vos falei. Voltando, pois, à maneira como se executava o *deletto* romano, digo que os cônsules romanos, aos quais era imposto o ônus da guerra, assumindo o mandato e querendo ordenar os seus exércitos (porque era costume que qualquer um deles tivesse duas legiões de homens romanos, as quais eram o nervo de seus exércitos), criaram vinte e quatro tribunos militares e nomearam seis para cada legião, os quais desempenhavam o ofício que exercem hoje aqueles que chamamos condestáveis. Reuniam todos os romanos aptos a portar armas e colocavam

---

25. *Tironi*, em maiúsculas, no original, eram os recrutas do exército romano. (N.T.)

26. Maximino II, o Trácio. Maquiavel descreve-o em *O príncipe*, XIX, 57. (N.T.)

os tribunos de cada legião separados uns dos outros. Depois sorteavam as tribos, com as quais se faria primeiro a seleção, e desta escolhiam-se os quatro melhores, dos quais se elegia um pelos tribunos da primeira legião; dos outros três, um era eleito pelos tribunos da segunda legião; dos outros dois, um era eleito pelos tribunos da terceira; e o último, pela quarta legião. Depois desses quatro, escolhiam-se mais quatro; dos quais um deles era eleito, primeiro, pelos tribunos da segunda legião; o segundo pelos da terceira; o terceiro pelos da quarta, e o quarto permanecia na primeira. Depois, escolhiam-se mais quatro: o primeiro escolhia a terceira; o segundo, a quarta; o terceiro, a primeira; e ao quarto restava a segunda; e assim variava sucessivamente esse modo de escolher, de modo que a eleição vinha a ser igual e as legiões se equiparavam. E, como dissemos antes, esse *deletto* era feito para ser empregado imediatamente, porque se compunha de homens dos quais boa parte era experimentada na verdadeira milícia e todos eram adestrados na falsa; e podia-se fazer esse *deletto* tanto por conjectura quanto por experiência, mas onde seria preciso ordenar uma milícia nova, e para o aqui e agora, não se podia fazer tal seleção a não ser por conjectura, a qual se faz pela idade e pela aparência.

Cosimo: Acredito que tudo o quanto dissestes seja verdadeiro. Mas, antes que passeis para outro assunto, quero vos perguntar de uma coisa de que me fizestes lembrar, dizendo que o *deletto* feito onde não houvesse homens prontos para combater teria de se fazer por conjectura; eu ouvi em muitos lugares condenar-se a nossa ordenança, mormente quanto ao número, porque muitos dizem que se deva arregimentar um número menor, do que se extrairia este fruto: que seriam melhores e mais bem-escolhidos, não provocariam tantos embaraços aos seus homens; seria possível premiá-los de algum modo, o que os deixaria mais contentes, e seriam mais bem-comandados. Donde eu gostaria de ouvir a vossa opinião sobre isso, e se preferiríeis o maior número ao menor, e de que maneira os escolheríeis em cada um desses casos.

FABRIZIO: Não há dúvida de que o melhor e mais necessário é o número maior que o menor; ou melhor, onde não se pode ordenar uma grande quantidade, não se pode constituir uma ordenança perfeita; e facilmente anularei as razões defendidas por tais homens. Digo, pois, em primeiro lugar, que o menor número onde haja grande população, como, por exemplo, na Toscana, não faz com que vós tenhais os melhores, nem que o *deletto* seja melhor. Porque quem quisesse escolher os homens, julgando-os pela experiência, encontraria pouquíssimos nessa região que poderiam ser aprovados, seja porque poucos deles estiveram na guerra, seja porque, desses poucos, pouquíssimos passaram por provas que os tornassem merecedores de serem escolhidos primeiro que os demais, de sorte que quem deve escolhê-los em lugares semelhantes deve deixar de lado a experiência e tomá-los por conjectura. Assim, premido por essa necessidade, gostaria de saber, se me vierem à frente vinte jovens de boa aparência, qual regra devo adotar para pegar ou deixar um deles; de tal modo que, sem dúvida, creio que qualquer homem confessará que seria um erro menor arregimentá-los todos para armá-los e exercitá-los, sem saber qual deles se sairá melhor, e reservar-se para fazer depois a seleção mais correta quando, ao fazê-los praticar, se conheçam aqueles com mais disposição e vida. Nesse caso, considerado tudo, escolher pouco para ter o melhor é totalmente falso. Quanto a provocar menos desconforto à região e aos homens, digo que a ordenança, muita ou pouca que ela seja, não provoca nenhum desconforto, porque não tira os homens de nenhum de seus afazeres, não lhes prende a ponto de impedi-los de fazer as coisas que costumam fazer, pois só estão obrigados a se reunirem para exercitar nos dias ociosos; algo que não traz dano à região nem aos homens, antes terão prazer nisso os jovens, já que, em vez de nos dias festivos permanecerem ociosamente reunidos entre si, praticariam com prazer esses exercícios, porque o trato das armas, como é um belo espetáculo, é para os jovens bem agradável. Quanto a poder pagar um número menor e, assim, ter homens mais obedientes e contentes servindo, respondo que não se pode formar uma ordenança com tão poucos que seja possível pagá-los e que tal pagamento lhes satisfaça. Por exemplo, se se ordenasse uma milícia de cinco mil infantes, querendo-os pagar de modo que se acredita ficarem contentes, conviria dar a eles pelo menos dez mil ducados por mês. Primeiro, esse número de infantes não é suficiente para formar um exército; esse pagamento é inviável para um estado e, por outro lado, não é suficiente para manter os homens contentes e obrigados a ponto de poder se valer deles ao seu bel-prazer. De modo que, ao fazer isso, demasiado se gastaria, ter-se-ia pouca força e não seria o suficiente para defender-te ou para realizar alguma empresa tua. Se tu desses mais a eles, ou pegasses mais deles, mais impossível ainda seria para ti pagá-los. Se tu desses menos a eles, ou pegasses menos deles, eles ficariam mais descontentes e tu arrancarias menos utilidade deles. Portanto, aqueles que pensam em formar uma ordenança e pagá-la, enquanto ela fica em casa, pensam coisas impossíveis ou inúteis. Mas é bastante necessário pagá-los quando são recrutados para irem à guerra. Ainda se tais ordenações provocassem em seus inscritos algum embaraço nos tempos de paz (algo que não vejo), viriam em recompensa todos aqueles bens que uma milícia ordenada traz para uma região, porque sem ela nada está seguro. Conclui-se que quem quer o pouco número para poder pagá-los, ou por qualquer outra razão alegada por vós, não compreende nada, porque, é a minha opinião, qualquer número que se tenha à mão sempre diminuirá por causa dos infinitos impedimentos que têm os homens, de modo que o pouco número levaria a nada. Depois, se tiveres uma ordenança numerosa, podes, por seu alvitre, valer-te de poucos ou muitos. Além disso, ela há de te servir em fato e reputação, e sempre te dará mais reputação o maior número. Acrescentando a isso, ao fazeres a ordenança para manteres os homens adestrados, se tu alistas poucos homens de muitas regiões, ficam os alistados tão distantes uns dos outros que tu não podes sem dano gravíssimo a eles recolhê-los para adestrá-los; e sem esse exercício a ordenança é inútil, como se dirá no momento oportuno.

Cosimo: Basta quanto a essa minha pergunta o que dissestes, mas desejo agora que vós me dirimísseis uma outra dúvida. Muitos dizem que tal multidão de homens armados traz confusão, escândalo e desordem na região.

Fabrizio: Esta é outra vã opinião pelo motivo que vos direi. Esses homens armados podem causar desordem de duas maneiras: ou entre si ou contra outros. Tais coisas pode-se facilmente evitar, caso a ordenação por si mesma não evite; quanto aos escândalos entre eles, essa ordenação as tolhe, não as alimenta, porque, ao ordená-los assim, vós dais a eles armas e chefes. Se a região onde estão ordenados é tão pouco belicosa a ponto de não existirem armas entre seus homens e tão unida que não haja chefes, essa ordenação será mais feroz ainda contra o estrangeiro, mas não os fará de maneira alguma mais desunidos, porque os homens bem-ordenados temem as leis, armados ou desarmados; nem jamais chegam a perturbar se os chefes que destes a eles não causam perturbação; e o modo de se fazer isso se dirá em breve. Contudo, se a região onde estão ordenados é armígera e desunida, essa ordenação só será motivo para uni-los, porque já têm armas e chefes por si mesmos, mas são armas inúteis para a guerra, e os chefes provocadores de escândalos. Essa ordenação dá a eles armas úteis à guerra e chefes extinguidores de escândalos, porque ali, logo que alguém é ofendido, recorre ao seu chefe de facção, o qual, para manter a sua reputação, conforta-o com a vingança, não com a paz. O contrário faz o chefe público, de modo que é por essa via que se remove a razão dos escândalos e se prepara a da união; e as províncias unidas e efeminadas deixam de ser pusilânimes e mantêm a união; as desunidas e escandalosas unem-se e aquela sua ferocidade, que desordenadamente empregam, transforma-se em utilidade pública. Quanto a querer que não façam mal a outros, deve-se considerar que não podem fazer isso senão mediante os chefes que os governam. Para conseguir que os chefes não provoquem desordens, é necessário cuidar para que não adquiram demasiada autoridade sobre a tropa. E deveis considerar que essa autoridade é adquirida por natureza ou por acidente. Quanto à natureza, convém providenciar que não seja nomeado um chefe para os homens inscritos de uma região alguém nascido nela, mas seja feito chefe naquelas regiões onde não haja nenhuma conveniência natural. Quanto ao acidente, deve-se ordenar de forma que a cada ano os chefes revezem-se no governo, porque a contínua autoridade sobre os mesmos homens gera entre eles tanta união que facilmente se pode converter em prejuízo para o príncipe. Tais permutas são tão úteis àqueles que as empregam quanto danosas àqueles que não as observam, o que se conhece pelo exemplo do reino dos Assírios e do império Romano; donde se vê que aquele reino durou mil anos sem tumulto e sem nenhuma guerra civil, o que não procedeu de outra coisa a não ser das permutas que faziam, de região a região, todo ano os capitães nomeados para cuidar de seus exércitos. Nem por outro motivo no império Romano, extinto o sangue dos Césares,[27] nasceram ali tantas guerras civis entre os capitães dos exércitos e tantas conjurações pelos citados capitães contra os imperadores, por se ter continuamente fixado aqueles capitães nos mesmos postos. E, se em alguns daqueles primeiros imperadores e nos seguintes que mantiveram a reputação do império, como Adriano, Marco, Severo[28] e outros, tivesse havido a visão de introduzirem esse costume de permutar os capitães, sem dúvida o império teria sido mais calmo e mais longo, porque os capitães teriam menos ocasiões de tumultuar, os imperadores menos motivos para temer, e o senado, nas ausências das sucessões, teria tido na eleição do imperador mais autoridade, a qual, por conseguinte, teria sido mais bem-conduzida. Mas os maus hábitos, ou por ignorância ou por pouca diligência dos homens, não se podem eliminar nem pelos maus nem pelos bons exemplos.

COSIMO: Não sei se com minhas perguntas eu vos desviei de vosso caminho, porque do *deletto* acabamos entrando por outro assunto; e se há pouco eu não tivesse me desculpado, acreditaria merecer ser repreendido por isso.

---

27. Termina em 68 d.C. (N.T.)
28. Marco Aurélio e Sétimo Severo. (N.T.)

Fabrizio: Não vos aborreceis com isso, porque toda essa exposição era necessária para se falar da ordenança, que, sendo condenada por muitos, convinha que se lhe desculpasse para que essa primeira parte sobre o *deletto* tivesse lugar aqui. E, antes que eu me encaminhe para outros assuntos, quero falar do *deletto* da cavalaria. Os antigos o faziam entre os mais ricos, prestando atenção na idade e na qualidade do homem, e eram escolhidos trezentos por legião, tanto que os cavalarianos romanos em cada exército consular não passavam de seiscentos.

Cosimo: Faríeis uma ordenança de cavaleiros exercitar-se em casa e valer-vos-íeis dela no devido tempo?

Fabrizio: Isso é necessário, e não se pode fazer de outra maneira, caso se queira ter armas que sejam suas e não se queira lançar mão daqueles que fazem delas uma arte.

Cosimo: Como os escolheríeis?

Fabrizio: Imitaria os romanos, os subtrairia dos mais ricos, dar-lhes-ia capitães tal como se lhe dão, e os armaria e adestraria.

Cosimo: Seria preciso dar a eles alguma remuneração!

Fabrizio: Sim, claro, mas tão somente o necessário para alimentar o cavalo, porque, se aos teus súditos trouxeres mais despesas, eles poderiam reclamar de ti. Todavia, seria necessário pagar-lhes pelo seu cavalo e pelas despesas com ele.

Cosimo: Quantos deles precisaríeis e como os armaríeis?

Fabrizio: Passastes a outro assunto. Eu vos direi no momento oportuno, que virá quando discorrerei sobre como se devem armar os infantes, ou como são preparados para uma batalha.

LIVRO SEGUNDO

Fabrizio: Creio ser necessário, uma vez que se tenham encontrado os homens e querendo-se fazer isso, examinar que armas os antigos usavam e destas escolher as melhores. Os romanos dividiam as suas infantarias em pesadas e ligeiras. As armadas ligeiras eles as chamavam pelo nome de vélites.[29] Sob esse vocábulo compreendiam-se todos aqueles que atiravam com a funda, com a besta, com os dardos e que se defendiam, a maioria deles, cobrindo a cabeça com uma rodela no braço. Eles combatiam fora e distantes das fileiras dos soldados que usavam armadura pesada a qual se compunha de uma celada que descia até os ombros, uma couraça cujas faldas alcançavam os joelhos, e tinham as pernas e os braços cobertos por grevas e braçadeiras, com um escudo embraçado de dois braços[30] de comprimento por um de largura, com um arco de ferro por cima, para suportar os golpes, e um outro por baixo, para não se desgastar ao raspar na terra. Para atacar, cingiam uma espada de um braço e meio em seu flanco esquerdo e um punhal no flanco direito.[31] Empunhavam um dardo na mão, que o chamavam de pilo, e assim que começavam as escaramuças o lançavam contra o inimigo. Essa era a seção mais valorosa

---

29. *Vélite* era o soldado de infantaria, entre os antigos romanos, provido de armas leves (ver *Dicionário Aulete digital – Dicionário contemporâneo da língua portuguesa*. Rio de Janeiro: Lexikon Editora Digital, 2007). (N.T.)

30. Na época de Maquiavel, um braço equivalia a 60 cm, diferente de hoje, quando equivale a 75 cm. (N.T.)

31. No original, *stiletto*, espécie de punhal muito afiado, cuja lâmina era seccionada em forma de quadrado ou triângulo. (N.T.)

das armas romanas, com as quais eles dominaram o mundo. Embora alguns autores antigos mencionem, além das armas citadas, uma lança levada na mão semelhante a um venábulo, não sei como é possível manipular uma pesada lança quem carrega um escudo, porque este impediria de manejá-la com as duas mãos, e com uma não se faz muita coisa em vista do seu peso. Além disso, combater com lanças em fileiras cerradas é inútil, exceto à frente onde há espaço livre para poder estender completamente a lança, o que dentro das fileiras não é possível ser feito, porque a natureza das batalhas, como na hora certa vos direi, é sempre a de aglomerar-se, porque isso é menos temerário, ainda que seja inconveniente, do que dispersar-se, em que o perigo é mais evidente. Do mesmo modo, todas as armas que ultrapassam o comprimento de dois braços são inúteis nas estreitas fileiras, porque se portais a lança e quereis segurá-la com as duas mãos, de maneira que o escudo não vos estorveis, não poderíeis ferir com ela um inimigo que estivesse em cima de vós. Se a segurastes com uma mão só, para vos servistes do escudo, não conseguindo segurá-la a não ser no meio, ela avança de tal forma para trás, que aqueles que estão às suas costas vos impediriam de manejá-la. Se é verdade que os romanos não usassem essas lanças, ou que, usando-as, se valessem pouco delas, lede sobre todas as batalhas celebradas por Tito Lívio em sua *História*[32] e observai as raríssimas vezes em que são feitas menções a lanças; aliás, ele sempre disse que, lançados os pilos, empunhavam-se as espadas. Mas quero deixar essas lanças e ater-me, quanto aos romanos, à espada para ataque e, para defesa, ao escudo e mais às outras armas sobreditas. Os gregos não se armavam tão pesadamente para se defender quanto os romanos, mas, para o ataque, fiavam-se mais nas lanças do que nas espadas, principalmente as falanges macedônicas, as quais portavam lanças que se chamavam sarissas, com uns dez braços de comprimento, com as quais eles abriam as fileiras inimigas e mantinham em ordem as

---

32. Historiador romano que viveu entre 59-17 a.C. e escreveu, entre outras obras, a *História de Roma*. (N.T.)

suas falanges. Embora alguns autores digam que eles também usavam o escudo, não sei, pelas razões ditas antes, como eles podiam portar a um tempo as sarissas e os escudos. Além disso, na batalha que Paulo Emílio travou com Perseu, rei da Macedônia,[33] não me recordo de ter sido feita alguma menção aos escudos, mas somente às sarissas e às dificuldades que teve o exército romano em vencê-la. Em vista disso, suponho que não fosse diferente uma falange macedônica do que é hoje uma companhia de suíços, os quais têm nos piques toda a sua diligência e força. Os romanos ornavam de penachos, além das armas, as infantarias, o que torna a aparência do exército bela, para os amigos, e terrível, para os inimigos. As armas da cavalaria, nos primórdios de Roma, eram um escudo redondo, uma proteção na cabeça e o restante do corpo desarmado. Levavam uma espada e uma lança comprida e fina, com o ferro somente na parte da frente, o que os impedia de firmar o escudo; e a lança ao bater quebrava-se, e eles, por não usarem armadura, expunham-se aos ferimentos. Depois, com o tempo, armaram-se como os soldados da infantaria, mas portavam um escudo menor e quadrado e a lança mais firme e com dois ferros, para que, rompendo-se de um lado, pudessem valer-se do outro. Com essas armas, tanto de pé como a cavalo, os meus romanos ocuparam o mundo todo; e é crível, pelo fruto que se viu daí, que eram os mais bem-armados exércitos que jamais existiram. E Tito Lívio em sua *História* faz fé disso nas muitas vezes em que, comparando-os aos exércitos inimigos, diz: "Mas os romanos por *virtù*, pelo gênero de armas e pela disciplina eram superiores"; e por isso eu tenho falado mais das armas dos vencedores do que das dos vencidos. Parece-me melhor só tratar do modo de armar-se de hoje. Os infantes defendem-se com um peitoral de ferro e, para o ataque, servem-se de uma lança de nove braços, a que chamam pique, mais uma espada no flanco mais arredondada na ponta do que aguda. Essas são as armas ordinárias das infantarias de hoje,

---

33. Em Pidna, em 168 a.C., Paulo Emílio derrotou Perseu, último rei da Macedônia. Ver *Discorsi*, III, 25. (N.T.)

porque poucos são os que armam as espáduas e os braços, e ninguém a cabeça; e esses poucos portam em vez do pique uma alabarda, lança, como sabeis, de três braços de comprimento cujo ferro é cavado como de um machado. Há entre seus escopeteiros aqueles que com seus disparos produzem os mesmo efeitos que os fundidores e os besteiros. Essa forma de armar-se foi encontrada entre os povos alemães, mormente os suíços, os quais, sendo pobres e querendo viver livremente, tinham e têm necessidade de combater contra a ambição dos príncipes alemães, os quais, por serem ricos, podiam sustentar os cavalos, o que não podiam fazer aqueles povos em razão da pobreza; de onde adveio, estando a pé e precisando defender-se dos inimigos que estavam a cavalo, e conveio a eles procurar as antigas formações e encontrar armas que os defendessem da fúria dos cavaleiros. Essa necessidade os fez ou manter ou retomar as antigas ordenações, sem as quais, como todos aqueles que são prudentes afirmam, a infantaria é inútil. Tomaram então por armas os piques, armas utilíssimas não somente para enfrentar os cavaleiros, mas também para vencê-los. E, por virtude dessas armas e dessas ordenações, os alemães tornaram-se tão audaciosos, que quinze ou vinte mil deles assaltariam um grande número de cavaleiros, o que se viu várias vezes de vinte e cinco anos para cá. E têm sido tão potentes os exemplos da *virtù* fundada por eles nestas armas e ordenações, que, assim que o rei Carlos passou pela Itália,[34] todas nações os imitaram, tanto que os exércitos espanhóis passaram a ter uma enorme reputação.

COSIMO: Qual modo de armar-se louvais mais, o alemão ou o romano antigo?

FABRIZIO: O romano, sem dúvida; e vos direi o que há de bom e mau num e noutro. Os infantes alemães armados dessa maneira podem enfrentar e vencer os cavaleiros; são muito mais diligentes para caminhar e ordenar-se por não estarem sobrecarregados de armas. Por outro lado, estão expostos a todo tipo de golpe, a distância e de perto, por não usarem

---

34. Carlos VIII, rei da França, em 1494. (N.T.)

armaduras; são inúteis aos assaltos de fortificações e a toda escaramuça em que haja vigorosa resistência. Mas os romanos enfrentavam e venciam os cavaleiros como os alemães, protegiam-se dos golpes a curta e longa distância por estarem cobertos de armaduras, podiam golpear e defender-se melhor dos ataques graças aos escudos; podiam mais habilmente, em meio ao empurra-empurra, valer-se da espada do que os alemães com o pique; porém, se empunham a espada sem o escudo, ela se torna inútil nesse caso. Podiam com segurança assaltar as fortificações, tendo a cabeça protegida e podendo ainda protegê-la melhor com o escudo. De tal forma que eles não tinham outro desconforto a não ser o do peso das armas e o aborrecimento de ter que carregá-las, situação que superavam ao acostumar o corpo aos desconfortos e ao endurecê-lo a ponto de suportar os esforços. E vós sabeis como nas coisas costumeiras os homens não padecem. E deveis entender isto: as infantarias podem combater contra infantes e cavaleiros, e sempre serão inúteis aqueles que ou não consigam enfrentar os cavaleiros ou, podendo enfrentá-los, tenham no entanto medo das infantarias que estejam mais bem-armadas e mais bem-ordenadas do que as deles. Ora, se vós considerásseis as infantarias romana e alemã, vós encontraríeis na alemã empenho, como dissemos, em vencer os cavaleiros, mas grande desvantagem no combate contra uma infantaria ordenada como a deles e armada como a romana. De modo que se vê a vantagem de uma e de outra: os romanos podem superar os infantes e os cavaleiros; os alemães, só os cavaleiros.

Cosimo: Gostaria que nos désseis algum exemplo mais particular para que compreendêssemos isso melhor.

Fabrizio: Digo então que vós encontraríeis, em muitos trechos de nossa história, as infantarias romanas vencendo inumeráveis cavalarias, porém jamais encontraríeis que elas tenham sido vencidas por homens a pé, por defeitos que tenham tido seus infantes ou por vantagens que os inimigos tenham tido nas armas. Porque, se o modo como se armaram tivesse sido defeituoso, seria necessário que se seguisse uma destas duas coisas: ou que, encontrando quem se armasse melhor, eles não fossem adiante em suas conquistas, ou que copiassem os modos dos estrangeiros e abandonassem os seus. E porque não se seguiu nem uma coisa nem outra, deduz-se que se pode facilmente conjecturar que o seu modo de armar-se era melhor do que qualquer outro. Com as infantarias alemãs não ocorreu assim, porque passaram por maus bocados, como já se viu, quando foram obrigados a combater com homens a pé, ordenados e obstinados como eles o que veio da vantagem que encontraram nas armas inimigas. Filippo Visconti, duque de Milão, sendo atacado por dezoito mil suíços, mandou contra eles o conde Carmignuola,[35] o seu capitão naquela ocasião. Este, com seis mil cavaleiros e alguns infantes, foi ao encontro deles e, assim que iniciou a batalha, foi rechaçado com gravíssimas perdas. Donde Carmignuola, como homem prudente, logo conheceu a força das armas inimigas, o quanto prevaleciam sobre sua cavalaria e a debilidade dos cavaleiros contra aqueles que iam a pé muito bem-ordenados. Então, reuniu novamente os seus homens, foi outra vez ao encontro dos suíços e, quando chegou perto deles, mandou sua gente apear do cavalo e, combatendo dessa maneira contra os alemães, salvos três mil, massacrou todos; estes, vendo-se derrotados e sem remédio à vista, depuseram as armas e renderam-se.

Cosimo: De onde veio toda essa desvantagem?

Fabrizio: Do que vos disse há pouco, mas porque não entendestes, eu vos repetirei. As infantarias alemãs, como vos disse, quase sem armas para se defender, têm, para atacar, o pique e a espada. Com essas armas e com as suas fileiras vai ao encontro do inimigo, o qual – caso esteja bem-protegido pelas armas, como estavam os soldados que Carmignuola mandou apear – vem com a espada e em suas fileiras para encontrá-los e não tem outra dificuldade a não ser aproximar-se dos suíços o suficiente para atingi-los com a espada; porque, como estão aglomerados, os combate de forma segura, já que o alemão não pode dar com o pique no inimigo que está junto a si, devido

---

35. Mais conhecido como Francesco Bussone Carmagnola. (N.T.)

à extensão da lança, e com isso tem de empunhar a espada, que resta inútil, estando ele sem armadura e com armadura o inimigo. Donde quem considera a vantagem e a desvantagem de um e de outro verá como quem está sem armadura não encontrará remédio verdadeiro, ao passo que vencer a primeira luta e passar pelas primeiras pontas dos piques não é muito difícil para quem combate protegido com a armadura, porque as companhias, ao seguirem em sua marcha (como entendereis melhor quando eu vos demonstrar como eles se juntam), necessariamente se aproximam umas das outras e se pegam corpo a corpo; e, mesmo que alguns sejam mortos pelos piques ou jogados no chão, os que restam em pé são tantos que bastam para vencer. Por essa razão, Carmignuola venceu com tantas mortes entre os suíços e poucas baixas entre os seus.

Cosimo: Considerando que os cavaleiros de Carmignuola, embora estivessem a pé, estavam cobertos por armaduras, e por isso puderam fazer o que fizeram, penso que seria necessário armar assim uma infantaria a fim de fazer a mesma coisa.

Fabrizio: Se recordastes aquilo que eu disse sobre como os romanos se armavam, não pensaríeis assim, porque um infante que tenha a cabeça coberta de ferro, o peito protegido pela couraça e pelo escudo, as pernas e os braços armados, está muito mais apto para defender-se dos piques e enfiar-se pelas fileiras inimigas do que um cavaleiro a pé. Quero falar sobre isso com base em alguns exemplos modernos. Tropas espanholas desembarcam da Sicília para o reino de Nápoles para encontrar Gonzalo,[36] que estava sendo atacado em Barletta pelos franceses. Quem os enfrentou foi o senhor de Aubigny[37] com sua cavalaria e cerca de quatro mil infantes alemães. Os alemães atacaram. Com seus piques baixos abriram as infantarias espanholas, mas estas, apoiadas por seus broquéis e

---

36. Gonzalo Fernández de Córdoba y Aguilar (1453-1515), conhecido como El Grán Capitán, mencionado por Cervantes no capítulo XXXV de *O engenhoso fidalgo Dom Quixote de La Mancha*. (N.T.)

37. É o conde de Beaumont-le-Roger, ou Robert Stuart d'Aubigny (1470-1544), também mencionado na mesma passagem de *Dom Quixote*. (N.T.)

pela agilidade de seus corpos, misturaram-se aos alemães a ponto de conseguirem aproximar-se deles com a espada, o que lhes trouxe a morte de quase todos e a vitória dos espanhóis. É sabido quantos soldados alemães morreram na batalha de Ravena[38] pelas mesmas razões: as infantarias espanholas aproximaram-se dos alemães à distância de uma espada e os teriam matados a todos se os cavaleiros franceses não tivessem ido ao socorro dos alemães; no entanto, os espanhóis, sem se dispersarem, conduziram-se para um lugar seguro. Concluo, então, que uma boa infantaria ofereça poder não somente para defender-se da cavalaria, como também para não temer os infantes, o que, como muitas vezes já disse, decorre das armas e da ordenação.

Cosimo: Dizei, então, como os armaríeis.

Fabrizio: Tomaria as armas dos romanos e alemães e gostaria que a metade fosse armada como os romanos e a outra, como os alemães. Porque entre seis mil infantes, como direi mais adiante, três mil com escudos à romana, dois mil com piques e mil escopeteiros à maneira alemã me bastariam, pois colocaria os piques ou na frente dos batalhões ou onde eu divisasse mais cavaleiros; e os homens com escudos e espada me serviriam para compor as retaguardas dos piques e vencer a batalha, como vos mostrarei. Tanto é assim que eu acredito que uma infantaria de tal forma ordenada superasse hoje qualquer outra infantaria.

Cosimo: Isso que se disse quanto às infantarias é o bastante, mas, quanto à cavalaria, gostaríamos de compreender qual vos pareceis mais fortemente armada, a nossa ou a dos antigos?

Fabrizio: Creio que hoje, em relação às selas com arção e aos estribos não usados pelos antigos, esteja-se mais vigorosamente a cavalo hoje do que antes. Creio também que se esteja mais seguro, de modo que hoje um esquadrão de cavaleiros, pesando muito mais, vem a ser barrado com mais dificuldade

---

38. Batalha que se deu em 1512, com a vitória dos franceses contra os espanhóis. (N.T.)

do que eram os antigos cavaleiros. Com tudo isso, no entanto, julgo que não se deva ter em conta a cavalaria atualmente como se tinha antes, porque, como se disse antes, muitas vezes nos dias de hoje ela passou vergonha ante os infantes, e sempre passará quando se deparar com uma infantaria armada e ordenada, como dissemos. Tigranes, rei da Armênia, tinha, contra o exército romano comandado por Lúculo, cento e cinquenta cavaleiros, entre os quais muitos estavam armados como os nossos, que eram chamados de catafractos;[39] do lado oposto, os romanos chegavam a seis mil cavaleiros e vinte e cinco mil infantes, o que fez Tigrane, ao ver o exército inimigo, dizer: "São muitos cavalos para uma embaixada". Não obstante, indo à luta, foi derrotado. E quem escreveu sobre essa escaramuça vilipendia esses catafractos considerando-os como inúteis, porque, por terem o rosto coberto, estavam mal preparados para ver e atacar o inimigo e, em razão do peso das armas, não podiam, caindo, reerguer-se nem se valer de si mesmos. Digo, portanto, que os povos ou reinos que estimaram mais a cavalaria do que a infantaria sempre ficaram frágeis e expostos a toda ruína, como se vê a Itália nos dias de hoje, que foi saqueada, arruinada e invadida por estrangeiros, não por outro pecado senão o de ter tido pouco cuidado com a milícia a pé e ter reconduzido todos os seus soldados à cavalaria. Deve-se, claro, empregar cavalos, mas como segundo e não como primeiro fundamento de seu exército; porque, para fazer explorações, correr e saquear o território inimigo, para atormentar e arrasar o exército inimigo e suas armas e deixá-lo sem víveres, são sempre necessários e muito úteis; porém, quanto às batalhas e às escaramuças campais, que são o nervo da guerra e o fim a que se ordenam os exércitos, são mais úteis para seguir o inimigo já derrotado do que fazer qualquer outra coisa que por ela se faça, e são, em face da *virtù* dos infantes, pedestres muitíssimos inferiores.

---

39. Na Antiguidade, eram os soldados que usavam a *catafracta*: "cota de armas de linho ou de lâminas de ferro" (*Dicionário Aulete digital*, op. cit.). (N.T.)

Cosimo: Ocorrem-me duas dúvidas: uma é que os partos[40] não guerreavam a não ser a cavalo e, mesmo assim, dividiram o mundo com os romanos; a outra é que eu gostaria que me dissesses como a cavalaria pode ser enfrentada pelos infantes e donde vem a *virtù* destes e a fragilidade daquela.

Fabrizio: Ou eu já vos disse, ou gostaria de ter-vos dito, que a minha exposição sobre as coisas da guerra não pretende passar dos limites da Europa. Assim, não sou obrigado a procurar razões sobre o que se costuma fazer na Ásia. Em todo caso, dir-vos-ia isto: a milícia dos partos era totalmente oposta à dos romanos, porque os partos combatiam todos a cavalo e, nesse combater, procediam de forma confusa e dispersa, uma forma de combater instável e repleta de incertezas. Os romanos estavam, pode-se dizer, quase todos a pé e combatiam muito juntos e compactamente; e venciam de forma variada uns e outros segundo a região ampla ou estreita, porque nesta os romanos eram superiores e naquela os partos; os quais puderam dar notórias mostras com sua milícia, no que diz respeito à região que eles tinham de defender, que era muito extensa, uma costa a mil milhas de distância,[41] rios separados por dois ou três dias de viagem, tal como as suas cidadelas, além das populações dispersas. De modo que um exército romano pesado e lento em razão das armas e da ordenação não podia cavalgá-la sem grave dano, além de serem muito diligentes aqueles que a cavalo a defendiam, de sorte que hoje estavam num lugar e amanhã a cinquenta milhas dali, o que fez os partos vencerem só com a cavalaria, e o exército de Crasso encontrar sua ruína, e Marco Aurélio inúmeros perigos. Mas eu, como vos disse, não pretendo nesta exposição falar da milícia fora da Europa; em vez disso, quero discorrer aqui sobre como ordenaram seus exércitos os romanos e gregos, e hoje os alemães. Mas vamos à outra pergunta, com a qual quereis entender qual ordenação

---

40. Guerreiros de uma antiga população de estirpe iraniana que habitavam as margens do mar Cáspio. (N.T.)

41. A milha italiana correspondia a 1.488 m (*miglio*), unidade muito próxima da tradicional milha romana (*mille passus* ou apenas *mille*) de 1.479 m. (N.T.)

ou qual *virtù* natural faz com que os infantes superem a cavalaria. Digo-vos, primeiro, que os cavaleiros não podem andar em qualquer lugar como o fazem os infantes. Demoram mais para obedecer quando mudam-se as ordens do que os infantes, porque para eles é preciso ou ir a frente para voltar atrás ou ir para trás para ir à frente; ou mover-se estando parados, ou andando parar; sem dúvida que os cavaleiros não podem fazer isso como o fazem os infantes. Não podem os cavaleiros, sendo por qualquer ataque desordenados, retornar às suas posições senão com dificuldade, ainda que o assédio esmoreça, algo que os infantes fazem muito rapidamente. Ocorre, além disso, muitas vezes, que um homem animoso estará em cima de um cavalo vil e um vilão sobre um animoso, donde vem que essas disparidades de ânimo provoquem desordens. E ninguém se admire que um destacamento de infantes resista a qualquer ataque da cavalaria, porque o cavalo é um animal sensato e conhece os perigos e de má vontade entra numa escaramuça. E se considereis quais forças o fazem ir em frente e quais atrás, vereis decerto ser em maior número as que o retêm do que as que o incitam, porque as esporas o fazem andar adiante e, para trás, a espada e o pique o retêm. De tal modo que se vê, tanto entre os modernos quanto entre os antigos, experiências em que um destacamento de infantes é seguríssimo, e mais: é insuperável pelos cavaleiros. Se vós arguísseis a esse respeito que o ímpeto com o qual o cavalo vem o torna mais furioso para o choque contra quem quisesse enfrentá-lo, considerando menos o pique que a espora, digo que, se o cavalo ao longe começa a ver que terá de ferir-se nas pontas dos piques, ou parará por contra própria a corrida, de modo que assim que se sentir ferido pare imediatamente, ou, junto com o cavaleiro, virar-se-á à direita ou à esquerda. Quem quiser experimentar faça um cavalo correr de encontro a um muro: raramente acontecerá, com o ímpeto que for, de se chocar nele. César, tendo de combater os suíços na França,[42] apeou

---

42. Os helvéticos. Ver *De bello gallico*, I, 25 (ver em português em <http://www.ebooksbrasil.org/eLibris/cesarPL.html#7>). (N.T.)

e fez todos descerem e ficarem em pé e removerem os cavalos das fileiras, como coisa mais adequada para fugir do que combater. Apesar desses naturais impedimentos próprios aos cavalos, o capitão que conduz a infantaria deve escolher os caminhos em que haja o maior número possível de impedimentos para os cavalos, e raramente acontecerá de o homem não poder refugiar-se tranquilamente graças às qualidades do terreno. Porque, se se caminha pelas montanhas, o lugar o libera dos ataques de que desconfia; se se vai pela planície, raras são aquelas que, seja pelas lavouras, seja pelos bosques, não o protejam, pois qualquer brenha, qualquer barreira, ainda que frágil, tolhe os assaltos, e qualquer plantação onde haja parreiras e outras árvores obstrui a passagem dos cavaleiros. Durante uma batalha, essas mesmas coisas se interpõem em seu caminho e, por menor que seja o obstáculo, o cavalo perde o ímpeto. Uma coisa, no entanto, não quero esquecer de vos dizer: como os romanos estimavam tanto as suas ordenações e confiavam tanto em suas armas, se tivessem de escolher entre um lugar muito intratável para proteger-se da cavalaria, onde eles não tivessem como espalhar suas ordenações, e um onde se expusessem mais à cavalaria, mas pudessem se espalhar, sempre escolheriam este em vez daquele. Mas porque é tempo de passar para o exercício, tendo armado essas infantarias segundo os usos antigo e moderno, veremos quais exercícios faziam os romanos antes que as infantarias se dirigissem às batalhas. Ainda que elas sejam bem-escolhidas e bem-armadas, é preciso adestrar-se com muita diligência, porque sem esse adestramento jamais soldado algum foi bom. Esses exercícios devem ser divididos em três partes: primeiro, para endurecer o corpo e torná-lo apto aos desconfortos e fazê-lo mais veloz e mais ágil; segundo, para aprender a lidar com as armas; terceiro, para aprender a observar as ordenações nos exércitos, tanto na marcha quanto no combate e no alojamento. Essas são as três principais ações de um exército, porque, se um exército marcha, aloja-se e combate ordinária e praticamente, o seu capitão granjeará boa reputação mesmo que a batalha não chegue a bom termo. Todas as repúblicas antigas providenciaram que, pelo costume e pelas leis, não se descuidasse de nenhuma parte desses exercícios. Exercitavam então seus jovens para torná-los velozes nas corridas, torná-los destros no salto, torná-los fortes para atirar na estaca ou lutar. E essas três qualidades são necessárias a um soldado, porque a velocidade torna-o apto a ocupar posições antes dos inimigos, a alcançá-lo imprevisível e inesperadamente e a persegui-lo quando o tiver derrotado. A destreza torna-o apto a esquivar-se de golpes, a saltar uma fossa, a superar um obstáculo. A força o faz segurar melhor uma arma, golpear o inimigo, conter um ataque. E, sobretudo, para tornar o corpo mais preparado para os desconfortos, habituam-se a carregar grandes pesos. Tal costume é necessário porque, nas expedições mais difíceis, convém muitas vezes que o soldado, além das armas, leve víveres para vários dias; e, se não fosse acostumado a esse esforço, ele não daria conta disso, nem poderia escapar do perigo ou conquistar com fama uma vitória. Quanto ao aprender a lidar com as armas, eles se exercitavam do seguinte modo. Queriam que os jovens vestissem armas que pesassem mais do que o dobro das armas verdadeiras; para espada davam-lhes um bastão de chumbo, que era pesadíssimo, comparado àquela. Faziam cada um deles fincar uma estaca no chão, da qual três braços ficavam para fora, de modo tão firme que os golpes não a envergassem ou a abatessem; estaca contra a qual o jovem com o escudo e com o bastão, como a um inimigo, se exercitava: ora a atacava como se quisesse ferir-lhe a cabeça ou o rosto, ora como se quisesse golpeá-lo pelo flanco, ora pelas pernas, ora recuava, ora se adiantava. E nesse exercício eram advertidos a se tornar capazes de protegerem-se e ferirem o inimigo; e, como faziam isso com armas falsas e pesadíssimas, as verdadeiras pareciam-lhes levíssimas mais tarde. Queriam os romanos que os seus soldados ferissem o inimigo com a ponta e não com o fio da espada para que o golpe resultasse mais mortal e menos defensável, tanto por descobrir-se menos quem feria quanto por ser mais fácil repetir o golpe assim do que com o fio. Não vos admirais que os antigos pensassem nessas coisas mínimas, porque, onde se pensa que os homens devem lutar, toda pequena vantagem é de grande valia, e eu vos recordo aquilo que sobre isso os autores disseram, em vez de eu vos ensinar. Não havia coisa mais estimada pelos antigos numa república do que possuir muitos homens exercitados nas armas, porque não é o esplendor das pedras preciosas nem do ouro que faz os inimigos se submeterem, mas somente o temor das armas. Depois, os erros que se cometem em outras atividades podem ser corrigidos a qualquer hora, mas aqueles que se cometem na guerra, sobrevindo logo o castigo, não podem ser emendados. Além disso, saber combater torna os homens mais audaciosos, porque ninguém teme fazer aquelas coisas que pensa ter aprendido a fazer. Os antigos queriam, então, que os seus cidadãos se exercitassem em todas as ações bélicas e faziam com que atirassem, contra aquelas estacas, dardos mais pesados do que os verdadeiros, exercício que, além de tornar os homens mais hábeis no lançamento, torna ainda os braços mais ágeis e fortes. Ensinavam-nos ainda a atirar com arco, com a funda, e para todas essas coisas nomeavam mestres, de modo que depois, quando eram escolhidos para irem à guerra, eles já tinham o ânimo e a disposição de soldados. Nem restava outra coisa para eles aprenderem ao entrarem para as ordenações e manterem-se nelas, ou marchando ou combatendo, o que facilmente aprendiam, misturando com aqueles que, por servirem há mais tempo, sabiam comportar-se nas ordenações.

Cosimo: Quais exercícios os faríeis realizar hoje?

Fabrizio: Quase todos os que foram mencionados, como correr e lutar, saltar, fatigá-los debaixo de armas mais pesadas do que as ordinárias, fazê-los atirar com a besta e com o arco, aos quais acrescentaria a escopeta, instrumento novo, como sabeis, e necessário. E a esses exercícios habituaria toda a juventude do meu estado, mas com maior indústria e mais solicitude aquela parte que eu tivesse inscrito para combater; e se exercitariam sempre nos dias ociosos. Gostaria ainda que eles aprendessem a nadar, o que é muito útil, porque nem sempre há pontes sobre os rios, nem sempre os barcos estão preparados;

de modo que, sem saber nadar, teu exército fica privado de muitos confortos e ficas tolhido de lutar bem em várias ocasiões. Não por outra razão, os romanos mandavam os jovens se exercitarem no Campo de Marte, pois, ficando perto do rio Tibre, podiam, ao se cansarem dos exercícios em terra, recuperar-se na água e, nesse meio-tempo, exercitar-se nadando. Faria também, como os antigos, exercitarem-se os cavaleiros, o que é muito necessário para que, além de saber cavalgar, saibam, ao cavalgar, valer-se de si mesmos. Para isso, os antigos construíam cavalos de madeira, sobre os quais se adestravam, saltando neles armados e desarmados, sem qualquer ajuda e sem as mãos, o que fazia com que, de repente e a um aceno de um comandante, a cavalaria apeasse e, a outro aceno, montasse novamente nos cavalos. E tais exercícios, a pé e a cavalo, assim como eram fáceis então, não o seriam difíceis à república ou ao príncipe que quisesse colocá-los em prática seus jovens, como se vê comprovadamente em algumas cidades do poente,[43] onde se mantêm vivos costumes semelhantes aos dessa ordenação. Elas dividem os seus habitantes em várias seções, e todas são nomeadas pelo gênero de armas que utilizam na guerra. Porque usam piques, alabardas, arcos e escopetas, chamam-se piqueiros, alabardeiros, escopeteiros e arqueiros. Convém, então, a todos os habitantes declararem em que ordem desejam ser inscritos. E porque nem todos, seja por velhice, seja por outros impedimentos, estão aptos para guerra, é feita uma seleção para cada ordem, e os chamam de jurados, os quais, nos dias livres, são obrigados a se exercitar naquelas armas das quais receberam seus nomes. Cada ordem tem seu lugar delegado pelo público, onde tal exercício deve ser feito; e aqueles que são daquela ordem, mas não são jurados, contribuem com o dinheiro necessário para as despesas desses exercícios. Portanto, o que eles fazem em suas cidades, poderíamos fazer nós, mas a nossa pouca prudência não nos deixa tomar uma boa decisão. Desses exercícios resulta que os antigos tinham boas infantarias, e hoje as cidades do poente

---

43. Do Oeste. (N.T.)

possuem melhores infantes do que os nossos, porque os antigos os exercitavam ou em casa, como faziam as repúblicas, ou nos exércitos, como faziam os imperadores, pelas razões que já dissemos. Mas nós não queremos exercitá-los em casa; no campo não podemos por não serem nossos súditos, nem serem obrigados a outros exercícios que aqueles que eles mesmos queiram praticar. Por esse motivo fez-se com que, primeiro, fossem deixados de lado os exercícios e, depois, as ordenações, e os reinos e as repúblicas, mormente as italianas, vivam em tal debilidade. Mas retornemos à nossa ordenação, e seguindo com essa matéria dos exercícios, digo que para ter bons exércitos não basta endurecer os homens, torná-los vigorosos, velozes e destros; é preciso ainda que eles aprendam a permanecer nas ordenações, a obedecer aos sinais, aos toques e aos comandos do capitão, e saber mantê-las em formação quando parados, em retirada, marchando para trás, combatendo e caminhando, porque sem essa disciplina, mesmo com toda a acurada diligência observada e praticada, jamais um exército foi bom. Sem dúvida, os homens ferozes e desordenados são muito mais fracos do que os tímidos e ordenados; porque a ordem tira dos homens o temor, a desordem arrefece a ferocidade. E, para que compreendeis melhor aquilo que logo se dirá, vós tendes de compreender como cada nação, na ordenação de seus homens para a guerra, elegeu em seu exército, ou na sua milícia, um membro principal, o qual, se varia o seu nome, não varia o número de seus homens, porque todos são compostos de seis a oito mil homens. Esse membro foi chamado pelos romanos de legião; pelos gregos, de falange; pelos franceses, caterva.[44] Em nossos dias, os suíços (os quais só retêm da antiga milícia algumas sombras) o chamam em sua língua o que na nossa significa batalhão. Verdade é que cada um depois o dividiu em várias companhias e o ordenou de acordo com os seus propósitos. Parece-me então que nós fundamos o nosso falar com base nesse nome mais notório e em

---

44. Na Roma antiga, designava o corpo militar composto pelos bárbaros (Ver De Mauro, *Il dizionario della lengua italiana*. Disponível em <http://www.demauroparavia.it/>. Acesso em 15 out. 2007). (N.T.)

seguida, conforme as antigas e modernas ordenações, nós o ordenamos da melhor forma possível. E porque os romanos dividiam sua legião, composta por cinco ou seis mil homens, em dez coortes, quero que dividamos o nosso batalhão em dez companhias, e o constituiremos de seis mil homens a pé, e a cada companhia daremos quatrocentos e cinquenta homens, dos quais quatrocentos armados com armas pesadas e cinquenta com armas leves. Sejam as armas pesadas trezentos escudos com as espadas, e chamemo-los escudeiros; sejam cem com os piques, e chamemo-los piques ordinários; as armas leves sejam cinquenta infantes armados de escopetas, bestas, partasanas e rodelas, e a estes dá-se um nome antigo: vélites ordinários, os quais somam quatrocentos e cinquenta infantes. E se queremos criar um batalhão com seis mil, como dissemos, é preciso acrescentar mais outros mil e quinhentos infantes, dos quais para mil daríamos os piques, que se chamariam piques extraordinários, e a quinhentos daríamos armas leves, que seriam os vélites extraordinários. Assim viriam a ser as minhas infantarias, segundo o que disse faz pouco, compostas metade por escudos e metade entre piques e as demais armas. Nomearia para cada companhia um condestável, quatro centuriões e quarenta decuriões, e mais um chefe para os vélites ordinários, com cinco decuriões. Daria aos mil piques extraordinários três condestáveis, dez centuriões e cem decuriões; aos vélites extraordinários dois condestáveis, cinco centuriões e cinquenta decuriões. Ordenaria em seguida um general de todo o batalhão. Gostaria que cada condestável tivesse seu porta-estandarte e os instrumentistas. Um batalhão seria, portanto, composto por dez companhias de três mil escudeiros, de mil piques ordinários, de mil extraordinários, de quinhentos vélites ordinários, de quinhentos extraordinários, e assim viriam a ser seis mil infantes, entre os quais haveria mil e quinhentos decuriões e ainda quinze condestáveis, com quinze instrumentistas e quinze porta-estandartes, cinquenta e cinco centuriões, dez chefes dos vélites ordinários e um capitão de todo o batalhão com o seu estandarte e os seus instrumentistas. De bom grado repetirei aqui mais vezes essa ordenação a fim de que depois, quando mostrar-vos os modos de ordenar as companhias e os exércitos, vós não vos confundireis. Digo, então, que o rei ou a república deveria ordenar com tais armas e com tais seções os seus súditos e constituir em seu território tantos batalhões quantos fosse capaz. Quando os tivesse ordenado segundo a supracitada distribuição, querendo-os exercitar, bastaria fazê-lo companhia por companhia. Embora o número de homens de cada uma delas não possa por si só simular exatamente um exército, cada homem pode aprender a fazer aquilo que diz respeito a ele particularmente, porque nos exércitos se observam duas ordens: uma é a que devem fazer os homens em cada companhia; a outra é a que depois deve fazer a companhia quando está com as outras em um exército. Os homens que fazem bem a primeira coisa facilmente observam a segunda, mas, sem saber a primeira, jamais se alcança a disciplina da segunda. Podem, então, como eu disse, cada uma dessas companhias aprender por si só a manter a ordenação das fileiras em toda espécie de movimento e de lugar e, em seguida, saber agrupar-se, compreender o som com que se comanda em meio às escaramuças; saber reconhecer por meio desse som, como os galeotes pelo assobio, o que deve fazer: permanecer compacta, ou virar-se para frente, ou voltar-se para trás, ou para onde direcionar as armas e o rosto. De modo que, conhecendo bem as ações das fileiras, de tal sorte que nem o lugar nem o movimento as dispersem, entendendo bem os comandos do chefe mediante o som dos instrumentos e sabendo logo retornar a seu posto, possam, pois, facilmente, como eu disse, essas companhias, estando reunidas muito compactamente, aprender a fazer aquilo que todo o seu corpo é obrigado a fazer, junto com as outras companhias, em um exército inteiro. E uma vez que essa prática universal ainda não pode ser subestimada, poder-se-ia reunir uma ou duas vezes por ano, em tempos de paz, todo o batalhão e dar-lhe a forma de um exército completo, exercitando-os alguns dias como se estivesse numa batalha, colocando a frente, os flancos e os reservistas nos seus lugares. E como um capitão ordena seu exército para uma batalha, ou por causa do inimigo que vê ou por aquilo que mesmo sem ver supõe haver, deve adestrar seu exército de um modo e de outro e instruí-lo de modo que possa marchar e, se a necessidade o requeresse, também combater, mostrando aos soldados como deveriam agir quando fossem atacados deste ou daquele lado. Quando os instruísse para combater contra o inimigo que vissem, mostraria a eles para onde devem retirar-se quando rechaçados durante as escaramuças, quem deve tomar os seus lugares, a que sinais, sons, vozes de comando devem obedecer; e, nas batalhas e nos ataques simulados, devem ser exercitados de modo que sintam desejo dos verdadeiros. Isso porque o exército não é valoroso por se compor de homens valorosos, mas por serem suas ordens bem-ordenadas, pois se eu estou entre os primeiros combatedores e souber, sendo superado, para onde devo me retirar e quem deve tomar meu lugar, sempre combaterei valorosamente, vendo o socorro perto de mim. Se eu estiver entre os segundos combatentes, ao serem empurrados e rechaçados os primeiros, tal fato não me deixará perturbado, uma vez que isso estava pressuposto e o teria desejado por ser eu a dar a vitória ao meu senhor e não os primeiros. Esses exercícios são muito necessários onde se forma um exército de novo; e onde há um exército velho também são necessários, pois, como é sabido, os romanos, ainda que soubessem desde pequenos a ordenação dos seus exércitos, seus comandantes antes de combaterem o inimigo continuamente os exercitavam. Iosefo em sua *História*[45] diz que os contínuos exercícios dos exércitos romanos faziam com que toda aquela turba que segue pelo campo em busca de ganho fosse útil nas batalhas, porque todos sabiam como ficar nas fileiras e combater observando isso. Mas nos exércitos de homens novos, quer sejam reunidos para combater imediatamente, quer estejam colocados em uma ordenança para combaterem no tempo azado, sem esses exercícios, tanto para as companhias por si mesmas quanto para todo o exército, tudo está perdido; pois

---

45. Flávio Iosefo, historiador judeu (c. 38-c. 103) que escreveu *De bello judaico* (A Guerra Judaica), de onde Maquiavel tira a referência (*La guerra judaica*, III, p. 415). (N.T.)

sendo necessárias essas ordenações, convém ensinar tais exercícios com indústria dobrada e muito esforço a quem não os conhece, e mantidos por quem já os conhece, como se vê quando para mantê-los e para ensiná-los muitos comandantes excelentes esforçaram-se sem descanso.

Cosimo: Parece-me que essa exposição tenha se desvirtuado um pouco, porque, não tendo vós declarado ainda os modos pelos quais as companhias se exercitam, já falastes do exército inteiro e das batalhas.

Fabrizio: Dissestes a verdade, e a razão disso é a sincera afeição que eu dedico a essas ordenações, e a dor que sinto vendo que não são postas em ação, mas voltarei a esse assunto, fiqueis certo disso. Como eu vos disse, o que é mais importante no exército, a respeito das companhias, é saber manter bem as fileiras. Para isso, é necessário exercitá-las naquelas manobras chamadas de caracol. E porque vos disse que uma dessas companhias deve compor-se de quatrocentos infantes armados de armas pesadas, eu me deterei nesse número. Eles devem então se dividir em oitenta fileiras com cinco em cada uma. Depois, andando rápida ou vagarosamente, juntá-las e dispersá-las, e como fazer isso se pode demonstrar mais com fatos do que com palavras. Mais tarde, isso torna-se menos necessário, pois qualquer um que seja acostumado às práticas do exército sabe como marcha essa ordenação; e não há nada melhor do que habituar os soldados a manter-se nas fileiras. Mas vamos reunir uma dessas companhias. Digo que há três formas principais. A primeira, mais útil, é torná-la bem maciça e dar-lhe a forma de dois quadrados; a segunda, é formar o quadrado com a frente em forma de corno; a terceira é formá-la com um espaço no meio que chamamos praça. O modo de agrupar a primeira formação pode ser de dois tipos. Um é duplicar as fileiras, isto é, fazer a segunda fila entrar na primeira, a quarta na terceira, a sexta na quinta, e assim sucessivamente, de modo que, onde elas eram oitenta fileiras com cinco por fila, tornam-se quarenta fileiras com dez por fila. Depois deve ser duplicada mais uma vez, unindo uma fila na outra, e assim ficam vinte fileiras com vinte homens por fila. Isso cria dois quadrados em volta, porque, ainda que existam tantos homens de um lado quanto de outro, de um lado as cabeças convergem ao mesmo tempo, de sorte que os flancos se toquem, mas pelo outro lado estão distantes ao menos dois braços, de sorte que o quadrado é mais longo de trás para frente do que de um flanco a outro. E porque hoje nós falaremos várias vezes das partes posterior, anterior e lateral dessas companhias e de todo o exército reunido, sabeis que, quando eu disser cabeça ou frente, estarei querendo dizer as partes posteriores; quando eu disser costas, a parte de trás; flancos, as laterais. Os cinquenta vélites ordinários da companhia não se misturam com as outras fileiras, mas uma vez formada a companhia estendem-se pelo seu flanco. A outra maneira de agrupar a companhia é esta, e porque é melhor que a primeira, quero pôr diante de vossos olhos exatamente como ela deve ser ordenada. Creio que recordastes do número de homens e de comandantes de que ela é composta e de que armas é armada. A formação que deve ter essa companhia é, como eu disse, de vinte fileiras com vinte homens em cada fila: cinco fileiras de piques na cabeça e quinze fileiras de escudos nas costas; dois centuriões postados na cabeça e dois nas costas, os quais exercem a função que os antigos chamavam de *tergiduttori*,[46] o condestável com o estandarte e os instrumentistas se firmará no espaço entre as cinco filas dos piqueiros e as quinze dos escudeiros; os decuriões, por sua vez, devem ficar ao lado das fileiras, de modo que todos tenham próximos de si os seus homens, aqueles da esquerda, ficarão à sua direita; os da direita, à sua esquerda. Os cinquenta vélites se postarão nos flancos e nas costas da companhia. Caso se queira que, estando os infantes na forma ordinária, essa companhia reúna-se dessa maneira, convém ordenar-se assim: devem-se dividir os infantes em oitenta fileiras com cinco em cada uma, como dissemos faz pouco, deixando os vélites ou na cabeça ou nas costas, a

---

46. Forma italianizada do latim *tergi ductores*, que significa "comandante do dorso". (N.T.)

NICOLAU MAQUIAVEL, CIDADÃO E SECRETÁRIO FLORENTINO A QUEM LÊ

Creio que seja necessário, a fim de que vós, leitores, possais entender sem dificuldade a ordenação das companhias, dos exércitos e dos alojamentos conforme está disposto na narrativa, mostrar-vos as figuras de algumas delas. Donde convém antes declarar-vos sob que sinais ou caracteres os infantes, os cavalos e todos os outros membros particulares serão representados. Sabei, então, que esta letra

o	significa	Infantes com o escudo
n	"	Infantes com o pique
x	"	Decuriões com o pique
y	"	Decuriões com o escudo
v	"	Vélites ordinários
u	"	Vélites extraordinários
C	"	Centuriões
T	"	Condestáveis das companhias
D	"	Capitão da Companhia
A	"	Capitão Geral
S	"	Instrumentos
Z	"	Porta-estandarte
r	"	Cavalaria pesada
e	"	Cavalaria ligeira
O	"	Artilharia

Na primeira figura descreve-se a formação de uma companhia ordinária e de que modo ela se duplica pelo flanco, segundo o que se descreveu em sua ordenação [Livro II]. Na mesma figura representa-se como com aquela mesma ordenação das oitentas fileiras, mudando somente as cinco fileiras de pique que estão diante do centurião para trás, faz-se no reduplicar que todos os piques virem-se para trás; o que se faz quando se caminha pela cabeça e se teme o inimigo pelas costas.

FORMAÇÃO DE UMA
COMPANHIA EM MARCHA

EXÉRCITO QUE AO MARCHAR
REDUPLICA PELOS LADOS

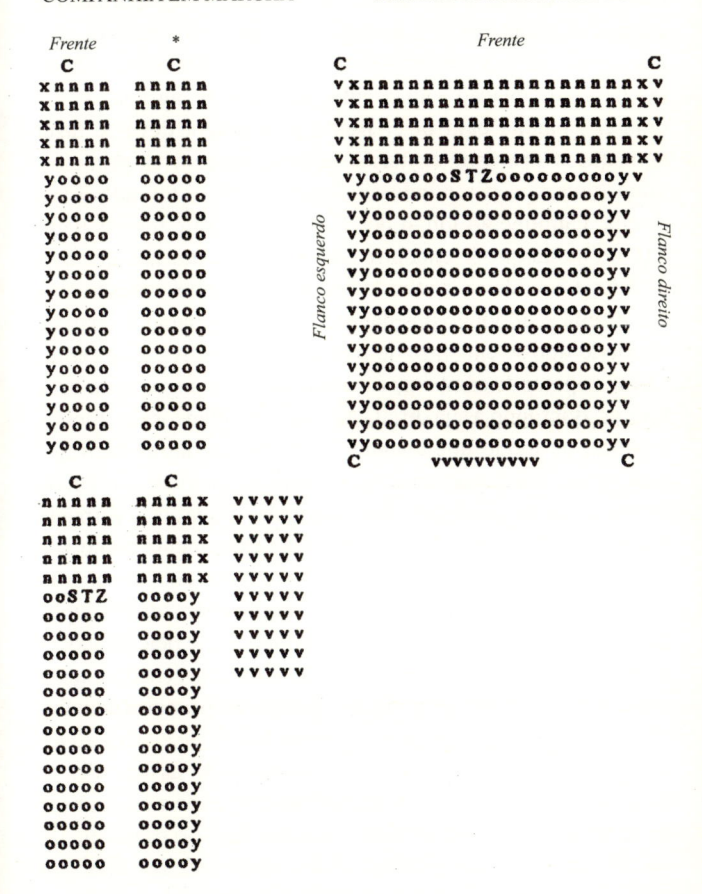

```
Frente         *                        Frente
  C            C                 C                            C
xnnnn       nnnnn                vxnnnnnnnnnnnnnnnnnnnxv
xnnnn       nnnnn                vxnnnnnnnnnnnnnnnnnnnxv
xnnnn       nnnnn                vxnnnnnnnnnnnnnnnnnnnxv
xnnnn       nnnnn                vxnnnnnnnnnnnnnnnnnnnxv
xnnnn       nnnnn                vxnnnnnnnnnnnnnnnnnnnxv
yoooo       ooooo                vyoooooooSTZooooooooooyv
yoooo       ooooo                vyooooooooooooooooooooyv
yoooo       ooooo                vyooooooooooooooooooooyv
yoooo       ooooo        F       vyooooooooooooooooooooyv    F
yoooo       ooooo        l       vyooooooooooooooooooooyv    l
yoooo       ooooo        a       vyooooooooooooooooooooyv    a
yoooo       ooooo        n       vyooooooooooooooooooooyv    n
yoooo       ooooo        c       vyooooooooooooooooooooyv    c
yoooo       ooooo        o       vyooooooooooooooooooooyv    o
yoooo       ooooo        e       vyooooooooooooooooooooyv    d
yoooo       ooooo        s       vyooooooooooooooooooooyv    i
yoooo       ooooo        q       vyooooooooooooooooooooyv    r
yoooo       ooooo        u       vyooooooooooooooooooooyv    e
yoooo       ooooo        e       vyooooooooooooooooooooyv    i
yoooo       ooooo        r       vyooooooooooooooooooooyv    t
yoooo       ooooo        d       vyooooooooooooooooooooyv    o
yoooo       ooooo        o       vyooooooooooooooooooooyv

  C            C                 C        vvvvvvvvvv          C
nnnnn       nnnnx     vvvvv
nnnnn       nnnnx     vvvvv
nnnnn       nnnnx     vvvvv
nnnnn       nnnnx     vvvvv
nnnnn       nnnnx     vvvvv
ooSTZ       oooooy    vvvvv
ooooo       oooooy    vvvvv
ooooo       oooooy    vvvvv
ooooo       oooooy    vvvvv
ooooo       oooooy    vvvvv
ooooo       oooooy
ooooo       oooooy
ooooo       oooooy
ooooo       oooooy
ooooo       oooooy
ooooo       oooooy
ooooo       oooooy
ooooo       oooooy
ooooo       oooooy
ooooo       oooooy
```

ponto de eles ficarem fora dessa ordenação, e deve-se ordenar que cada centurião tenha atrás das costas vinte fileiras e que se coloquem imediatamente atrás de cada centurião cinco fileiras de piqueiros e o restante de escudeiros. O condestável fica com os instrumentistas e com o porta-estandarte no espaço entre os piqueiros e os escudeiros do segundo centurião, ocupando o lugar de três escudeiros. Dos decuriões, vinte deles estão nos flancos das fileiras do primeiro centurião à sua esquerda e vinte estão nos flancos das fileiras do último centurião à sua direita. E deveis compreender que o decurião que conduz os piqueiros tem de segurar o pique, e os que conduzem os escudeiros devem usar armas iguais. Reunidas as fileiras nessa ordenação e querendo, ao marchar, agrupá-las em uma companhia para fazer frente ao inimigo, deve-se fazer com que o primeiro centurião se detenha com as primeiras vinte fileiras, e o segundo siga marchando e, girando à sua direita, caminhe ao longo dos flancos das vinte fileiras paradas, de modo que se encontre com o outro centurião, que está parado; e o terceiro centurião segue marchando, virando-se à sua direita e, ao longo dos flancos das fileiras paradas, marcha de modo que se encontre de frente com os outros dois centuriões: e, parando também, o outro centurião segue com suas fileiras, dobrando à sua direita ao longo dos flancos das fileiras paradas, de modo que chegue à cabeça das outras fileiras e então pare; imediatamente dois centuriões sozinhos partem da frente e vão até as costas da companhia, a qual está formada daquele modo e com aquela ordenação exatamente como vos mostrei. Os vélites espalham-se pelos flancos dela, de acordo com o que foi disposto no primeiro modo, chamado de duplicar-se em linha reta; e este se chama duplicar-se pelo flanco. O primeiro modo é mais fácil, mas este é mais ordenado e mais exato e melhor pode ser corrigido, porque no primeiro convém obedecer aos números, porque cinco fazem dez; dez, vinte; vinte, quarenta; de tal forma que, duplicando assim, não se pode formar uma cabeça de quinze nem de vinte e cinco, nem de trinta nem de trinta e cinco, mas marchar forçosamente de acordo com o que diz o número. Mas ocorre todos os dias, nas facções particulares, ser conveniente fazer a cabeça com seiscentos ou oitocentos infantes, de tal sorte que a duplicação por linha reta traria desordem. A mim agrada mais o segundo modo, pois sua maior dificuldade resolve-se com a prática e com o exercício. Digo-vos, então, como não há coisa que importe mais do que os soldados saberem se colocar em ordem rapidamente, que é necessário mantê-los nessas companhias, exercitá-los nelas e fazê-los marchar rápido para frente ou para trás, atravessar lugares difíceis sem desfazer a ordenação, porque os homens que sabem fazer isso bem são soldados experientes e, ainda que jamais tivessem visto o rosto dos inimigos, poderiam ser chamados de veteranos. Ao contrário, aqueles que não sabem conduzir-se nessas ordenações, mesmo que tivessem passado por mil guerras, deveriam ser sempre considerados novatos. Isso diz respeito ao modo de mantê-los juntos quando estão nas fileiras menores, marchando. Mas assim reunidos e, em seguida, sendo desordenados por algum acidente que nasça do sítio ou do inimigo, é importante, além de difícil, fazer com que se reordenem rapidamente; e para tanto é preciso muito exercício e muita prática, algo em que os antigos colocavam muito engenho. É necessário, então, fazer duas coisas: uma é a companhia ter sinais suficientes; a outra é que os mesmos infantes fiquem sempre nas mesmas fileiras, mantendo-se sempre nessa ordem. Por exemplo, se um começou na segunda, que fique sempre nela, e não somente na mesma fileira como no mesmo lugar; e para que se observe isso, como eu disse, são necessários muitos sinais. Em primeiro lugar, é preciso que o porta-estandarte seja de tal modo distinguível que, ao encontrar-se com outras companhias, ele seja reconhecido por seus homens. Segundo, que o condestável e os centuriões tenham penachos na cabeça, diferentes e reconhecíveis; e, o mais importante, ordenar de tal forma que se conheçam os decuriões. Nisso os antigos dispensavam muito cuidado, a ponto de escreverem na celada um número, denominando-os primeiro, segundo, terceiro, quarto etc. E, não contentes com isso ainda, cada soldado tinha escrito no escudo o número da fileira e o número do lugar que nesta lhe cabiam. Sendo então os homens assim assinalados e acostumados a transitar entre esses limites, é fácil reordenarem-se imediatamente depois de desordenados, porque, imóvel o porta-estandarte, os centuriões e os decuriões podiam divisar com os olhos o seu lugar e, reunidos os sestros à esquerda, os destros à direita na distância habitual, os infantes, conduzidos pela sua ordem e pelos diferentes sinais, conseguem retornar rapidamente para seus lugares, tal como se soltam as ripas de um barril e com grande facilidade se as reordena quando tenham sido marcadas antes; porém, se não foram marcadas, é impossível reordená-las. Essas coisas com diligência e exercício se ensinam rapidamente e rapidamente se aprendem, e, aprendidas, com dificuldade são esquecidos, porque os jovens são conduzidos pelos mais velhos, e com o tempo uma província, com esses exercícios, torna-se absolutamente adestrada para a guerra. É necessário ainda ensinar a eles se voltarem ao mesmo tempo e fazer com que passem dos flancos e das costas à cabeça, e da cabeça aos flancos e às costas. O que é facílimo, porque basta que cada homem gire seu corpo em direção ao lugar que lhe é comandado, e para onde voltam o rosto, aí vem a ser a cabeça. É verdade que, para quando se voltam pelo flanco, as ordenações excedem de sua proporção, porque do peito às costas há pouca distância, ao passo que de um flanco a outro há muita distância, o que é totalmente contrário à ordenação costumeira das companhias. No entanto, convém que a prática e o discernimento as rearranjem. Mas essa é desordem pequena, uma vez que é remediada facilmente por eles mesmos. O que importa mais, e onde é preciso mais prática, é quando uma companhia deseja virar-se toda como se ela fosse um corpo sólido. Aqui convém ter grande prática e grande discernimento, porque ao girá-la, por exemplo, para a esquerda, é preciso que a ala esquerda pare, e aqueles que estão mais próximos aos que se mantêm parados marchem tão devagar que os que estão à direita não tenham de correr; de outra forma, todos se confundiriam. Mas, porque isso ocorre sempre, quando um exército marcha de lugar a lugar, as companhias que não são postas na frente têm de combater não pela cabeça, mas pelo flanco ou pelas costas, de modo que uma companhia deve, num instante, fazer do flanco ou das costas cabeça (e querendo que companhias semelhantes nesse caso mantenham a sua proporção, segundo se demonstrou antes, é necessário que elas postem os piques, os decuriões, centuriões e condestáveis em seus lugares no flanco que deve virar cabeça); porém, caso se queira fazer isso, ao agrupar-se é preciso ordenar as oitenta fileiras de cinco cada uma assim: dispor todos os piques nas primeiras vinte fileiras e colocar cinco de seus decuriões na primeira fila e cinco na última; as outras sessenta fileiras, que vêm atrás, são todas de escudeiros, que vêm a ser três centúrias. Cabe então que a primeira e a última fileira de cada centúria possuam decuriões; o condestável com o porta-estandarte e com os instrumentos esteja no meio da primeira centúria dos escudeiros, e os centuriões na cabeça de cada centúria ordenada. Ordenados assim, quando se quer que os piques vão para o flanco esquerdo, tendes de duplicá-los centúria a centúria a partir do flanco direito; caso se queira que eles passem ao flanco direito, tendes de duplicá-los pelo esquerdo. Assim, essa companhia volta-se com os piques para um flanco, com os decuriões na cabeça e nas costas, os centuriões na cabeça e o condestável no meio. De tal forma que segue marchando, mas, vindo o inimigo e o instante em que ela quer fazer do flanco cabeça, não deve fazer mais do que volver o rosto dos soldados em direção ao flanco onde estão os piques, e então a companhia passa a ter as fileiras e os chefes ordenados do modo como se descreveu, porque, afora os centuriões, todos estão em seus lugares, e estes logo e sem dificuldades chegam ao seu. Contudo, quando se deve combater pelas costas, marchando pela cabeça, convém ordenar as fileiras de modo que, colocando-as em posição de ataque, os piques venham atrás, e não há de se fazer outra ordenação a não ser esta, a qual, ao ordenar a companhia, cada centúria costumeiramente tem cinco fileiras de piques na frente, e as tem atrás; e em todas as demais partes observe-se a ordem que eu mencionei antes.

Cosimo: Dissestes, se bem me recordo, que o fim desse modo de se exercitar é mais tarde reunir essas companhias em um exército e que essa prática serve para que elas possam ser ordenadas nele. Mas se acontecesse de esses quatrocentos e cinquenta infantes terem de combater à parte, como os ordenaríeis?

Fabrizio: Deverá, então, quem os conduzir, julgar onde se precisa colocar os piques e colocá-los ali. O que não repugna de forma alguma a ordenação descrita acima, porque, ainda que esse seja o modo que se observa para entrar numa batalha junto com as outras companhias, não é regra que sirva a todos os modos nos quais seja preciso agir. Mas, ao mostrar aqui outros dois modos, por mim propostos, de ordenar as companhias, responderei melhor vossa pergunta, porque ou eles não são mais empregados, ou eles são empregados quando uma companhia está sozinha e não na companhia das outras. E, para chegar ao modo de ordená-la com duas alas, digo que deveis ordenar as oitenta fileiras com cinco por fila deste modo: colocar no meio um centurião e, depois dele, vinte e cinco fileiras que sejam de dois piqueiros à sua esquerda e de três escudeiros à sua direita; depois dos primeiros cinco, sejam colocados vinte em sequência, com vinte decuriões, todos entre os piqueiros e os escudeiros, exceto aqueles que portam os piques, os quais podem ficar entre os piqueiros. Depois dessas vinte e cinco fileiras assim ordenadas, deve-se colocar um outro centurião, e atrás dele quinze fileiras de escudeiros; depois destas, o condestável no meio dos instrumentistas e do porta-estandarte, e atrás deste quinze fileiras de escudeiros. Depois destas, coloca-se o terceiro centurião, e atrás dele vinte e cinco fileiras, em cada uma das quais haja três escudeiros à sua esquerda e dois piqueiros à sua direita; e depois, nas cinco primeiras fileiras, haja vinte decuriões postados entre os piqueiros e os escudeiros. Depois dessas fileiras deve vir o quarto centurião. Querendo-se, portanto, dessas fileiras assim ordenadas, fazer uma companhia com duas alas, é preciso parar o primeiro centurião com as vinte e cinco fileiras que lhe estão atrás. Em seguida, é preciso mover o segundo centurião com as quinze

Na segunda figura representa-se como uma companhia que caminha pela cabeça e tem de combater pelo flanco se ordena segundo o que contém no tratado (Livro II).

FORMAÇÃO DE MARCHA

```
  Frente              *
    C                 C
  xxxxx             yyyyy
  nnnnn             ooooo
  nnnnn             ooooc
  nnnnn             ooooo
  nnnnn             ooooo
  nnnnn             ooooo
  nnnnn             ooooo
  nnnnn             ooooo
  nnnnn             ooooo
  nnnnn             ooooo
  nnnnn             ooooo
  nnnnn             ooooo
  nnnnn             ooooo
  nnnnn             ooooo
  nnnnn             ooooo
  nnnnn             ooooo
  nnnnn             ooooo
  nnnnn             ooooo
  xxxxx             yyyyy
    C                 C
  yyyyy             yyyyy
  ooooo             ooooo
  ooooo             ooooo
  ooooo             ooooo
  ooooo             ooooo
  ooooo             ooooo
  ooooo             ooooo
  ooooo             ooooo
  Scooo             ooooo
  Toooo             ooooo
  ooooo             ooooo
  Zoooo             oocoo
  ooooo             ooooo
  ooooo             ooooo
  ooooo             ooooo
  ooooo             oooco
  ooooo             oooor
  ooooo             ooooo
  yyyyy             yyyyy
```

```
                              Frente
           C                                    C
           xxxxxyyyyyyyyyyyyyyyyy
            nnnnnooooooooooooooo
            nnnnnooopooooooooooo
            nnnnnooooooooooooooo
            nnnnnoooooooooooocoo
            nnnnnooooooooooooooo
            nnnnnooooooooooooooo
            nnnnnoooocooooooooooo
            nnnnnooooooooooooooo
            nnnnnSoooooooooooooo
            nnnnnToooooooooooooo
            nnnnnooooooooooooooo
            nnnnnZoooooooooooooo
            nnnnnooooooooooooooo
            nnnnnooooooooooooooo
            nnnnnooooooooooooooo
            nnnnnooooooooooooooo
            nnnnnooooooooooooooo
            nnnnnooooooooooooooo
           xxxxxyyyyyyyyyyyyyyyyy
           C                                    C
```

Flanco esquerdo   *Flanco direito*

fileiras de escudeiros que estão às suas costas, voltar à direita e, pelo flanco direito das vinte e cinco fileiras, marchar até que se chegue à décima quinta fileira, e aí parar. Depois é preciso mover o condestável com as quinze fileiras dos escudeiros que estão atrás dele e, voltando-se para a direita, pelo flanco direito das quinze fileiras movidas antes, marchar até chegar à cabeça delas, e aí parar. Depois deve-se mover o terceiro centurião com as vinte e cinco fileiras e com o quarto centurião que estava atrás e, girando então à sua direita, marchar pelo flanco direito das quinze últimas fileiras de escudeiros, sem parar quando estiver à cabeça dela, mas seguir marchando, até que as últimas fileiras das vinte e cinco estejam emparelhadas às fileiras de trás. Feito isso, o centurião que era o comandante das primeiras quinze fileiras dos escudeiros deve sair de onde estava e ir até às costas no canto esquerdo. E assim se terá uma companhia de vinte e cinco fileiras paradas, com vinte infantes em cada, com duas alas, uma em cada canto da frente, e cada uma terá dez fileiras com cinco homens em cada uma; e restará um espaço entre as duas alas, tendo dez homens com os flancos voltados uns para os outros. Entre as duas alas ficará o capitão; em cada ponta da ala, um centurião. De cada lado, ficam duas fileiras de piqueiros e vinte decuriões. Essas duas alas servem para ter entre elas a artilharia, quando a companhia a tiver consigo, além dos carros. Os vélites devem ficar ao longo dos flancos atrás dos piqueiros. Mas, ao querer dar a essa companhia em alas uma praça, não se deve fazer outra coisa que tomar oito das quinze fileiras de vinte homens cada e colocá-las na ponta das duas alas, as quais se transformam nas costas da praça. Na praça ficam os carros, o capitão e o porta-estandarte, mas não a artilharia ainda, a qual se posta ou na cabeça ou ao longo dos flancos. Estes são os modos que uma companhia pode tomar quando deve atravessar sozinha lugares suspeitos. No entanto, a companhia sozinha, sem alas e sem praça, é melhor. Porém, caso se queira proteger os desarmados, as alas são necessárias. Os suíços adotam ainda muitas outras formações de companhias, entre as quais uma em forma de cruz: nos espaços que ficam entre os braços dela, seus escopeteiros ficam protegidos do golpe dos inimigos. Como semelhantes companhias são boas para combater por si mesmas, e minha intenção é mostrar como várias companhias unidas combatem, não quero demorar-me nelas.

Cosimo: Parece-me termos compreendido muito bem o modo como se deve exercitar os homens nessas companhias, mas, se me lembro bem, dissestes que, além das dez companhias, acrescentastes ao batalhão mil piqueiros extraordinários e quinhentos vélites extraordinários. Não gostaríeis de descrever como exercitá-los?

Fabrizio: Gostaria, e com a máxima diligência. Exercitaria os piqueiros de tropa em tropa pelo menos, nas ordenações das companhias, como as outras, porque me serviria mais destes do que das companhias ordinárias em todas as ações particulares, como em escoltas, pilhagens e coisas semelhantes. Mas os vélites eu os exercitaria em casa, sem reuni-los todos, pois já que seu ofício é combater separadamente, não é necessário que se reúnam com os outros nos exercícios comuns, porque seria bem melhor exercitá-los nas ações particulares. Há que, então, como disse antes e não me parece maçante repeti-lo, exercitar os homens nessas companhias, de modo que saibam manter-se nas fileiras, conhecer os seus lugares, voltar logo a eles quando o inimigo ou sítio os perturbem, porque, quando se sabe fazer isso, facilmente se aprende o lugar que uma companhia deve ocupar e qual é o seu papel no exército. Quando um príncipe ou uma república dedicar-se incansavelmente e zelar por essas ordenações e nesses exercícios, sempre haverá em seu território bons soldados, e eles serão superiores aos dos seus vizinhos, e serão aqueles que irão reger e não receber as leis dos outros homens. Mas, como eu vos disse, a desordem na qual se vive faz com que, ao invés de estimar essas coisas, as subestimem; por isso os nossos exércitos não são bons, e se neles houvesse chefes ou membros naturalmente virtuosos, não o poderiam demonstrar.

Cosimo: Que carros gostaríeis de ter em cada uma dessas companhias?

Na terceira figura representa-se como se ordena uma companhia com dois cornos e depois com a praça no centro, segundo o que está disposto no tratado (Livro II).

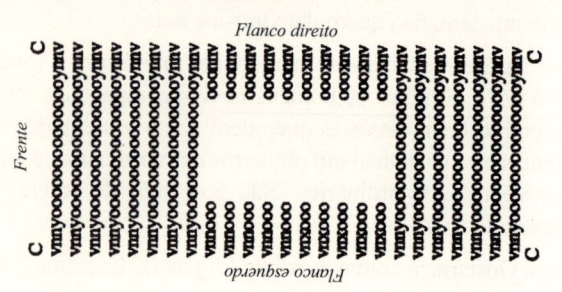

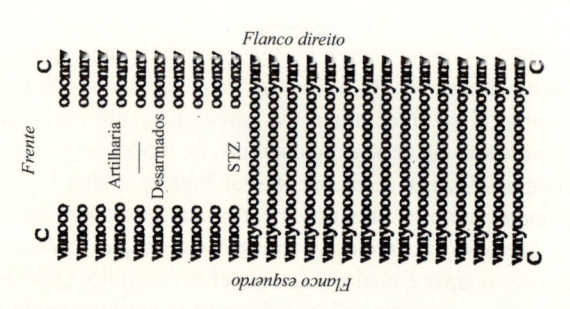

FORMAÇÃO DE MARCHA

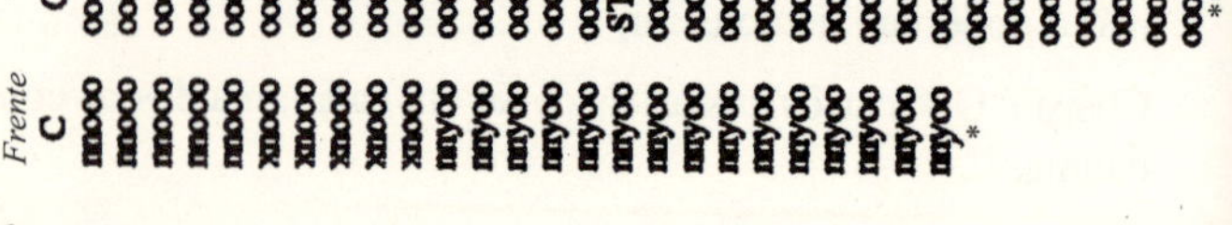

Fabrizio: Primeiro, não gostaria que centuriões e decuriões tivessem de ir a cavalo, e se o condestável quiser cavalgar gostaria que fosse num mulo e não num cavalo. Conceder-lhe-ia dois carros: para cada centurião, um; e dois, para cada três decuriões, porque é possível alojarmos todos assim, como no lugar propício diremos; de tal forma que cada companhia viria a ter trinta e seis carros, que gostaria que levassem necessariamente as tendas, as vasilhas para cozinhas, machados e estacas de ferro suficientes para armar os alojamentos e, depois, se puderem mais, o que lhes aprouvesse.

Cosimo: Creio que os chefes que vós ordenastes para essas companhias sejam necessários, no entanto tenho dúvida se tantos comandantes não se confundiriam.

Fabrizio: Isso aconteceria se não se submetessem a um homem, mas, submetendo-se, estabelecem a ordem; sem eles, ao contrário, é impossível sustentar-se; porque um muro que se incline por todos os lados precisa muito e sempre mais de vigas em quantidade e menores, ainda que não tão fortes, do que de poucas e robustas, porque a *virtù* de uma só não remedeia a queda em um ponto distante. Por isso convém que nos exércitos, e entre cada dez homens, haja um mais vivo, com mais peito ou pelo menos mais autoridade, que mediante a coragem, as palavras e o exemplo mantenha os demais firmes e dispostos a combater. E que essas coisas ditas por mim são necessárias em um exército, como o são os chefes, os porta-estandartes, os instrumentistas, comprova-se pelo fato de todas elas existirem em nossos exércitos; embora nenhuma cumpra sua função. Primeiro, os decuriões: caso se queira que façam aquilo para o que são ordenados, é necessário que, como eu disse, cada um conheça seus homens, fique alojado com eles, compartilhe com eles as ações, esteja nas ordenações com eles, porque dispostos nos seus lugares são como uma linha e freio mantendo as fileiras retas e paradas, sendo impossível que se desordenem ou, desordenando-se, não se reúnam rapidamente em seus lugares. Mas nós hoje só nos servimos deles para dar-lhes mais soldo do que aos outros e cometer ações particulares. O mesmo acontece com os porta-estandartes, porque se os têm mais para fazer uma bela exibição do que para qualquer outro uso militar. Mas os antigos se serviam deles como guias e para se reordenarem, uma vez que, se se mantinha parado, todos sabiam o seu lugar junto a seu porta-estandarte e para lá sempre retornavam. Sabiam ainda quando deviam parar ou mover-se, de acordo com os movimentos ou paradas dele. Por isso é necessário que em um exército haja muitos corpos, e, cada corpo, seu porta-estandarte e seu guia, porque, havendo isso, terá muitas almas e, por conseguinte, muita vida. Devem, então, os infantes marchar segundo o porta-estandarte, e este mover-se segundo os sons dos instrumentos; sons que bem-ordenados comandam o exército, que, marchando com os passos respondendo ao tempo daqueles, observa facilmente as ordenações. Por isso, os antigos tinham foles, pífaros e instrumentos modulados de forma perfeita, porque, assim, como aquele que dança segue o tempo da música, e, ao acompanhá-la, não erra, assim também um exército, obedecendo a esses sons, ao se movimentar, não se desordena. E por isso variavam os sons, segundo queriam variar o movimento e segundo queriam acender, ou aquietar ou frear os ânimos dos seus homens. E como os sons eram vários, nomeavam-se-lhes variadamente também. O som dórico gerava firmeza; o frígio, fúria; donde dizem que, estando Alexandre à mesa e tocando um instrumento frígio, acendeu-se-lhe tanto o ânimo que pegou em armas. Seria necessário recuperar todos esses toques e, quando isso fosse difícil, ao menos não se deveria deixar para trás aqueles que ensinam os soldados a obedecer, e cada um pode variar e ordenar esses toques a seu modo a fim de que com a prática habitue os ouvidos dos seus soldados até que os aprendam. Mas hoje desses instrumentos não se arranca na maioria das vezes outro fruto que o barulho.

Cosimo: Gostaria de compreender por meio de vós, caso sobre isso hajais pensado, donde vem tanta vileza e tanta desordem e tanta negligência, em nosso tempo, a respeito desse exercício.

FABRIZIO: Com prazer vos direi o que penso sobre isso. Sabeis como há muitos homens excelentes na guerra mencionados na Europa, poucos na África e menos ainda na Ásia. Isso porque, nessas duas partes do mundo, existiram um principado ou dois e poucas repúblicas, e somente na Europa houve alguns reinos e muitas repúblicas. Os homens tornam-se excelentes e mostram a sua *virtù* quando são empregados e movidos por seu príncipe, seja de uma república, seja de um reino. Disso decorre que, onde haja muitas potestades, surjam aí muitos homens valentes; onde houver poucas, poucos também. Na Ásia, há Nino, Ciro, Ataxerxes, Mitríades e pouquíssimos outros que a estes façam companhia.[47] Na África, nomeiam-se, deixando de lado os antigos egípcios, Masinissa, Jugurta[48] e aqueles capitães que pela república cartaginesa foram sustentados; estes também, comparados aos da Europa, são pouquíssimos, porque na Europa existe um sem-número de homens excelentes, e muitos mais o seriam se junto com eles fossem mencionados os outros que as tribulações do tempo apagaram; porque o mundo foi mais virtuoso onde existiram mais estados que tenham favorecido a *virtù*, seja por necessidade, seja por paixões humanas. Apareceram, portanto, poucos homens na Ásia, porque essas terras estavam todas submetidas a um reino no qual, pela sua grandeza, estando ele a maior parte do tempo ocioso, não podiam surgir homens excelentes em tais empresas. Na África aconteceu a mesma coisa, embora ali se tenham visto mais deles, por causa da república cartaginesa. Das repúblicas saem mais homens excelentes do que dos reinos, porque naquelas frequentemente se honra a *virtù*, nos reinos, teme-se; logo, naquelas os homens virtuosos se revigoram, enquanto nestes esmorecem. Quem considerar então a Europa

---

47. Nino, segundo a lenda, foi o primeiro rei da Assíria e quem desposou Semíramis depois de tê-la raptado; Ciro foi o grande rei da Pérsia que inspirou a *Ciropédia*, de Xenofonte; Ataxerxes I, rei da Pérsia a partir de 465 a.C.; Mitridates é provavelmente Mitridates VII, rei do Ponto, grande adversário dos romanos. (N.T.)

48. Masinissa, aliado dos romanos que combateu com Cipião em Zama; Jugurta, rei dos númidas (160-104 a.C.). (N.T.)

a encontrará repleta de repúblicas e de principados, os quais, por temor que um tinha do outro, eram coagidos a manter vivas as ordenações militares e honrar aqueles que nelas mais se distinguiam. Na Grécia, além do reino dos macedônios, havia muitas repúblicas, e em cada uma delas houve homens excelentíssimos. Na Itália, havia os romanos, os samnitas, os toscanos, os gauleses cisalpinos. A França e a Alemanha eram repletas de repúblicas e principados; a Espanha, também. E embora se mencionem só mais alguns outros, comparados aos romanos, isso advém da maldade dos autores, os quais seguem a Fortuna, para os quais no mais das vezes basta-lhes enaltecer os vencedores. Mas não é razoável que entre os samnitas e os toscanos, os quais combateram cento e cinquenta anos com o povo romano antes de serem vencidos, não se encontrassem muitíssimos homens excelentes. E a mesma coisa na França e na Espanha. Mas aquela *virtù* que os autores não celebram nos homens particulares celebram geralmente nos povos, que exaltam até as estrelas a obstinação destes em defender sua liberdade. Sendo então verdade que onde há mais impérios há mais homens valentes, segue-se necessariamente que, extinguindo-se aqueles, extinga-se pouco a pouco a *virtù*, uma vez que o motivo que faz virtuosos os homens desaparece. Tendo-se depois ampliado o império romano, extintas todas as repúblicas e os principados da Europa e da África e boa parte daqueles da Ásia, não ficou nenhuma via para a *virtù* senão em Roma. Com isso, começaram a ser poucos os homens virtuosos tanto na Europa quanto na Ásia; *virtù* que começou a declinar porque, estando toda ela reunida em Roma, como esta foi corrompida, corrompeu-se quase o mundo todo; e assim os citas puderam saquear esse império que tinha extinto a virtude alheia e não soube manter a sua. E embora depois esse império, por causa da invasão dos bárbaros, se dividisse em várias partes, essa *virtù* não renasceu; uma, porque se pena um bocado para recuperar as ordenações quando estão corrompidas; outra, porque o modo de viver hoje, no tocante à religião cristã, não impõe a necessidade de defender-se que havia antigamente; então, os homens vencidos na guerra ou eram assassinados ou permaneciam em perpétua escravidão, em que se levava uma vida miserável; as terras vencidas ou eram devastadas ou despovoadas; seus habitantes eram destituídos de seus bens, dispersavam-se pelo mundo afora, de modo que os sobreviventes de guerra padeciam todo tipo de miséria. Apavorados por isso, os homens tinham em alto grau os exercícios militares e celebrava-se quem era excelente neles. Mas hoje esse temor em grande parte se perdeu; dos vencidos, poucos são mortos; ninguém fica muito tempo preso, porque com facilidade são libertados. As cidades, ainda que se rebelem mil vezes, não são arrasadas; os homens são deixados com seus bens, de forma que o maior mal que se pode temer são as taxas; de tal sorte que ninguém quer submeter-se às ordenações militares e esforçar-se nisso para escapar dos perigos os quais temem pouco. Depois, as províncias da Europa têm pouquíssimos chefes; considerando hoje: toda a França obedece a um rei, toda a Espanha a um outro, a Itália divide-se em poucas partes, de modo que as cidades frágeis se defendem aproximando-se de quem vence, e os estados fortes, pelas razões ditas, não temem a ruína total.

Cosimo: Porém, têm-se visto muitas cidadelas saqueadas de vinte e cinco anos para cá, e muitos reinos perdidos, cujo exemplo deveria ensinar os demais a viver e recuperar algumas das ordenações antigas.

Fabrizio: É assim como dissestes. Porém, se notardes quais cidadelas foram saqueadas, vós não encontrareis entre elas cabeças de estados, mas membros apenas, pois se vê que foi saqueada Tortona, mas não Milão; Cápua, não Nápoles; Brescia, não Veneza; Ravena, não Roma. Tais exemplos não fazem mudar os propósitos dos que governam, ao contrário, fazem-nos mais agarrados à opinião de que se recompõe o poder mediante as taxas; e por isso não querem se submeter às fadigas dos exercícios de guerra, os quais lhe parecem, em parte, desnecessários e, em parte, um emaranhado que não compreendem. Aos outros, que são submetidos, a quem tais exemplos deveriam meter medo, não têm poder de remediar-se; e aqueles príncipes, por terem perdido o estado, não têm mais tempo, e aqueles que o têm não sabem e não querem, porque desejam sem desvantagem alguma ficar com a Fortuna e não com a *virtù*, porque veem que, por haver pouca *virtù*, é a fortuna que governa todas as coisas, e querem que esta os governe, não eles a governem. E é verdade isso que eu falo, basta que considereis a Alemanha, na qual, por ter muitos principados e repúblicas, tem muita *virtù*, e tudo o que há de bom nas atuais milícias depende do exemplo daqueles povos, os quais, estando todos com ciúme dos seus estados, temendo a servidão (o que em outro lugar não se teme), todos se mantêm senhores e honrados. Isso, creio, basta para mostrar as razões da vileza atual, segundo a minha opinião. Não sei se essa é também a vossa opinião, ou se, graças a essa exposição, alguma dúvida vos tenha surgido.

Cosimo: Nenhuma, aliás estou totalmente persuadido. Só desejo, voltando ao nosso assunto principal, saber, segundo o vosso entendimento, como ordenaríeis a cavalaria nessas companhias, com quantos cavalos e como os comandaríeis e os armaríeis.

Fabrizio: Talvez pareça a vós que eu a deixei para trás, do que não vos admirais, porque tenho duas razões para falar pouco delas: a primeira é porque a infantaria é o nervo e a importância do exército; a outra é porque essa parte da milícia é menos corrompida que a dos infantes, pois, se ela não é mais forte que as antigas, está à altura destas. Foi dito, faz pouco, o modo de exercitá-las. Quanto ao modo de armá-las, eu as armaria como atualmente se faz, tanto a cavalaria ligeira quanto a pesada. Mas na cavalaria ligeira gostaria que fossem todos besteiros com alguns escopeteiros entre eles, os quais, embora em outras manobras de guerra sejam pouco úteis, nestas são utilíssimos: para amedrontar os camponeses e tirá-los de cima de uma passagem que estivesse sendo guardada por eles, porque mais temor provocará neles um escopeteiro do que vinte homens armados. Todavia, quanto ao número, digo que, tendo escolhido imitar a milícia romana, eu não ordenaria senão trezentos cavaleiros úteis por batalhão, dos quais gostaria que fossem cento e cinquenta com armas pesadas e cento e cinquenta da cavalaria ligeira, e daria a cada uma dessas partes um capitão, escolhendo depois entre eles quinze decuriões por setor, dando a cada um instrumentos e um porta-estandarte. Gostaria que houvesse, para cada dez homens da cavalaria pesada, cinco carros, e, para cada dez da cavalaria ligeira, dois; como os infantes, esses levariam tendas e vasilhas, machados e estacas e, cabendo, outros artefatos. Não imaginais que isso seja desordenado, pois vede como hoje a cavalaria pesada tem a seu serviço quatro cavaleiros, o que é uma corrupção, porque entre os alemães, esses cavaleiros estão sozinhos com o seu cavalo, cabendo um carro a cada vinte deles, que segue atrás levando as coisas que lhes são necessárias. Os cavaleiros romanos também iam sós; verdade seja dita que os triários[49] alojavam-se perto da cavalaria e eram obrigados a subministrar ajuda a eles no trato dos cavalos, o que pode ser imitado facilmente por nós, como na distribuição dos alojamentos aqui se mostrará. Isso, então, que faziam os romanos, e aquilo que fazem hoje os alemães, nós também podemos fazer; aliás, não o fazendo, erra-se. Esses cavaleiros ordenados e inscritos juntos com o batalhão poderiam ser reunidos algumas vezes quando se juntassem as companhias, fazendo com eles algumas manobras de combate, mais para se reconhecerem uns aos outros do que por qualquer outra coisa. Mas sobre essa parte foi dito o bastante; passemos a dar forma a um exército com poder de apresentar-se numa batalha contra o inimigo e esperar vencê-lo, o que, ao cabo, é o fim para o qual se ordena a milícia e tanto estudo se dedica a ela.

---

49. Soldado da antiga legião romana que combatia na terceira fila e só intervinha para apoiar as duas primeiras (*Dicionário Aulete digital*, op. cit.). (N.T.)

LIVRO TERCEIRO

Cosimo: Já que mudamos de assunto, desejo que mude também o indagador, porque não gostaria de ser tido como presunçoso, algo que sempre reprovei nos outros. Por isso, abro mão de meu poder e o cedo para quem, entre meus amigos, o queira.

Zanobi: Nós ficaríamos muitíssimo agradecidos se vós prosseguísseis, mas se não quereis, então ao menos dizeis qual de nós deve tomar o seu lugar.

Cosimo: Eu prefiro passar esse encargo ao senhor Fabrizio.

Fabrizio: Fico contente em assumi-lo e desejo que nós sigamos o costume veneziano, segundo o qual o mais jovem fala primeiro, porque, sendo este exercício destinado aos jovens, estou persuadido de que eles estejam mais aptos para tratar disso, como estão mais preparados para executá-lo.

Cosimo: Então, toca a vós, Luigi. E assim como me agrada tal sucessor, também vos satisfará tal indagador. Mas rogo a vós que retomemos o assunto e não percamos mais tempo.

Fabrizio: Estou seguro de que, para querer demonstrar bem como se ordena um exército para uma batalha, seria necessário contar como os gregos e os romanos ordenavam as fileiras em seus exércitos. No entanto, uma vez que vós mesmos podeis ler e considerar isso mediante os antigos escritores, deixarei muitas particularidades para trás e só tratarei daquelas coisas que deles me parece necessário imitar a fim de dar à nossa milícia, nos dias de hoje, um pouco de perfeição. O que fará com que eu mostre, a um só tempo, como um exército se ordena para a batalha, ao se defrontar em escaramuças reais, e como se pode exercitá-lo nas falsas. A maior desordem que fazem aqueles que ordenam um exército na batalha é compô-lo de uma frente só e obrigá-lo a, num ataque, alcançar a fortuna. Isso decorre de se ter esquecido o modo como os antigos assimilavam uma fileira na outra, porque, sem tal coisa, não se pode nem socorrer os primeiros, nem defendê-los, nem substituí-los na escaramuça, algo que era otimamente observado pelos romanos. Para mostrar isso, digo como os romanos tinham tripartida cada legião em hastados, príncipes e triários, dos quais os hastados eram postos na primeira frente do exército com as ordenações compactas e paradas; atrás delas ficavam os príncipes, mas posicionados em suas ordenações, mais dispersos; depois desses vinham os triários, e com tal dispersão de ordenações que podiam, precisando, receber entre eles os príncipes e os hastados. Havia, além destes, os fundibulários e os besteiros e outros soldados de armas leves, os quais não estavam nessas ordenações, mas sim na cabeça do exército entre os cavaleiros e os infantes. Então, com armas leves iniciavam a batalha; se venciam, o que ocorria poucas vezes, eles rumavam para vitória; se eram rechaçados, retiravam-se pelos flancos do exército, ou para os intervalos ordenados para esse fim, e juntavam-se aos desarmados. Depois da saída destes, os hastados vinham lutar contra os inimigos e, no caso de se virem superados, retiravam-se pouco a pouco pelos espaços entre as ordenações dos príncipes e, junto com esses, retomavam as escaramuças. No caso de serem repelidos, retiravam-se todos nos intervalos entre as ordenações dos triários e, todos juntos, formando uma massa, recomeçavam o combate; e se estes a perdiam, não havia mais remédio, porque não havia mais jeito de se refazerem. Os cavaleiros ficavam nos cantos do exército, postados à semelhança de duas asas presas a um corpo, e ora combatiam com os cavalos, ora socorriam os infantes, conforme fosse preciso. Essa forma de se refazer três vezes é quase imbatível, porque é preciso que três vezes a fortuna te abandone e que o inimigo tenha tanta *virtù* que três vezes te vença. Os gregos não adotavam esse modo de reagrupar suas falanges, e, embora nelas houvesse muitos chefes e muitas ordenações, não formavam um corpo ou uma cabeça. O modo como eles se socorriam era fazendo entrar um homem no lugar do outro, e não retirando-se para uma outra fileira, como os romanos. E o faziam assim: reuniam a falange em fileiras, e em cada uma delas estimamos que colocassem cinquenta homens para ir de encontro ao inimigo; de todas as fileiras, as primeiras seis podiam combater porque as suas lanças, as quais chamavam de sarissas, eram tão compridas que a sexta fileira ultrapassava com a ponta de sua lança a primeira. Então, em meio ao combate, se alguém da primeira fila caía, morto ou ferido, logo entrava em seu lugar aquele que estava atrás, na segunda fila; e no lugar que ficava vazio na segunda, entrava aquele que estava atrás na terceira, e assim sucessivamente. Num instante as fileiras anteriores restauravam as vagas das posteriores, de modo que as fileiras sempre ficavam inteiras e não restava nenhum lugar sem combatedores, exceto na última fila, a qual diminuía por não ter às costas quem a restaurasse, de sorte que os danos que sofriam as primeiras fileiras diminuíam as últimas, e as primeiras permaneciam sempre inteiras; assim, essas falanges, por sua ordenação, podiam diminuir mais do que romper-se, porque o corpo maciço as deixava bastante imóveis. Os romanos usaram, no começo, as falanges e instruíram as suas legiões à semelhança delas. Depois, essa ordenação deixou de lhes agradar e então dividiram as legiões em mais corpos, isto é, em coortes e manípulas, porque julgaram, como eu já disse, que aquele corpo devesse ter mais vida, mais ânimo, e fosse composto de mais partes, de modo que cada uma por si mesma se comandasse. Os batalhões dos suíços usam em nossos dias todos os modos da falange – tanto nas grandes e completas ordenações quanto para socorrerem-se uns aos outros – e nas batalhas põem batalhões uns ao lado dos outros, pois, se os colocassem um atrás do outro, não teriam como fazer com que o primeiro, retirando-se, fosse recebido pelo segundo; mas, para conseguirem socorrer-se uns aos outros, têm esta ordenação: põem um batalhão na frente e outro atrás, à sua direita, de modo que, se o primeiro precisar de ajuda, o que está atrás pode socorrê-lo. O terceiro batalhão é colocado atrás destes, distante um tiro de escopeta. Fazem isso porque, sendo as outras duas rechaçadas, a terceira pode avançar e abrir espaço, e os rechaçados e os que vão à frente não colidem um no outro; uma multidão compacta não pode ser recebida como um corpo pequeno, por isso os corpos pequenos e distintos que havia em uma legião romana podiam posicionar-se de modo que pudessem receber uns aos outros e socorrer-se com facilidade. Que essa ordenação dos suíços não é tão boa quanto a dos antigos romanos, demonstram-no muitos exemplos das legiões romanas quando combateram as falanges gregas, que sempre foram eliminadas pelos romanos, porque o gênero de armas, como eu disse antes, e a maneira de eles se reagruparem podem mais que a solidez das falanges. Tendo, então, esses exemplos para ordenar um exército, parece-me bom conservar as armas e os modos em parte das falanges gregas, em parte das legiões romanas; e por isso eu disse querer um batalhão com dois mil piqueiros, que são as armas das falanges macedônicas, e três mil escudeiros com a espada, que são as armas dos romanos. Dividi o batalhão em dez companhias, como os romanos; a legião em dez coortes. Ordenei os vélites, ou seja, as armas leves, iniciarem as escaramuças. E porque são assim misturadas as armas desta e daquela nação, e também são misturadas as ordenações, fiz com que cada companhia tenha cinco fileiras de piqueiros na cabeça e o restante de escudeiros, para poder, com a cabeça, deter a cavalaria inimiga e entrar mais facilmente nas companhias do inimigo a pé; tendo no primeiro confronto os piqueiros, assim como o inimigo, os quais penso que bastem para fazê-lo parar, e os escudeiros, depois, para vencê-lo. E se vós notais a *virtù* dessa ordenação, vereis todas essas armas executarem seu papel inteiramente, porque os piqueiros são úteis contra a cavalaria e, quando defrontam-se com os infantes, fazem bem o seu papel antes que se dê o corpo a corpo, porque, no corpo a corpo, eles se tornam inúteis. Donde os suíços, para fugir desse inconveniente, põem depois de cada três filas de piqueiros uma fila de alabardas, o que fazem para dar espaço aos piqueiros, mas não é o bastante. Pondo então nossos piqueiros na frente e os escudeiros atrás, protege-se a cavalaria e, ao começarem as escaramuças, abrem e molestam os infantes, mas depois que se engalfinham, eles tornam-se inúteis, sucedendo-os os escudos e as espadas, os quais podem ser manejados mesmo quase sem espaço.

Luigi: Agora esperamos com sofreguidão entender como vós ordenaríeis o exército numa batalha com tais armas e tais ordenações.

Fabrizio: E eu não desejo outra coisa senão demonstrar-vos isso. Vós deveis entender como em um exército romano comum, que era chamado de exército consular, não havia mais que duas legiões de cidadãos romanos, seiscentos cavaleiros e cerca de onze mil infantes. Havia também outros tantos infantes e cavaleiros mandados pelos seus amigos e confederados, que se dividiam em duas partes e chamavam uma de ala direita e outra de ala esquerda, sem que jamais os romanos permitissem que tais infantes auxiliares ultrapassassem o número de infantes de suas legiões, mas admitiam de bom grado que o número de cavaleiros fosse maior. Com esse exército, que era de vinte e dois mil infantes e cerca de dois mil cavalos úteis, um cônsul cumpria todas as ações e todas as empresas. Mas, quando precisavam opor-se a forças maiores, juntavam-se dois cônsules com dois exércitos. Deveis ainda observar como, ordinariamente, em todas as três principais ações levadas a cabo pelos exércitos, isto é, marchar, alojar-se e combater, punham as legiões no meio, porque queriam que a *virtù* em que mais confiavam estivesse mais unida, como na exposição de todas as três ações será mostrado. Os infantes auxiliares, pela prática que tinham com os legionários, eram tão úteis quanto estes e, porque eram disciplinados como eles, da mesma forma se ordenavam para a batalha. Quem souber, então, como os romanos dispunham uma legião no exército para uma batalha saberá como dispunham tudo. Assim, tendo dito a vós como eles dividiam uma legião em três fileiras, e como uma fileira recebia a outra, vos disse como todo o exército se ordenava em uma batalha. Querendo, portanto, ordenar uma batalha à semelhança dos romanos, onde eles tinham duas legiões, eu terei dois batalhões, e, de acordo com essa disposição, será possível entender a disposição de um exército inteiro, porque na reunião de mais pessoas não se fará outra coisa senão engrossar as ordenações. Não creio ser preciso que eu vos lembre quantos infantes tem um batalhão, tampouco que tem dez companhias, quantos comandantes têm cada uma delas, que armas têm, quais são os piqueiros e os vélites ordinários e os extraordinários, porque há pouco eu o disse distintamente e vos recomendei que guardásseis isso forçosamente na memória caso quisésseis entender todas as outras ordenações; por isso, seguirei a demonstração da ordenação sem nada repetir. E parece-me que as dez companhias de um batalhão devam posicionar-se no flanco esquerdo e as dez outras no direito. Ordene-se a da esquerda então deste modo: coloquem-se cinco companhias uma ao lado da outra na cabeça, de sorte que entre uma e outra fique um espaço de quatro braços; em largura devem ocupar cento e quarenta e um braços de terra e, de comprimento, quarenta. Atrás dessas cinco companhias, eu poria outras três, em linha reta, a quarenta braços de distância das primeiras, das quais duas viriam atrás, em linha reta, na extremidade das cinco, e a outra ocuparia o espaço do meio. Assim, essas três ocupariam em largura e comprimento o mesmo espaço que as outras cinco; porém, onde as cinco têm entre uma e outra uma distância de quatro braços, estas teriam trinta e três. Depois destas, colocaria as duas últimas companhias atrás das três, em linha reta e distantes destas quarenta braços, e poria cada uma delas atrás das extremidades das três, de tal forma que o espaço que restasse entre uma e outra seria de noventa e um braços. Todas as companhias assim ordenadas teriam de largura cento e quarenta braços e, de comprimento, duzentos. Eu estenderia os piqueiros extraordinários ao longo dos flancos dessas companhias pelo lado esquerdo, distantes vinte braços, perfazendo cento e quarenta e três fileiras com sete em cada fila, de modo que elas enfeixassem com sua largura todo o lado esquerdo das dez companhias ordenadas da forma dita por mim; daí avançaria quarenta fileiras para guardar os carros e os desarmados que permanecessem na coda do exército, distribuindo os decuriões e centuriões nos seus lugares; e dos três condestáveis colocaria um deles na cabeça, outro no meio, o terceiro na última fila, que fizesse a função do *tergiduttore*, como assim chamavam os antigos aquele que ficava nas costas do exército. Contudo, retornando à cabeça do exército, eu colocaria, junto aos piqueiros, os vélites extraordinários, que sabeis serem quinhentos, e daria a eles um espaço de quarenta braços. Ao lado destes, no lado esquerdo, colocaria a cavalaria pesada e gostaria que houvesse aí um espaço de cento e cinquenta braços. Depois destes, colocaria a cavalaria ligeira, à qual daria o mesmo espaço dado à cavalaria pesada. Eu deixaria os vélites ordinários em volta das suas companhias, naqueles espaços deixados entre uma companhia e outra, que seriam como auxiliares delas, caso não me parecesse melhor colocá-los submetidos aos piqueiros extraordinários, o que faria ou não, segundo o que mais a propósito me parecesse. Eu colocaria o general chefe de todo o batalhão no espaço que ficou entre a primeira e a segunda ordenação das companhias, ou na cabeça e naquele espaço que há entre a última companhia das cinco primeiras e os piqueiros extraordinários, segundo parecesse mais a propósito, com trinta ou quarenta homens em volta escolhidos, os quais soubessem executar com prudência uma missão e com força defender-se de um ataque; e ainda o deixaria no meio dos instrumentos e do porta-estandarte. Esta é a ordenação com a qual disporia um batalhão do lado esquerdo, que seria a disposição da metade do exército; este teria, de largura, quinhentos e onze braços e, de comprimento, quanto se disse acima, sem contar o espaço daquela parte dos piqueiros extraordinários fazendo de escudo aos desarmados, que teria cerca de cem braços. Disporia o outro batalhão do lado direito, exatamente como dispus o esquerdo, deixando entre um batalhão e outro um espaço de trinta braços, na cabeça de cujo espaço colocaria alguns carros de artilharia, atrás dos quais ficaria o capitão-geral de todo o exército e em volta do qual, fora os instrumentos e o porta-estandarte principal, haveria pelo menos duzentos homens escolhidos, a maior parte a pé, entre os quais dez deles ou mais, capazes de executar qualquer comando; e ele deveria estar a cavalo e armado, podendo lutar a cavalo ou a pé, conforme a necessidade requisitasse. Para a artilharia do exército, bastam dez canhões para a expugnação das fortificações, que não superariam a capacidade de cinquenta libras,[50] e serviriam no campo mais para a defesa dos alojamentos do que para as batalhas; toda a outra artilharia teria entre dez e quinze libras no total. Colocaria esta à frente de todo o exército, se o terreno não permitisse colocá-la no flanco, em lugar seguro, onde não pudesse ser atacada pelo inimigo. O exército assim ordenado pode, no combate, tomar a ordenação das falanges e das legiões romanas, porque na frente estão os piqueiros e todos os infantes ordenados nas fileiras, de modo que, começando a se atracar com o inimigo e defendendo-se, podem usar as falanges para restaurar as primeiras fileiras com as de trás. De outro lado, se são golpeados de modo que seja necessário romper as ordenações e retirar-se, podem entrar nos espaços das segundas companhias que estão atrás, unir-se a elas e, de novo, agrupar-se, defender-se do inimigo e combatê-lo. E, quando isso não bastar, podem retirar-se uma segunda vez, e, na terceira, combater; de sorte que nessa ordenação, ao combater, é possível reagrupar-se tanto do modo grego como do romano. Quanto à força do exército, não se pode ordenar mais forte, porque as duas alas estão muitíssimo munidas de chefes e de armas, a não ser a parte de trás, dos desarmados, que permanece frágil, a qual é enfeixada nos flancos pelos piqueiros extraordinários. O inimigo não pode atacar esse exército sem que o encontre ordenado, venha de onde vier; e a parte de trás não pode ser assaltada, porque não pode haver inimigo que tenha tantas forças que te possa atacar

---

50. Cerca de 17 kg (a libra italiana, na época, equivalia a 340 g aproximadamente). (N.T.)

de todos os lados igualmente; porém, se as tiver, tu não deves ir a campo contra eles. Mas caso ele seja um terço mais forte e tão bem-ordenado quanto tu, e caso se enfraqueça por atacar-te em vários pontos, se tu abrires uma brecha nele, tudo irá mal para ele. Da cavalaria, quando for maior do que a tua, mantenha-te seguro, porque as ordenações dos piqueiros que enfeixam teus homens te defendem de qualquer ataque, mesmo que teus cavaleiros sejam rechaçados. Os chefes, além disso, estão dispostos de um lado que facilmente podem comandar e obedecer. Os espaços que existem entre uma companhia e outra, e entre uma ordenação e outra, não somente servem para que elas sejam acolhidas, mas também para dar lugar aos mensageiros que vão e vêm por ordem do capitão. E, como vos disse antes, os romanos tinham cerca de vinte e quatro mil homens em seu exército, e assim deve ser: como os outros soldados imitavam o modo de combater e a forma do exército das legiões, os soldados que reunísseis aos vossos dois batalhões também deveriam imitar a forma e a ordenação deles. Coisas que, dando-se um exemplo delas, são fáceis de ser imitadas, porque, acrescentando ou dois outros batalhões ao exército ou tantos soldados quanto os que já possuís, não há o que fazer a não ser duplicar as ordenações; e onde se pôs dez companhias no lado esquerdo põe-se vinte, ou engrossando ou estendendo as ordenações segundo o lugar ou o inimigo te impusessem.

LUIGI: De verdade, senhor, eu imagino de tal modo esse exército, que já posso vê-lo e desejo ardentemente vê-lo combater. E não gostaria, por nada neste mundo, que vós vos tornásseis Fábio Máximo,[51] pensando ter o inimigo sob controle e adiando a batalha, porque eu diria de vós coisas piores que o povo romano disse dele.

FABRIZIO: Não temais. Não ouvis a artilharia? As nossas já atiraram, mas pouco dano fizeram ao inimigo; e os vélites extraordinários saem de seus lugares ao mesmo tempo que a cavalaria ligeira e, mais espalhados e com todo o furor e

---

51. Quinto Fábio Máximo (275-203 a.C), que recebeu a alcunha de "O Contemporizador" (*Il Temporeggiatore*). (N.T.)

Na quarta figura representa-se a formação de um exército ordenado para ir à batalha com o inimigo, segundo o que está disposto no tratado (Livro III)

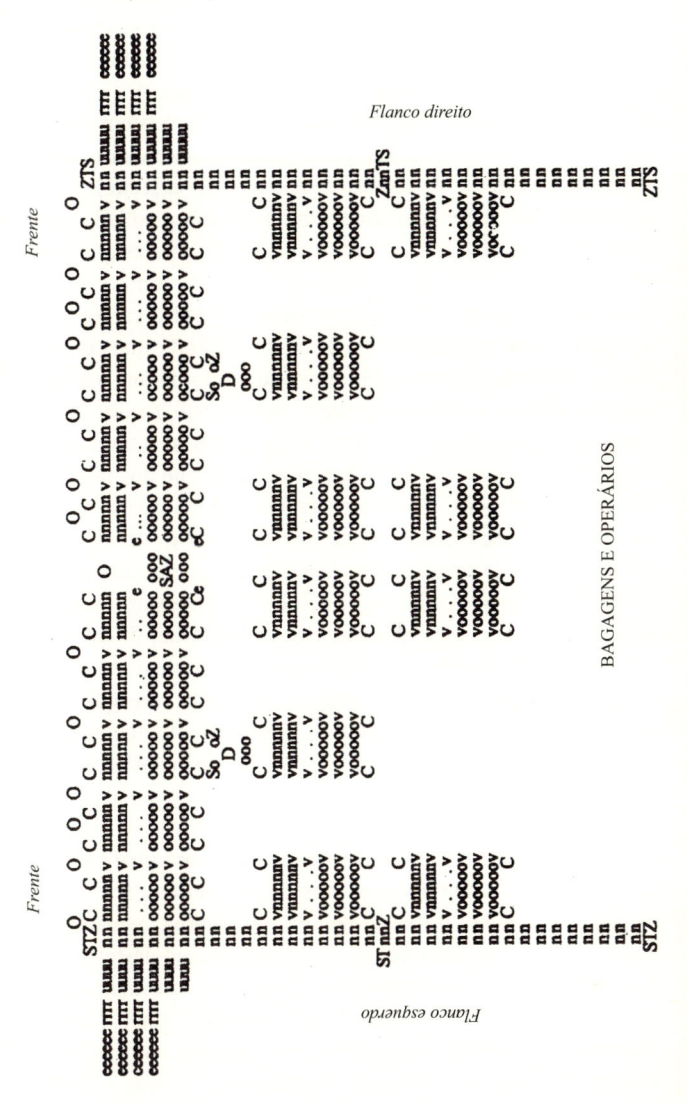

Flanco direito

Frente

Frente

BAGAGENS E OPERÁRIOS

Flanco esquerdo

alarido possíveis, assaltam o inimigo, cuja artilharia descarregou uma vez e ultrapassou a cabeça dos nossos infantes sem provocar dano algum. E, como ela não pode atirar uma segunda vez, vede os nossos vélites e cavaleiros ocupando seu espaço, e os inimigos, para defendê-la, recuando, de tal modo que nem a dos seus nem a dos inimigos podem mais continuar seu ofício. Vede com quanta *virtù* combatem os nossos e com quanta disciplina, pelo poder dos exercícios a que foram habituados e da confiança que têm no exército, o qual vedes marchar ordenadamente, com a cavalaria ao lado, para atracar-se com adversário. Vede as nossas artilharias que, para dar lugar a eles e deixar-lhes espaço livre, retiraram-se para o espaço de onde haviam saído os vélites. Vede o capitão que os encoraja e mostra-lhes a vitória certa. Vede que os vélites e a cavalaria ligeira expandiram-se e retornaram aos flancos do exército para ver se podem, pelo flanco, causar algum dano aos adversários. Eis que os exércitos se confrontam. Vede com quanta *virtù* defenderam-se no ataque dos inimigos e com que silêncio, e como o capitão ordena que a cavalaria defenda-se sem atacar e que não se afaste das fileiras das infantarias. Vede como a nossa cavalaria ligeira combate um grupo de escopeteiros inimigos que queria molestar-nos pelos flancos e como a cavalaria inimiga os socorreu, de tal sorte que, rodeados entre as duas cavalarias, não podem atirar nem retirar-se para trás de suas companhias. Vede com que fúria os nossos piqueiros os atacam e, como os infantes já estão muito próximos deles, não é mais possível manejar os piques, de modo que, segundo o que nos foi ensinado pela disciplina, os nossos piqueiros recuam pouco a pouco entre os escudeiros. Vede como, neste momento, uma numerosa guarnição da cavalaria inimiga empurra os nossos cavaleiros para o lado esquerdo e como os nossos, segundo a disciplina, recuam para trás dos piqueiros extraordinários e, com o apoio destes, tendo reagrupado a cabeça, rechaçam os adversários e matam boa parte deles. Nesse meio-tempo, todos os piqueiros ordinários das primeiras companhias esconderam-se entre as fileiras dos escudeiros, a quem confiaram a escaramuça; e vede com que *virtù*, segurança e tranquilidade matam o inimigo. Não vedes vós quanto as fileiras permanecem cerradas, e só a muito custo pode-se manejar a espada? Vede com que rapidez os inimigos morrem. Por isso, armados com o pique e a espada, uma inútil por ser demasiado longa e a outra por encontrar-se o inimigo muito armado, parte deles cai ferida ou morta, parte foge. Vede-os fugir pelo canto direito e também pelo esquerdo, eis que a vitória é nossa. Não vencemos nós uma batalha de forma muito, muito feliz? Mas com maior felicidade seria vencida se me fosse concedido colocar o exército em ação. E vede que não é preciso valer-se nem da segunda nem da terceira ordenação; bastou a nossa primeira frente para superá-los. Sobre isso não tenho mais o que dizer a vós, senão dirimir alguma dúvida que tendes a esse respeito.

Luigi: Vencestes com tanta rapidez esta batalha que fiquei bastante admirado e um tanto estupefato, que não creio poder explicar bem se ainda resta alguma dúvida em meu espírito. Mas, confiando em vossa prudência, tomarei coragem para dizer o que entendi. Dizei-me primeiro: porque não fizestes as vossas artilharias atirarem mais de uma vez? E por que as fizestes recuar de repente para o interior do exército, e não as mencionastes mais? Parece-me também que pusestes as artilharias do inimigo paradas e as ordenastes a vosso modo, o que bem pode ser. Mas quando for preciso, o que creio ocorrerá amiúde, que se golpeiem as fileiras, que remédio tendes para isso? E porque comecei com as artilharias, quero fazer a pergunta toda, para não ter de se falar mais nisso. Ouvi muitos desprezarem as armas e as ordenações antigas, arguindo que hoje pouco fariam, que seriam totalmente inúteis diante da fúria das artilharias, porque estas rompem as ordenações e ultrapassam as armas facilmente, que lhes parece loucura constituir uma ordenação que não pode resistir a elas e se esfalfar para levar armas com as quais não consiga se defender.

Fabrizio: Esta vossa pergunta precisa, em virtude dos seus muitos pontos, de uma longa resposta. É verdade que não fiz as artilharias atirarem mais de uma vez e até tive dúvida sobre esse único disparo. O motivo é que mais importante do que atingir o inimigo é procurar não ser atingido por ele. Deves entender que, se quiseres que uma artilharia não te fira, é necessário ou ficares onde ela não te atinja, ou colocar-te atrás de um muro ou atrás de uma barreira. Não há outra coisa que a retenha, mas é preciso ainda que tanto um quanto a outra sejam fortíssimos. Os capitães que se conduzem para a batalha não podem permanecer atrás dos muros ou barreiras, nem onde não possam ser atingidos. Convém então a eles, já que não podem dispor desses meios de defesa, encontrar algo que atenue os danos; tampouco podem encontrar outro meio a não ser ocupá-las rapidamente. O modo de dominá-las é ir ao seu encontro rápida e dispersamente, e não vagarosa e compactamente, porque, com a presteza, evita-se que ela repita o ataque e, com a dispersão, menos homens podem ser atingidos por ela. Isso não pode ser feito por uma guarnição de homens ordenados que, ao marchar dispersa, se desordene; e se ela caminha dispersa, o inimigo não tem trabalho algum para rompê-la, porque ela se rompe sozinha. Por isso, eu ordenaria o exército de forma que pudesse fazer uma e outra coisa, porque, tendo colocado em suas alas mil vélites, ordenaria que, depois que a nossa artilharia tivesse disparado, ela saísse junto com a cavalaria ligeira para ocupar a artilharia inimiga. Por esse motivo, não faria a artilharia disparar novamente, para não dar tempo à inimiga, porque não poderia dar tempo a mim e tirá-lo dos outros. E a razão pela qual não a fiz disparar uma segunda vez foi para não deixar dispararem antes para que a artilharia inimiga não pudesse disparar sequer uma vez. Se se quiser que a artilharia inimiga seja inútil, não há outro remédio senão assaltá-la, pois se os inimigos a abandonam, tu a ocupas; se querem defendê-la, é preciso que a mantenham atrás, de modo que, tomada por inimigos ou por ti, não possa disparar. Acredito que essas razões, sem exemplos, vos bastariam; contudo, podendo dar-vos alguns exemplos dos antigos, gostaria de fazê-lo. Vintedio,[52] na batalha com os partos, cuja *virtù* consistia em grande parte nos arcos e nas flechas, deixou

---

52. Trata-se de Publius Ventidius. (N.T.)

que estes quase chegassem a seus alojamentos antes de deixar sair daí seu exército, o que fez somente para poder assaltá-los rapidamente e não lhes dar espaço para atirar. Na França, César[53] disse que, durante as batalhas, foi assaltado com tanta rapidez pelos inimigos, que os seus soldados não tiveram tempo para disparar os dardos segundo o costume romano. Portanto, vê-se que numa batalha campal, ao desejar que uma arma que dispara a distância não te fira, não há outro remédio senão atacá-la o mais rápido possível. Uma outra razão ainda me movia a fazer a artilharia não disparar, da qual talvez riais, mas creio que não seja desprezível. Não há coisa que provoque mais confusão em um exército do que impedir-lhes a visão; razão que levou muitos valorosos exércitos a serem derrotados por estarem impedidos de ver pela poeira ou pelo sol. Não há também coisa que impeça mais a visão do que a fumaça produzida pela artilharia ao disparar, por isso eu acharia mais prudente deixar o inimigo cegar-se por si mesmo do que ir, cego, ao seu encontro. Então eu não a faria disparar, ou eu (porque isso iria de encontro à reputação da artilharia) a colocaria nas alas laterais do exército para que, ao disparar, ela não cegasse com a fumaça os homens da linha de frente do exército, que são os mais importantes da formação. Prova de que impedir a visão do inimigo é coisa útil se tira do exemplo de Epaminondas, que, para cegar o exército inimigo que vinha combater consigo, fez suas cavalarias ligeiras correrem à frente da cabeça dos inimigos para levantar bem alto a poeira e os impedir de ver, o que lhe deu a vitória na batalha. Quanto ao vosso parecer que eu tenha guiado os disparos das artilharias a meu modo, fazendo-os passar sobre a cabeça dos infantes, respondo que há mais as ocasiões, e sem comparação, em que as artilharias pesadas não atingem as infantarias do aquelas em que atingem, pois as infantarias são tão baixas e tão difíceis de se acertar que o pouco que se levantam os canhões basta para que os disparos passem por cima da cabeça dos infantes, e, se são abaixados, dão em terra, e os disparos não os atingem. Salva-os ainda a irregularidade do terreno, porque

---

53. Ver *De bello gallico*, op. cit., I, 52. (N.T.)

qualquer matagal ou outeiro que haja entre os infantes e a artilharia atrapalha a ação desta. Quanto ao cavalos, sobretudo os da cavalaria pesada, podem ser atingidos mais facilmente por ficarem mais agrupados que os da ligeira e por serem mais altos; por isso, até que as artilharias cessem os disparos, deve-se mantê-los na coda do exército. Na verdade, os escopeteiros e as artilharias menores provocam mais danos do que a artilharia pesada, contra os quais o melhor remédio é ir para o corpo a corpo de uma vez. Se no primeiro assalto morrem alguns deles, sempre se morre assim; um bom capitão e um bom exército não devem temer um dano particular, mas sim geral, e imitar os suíços, os quais jamais desprezaram uma batalha por temer as artilharias, antes puniram com a pena capital aqueles que, por medo delas, ou escaparam das fileiras, ou demonstraram receio com um gesto qualquer. Eu as faço retirar-se depois de atirarem para que deixem espaço livre às companhias. Não as mencionei mais, pois são inúteis uma vez começadas as escaramuças. Dissestes ainda que, em relação à rapidez desse instrumento, muitos creem que os armamentos e as ordenações antigas sejam inúteis; pela forma como falastes, parece que os modernos encontraram ordenações e armas eficientes contra a artilharia. Se sabeis algo sobre isso, ficaria grato se me ensinásseis como, porque até agora não vi algo parecido, nem creio que se possa encontrá-lo. Logo, gostaria de compreender dessas pessoas por que razões os soldados a pé de hoje usam peitoral ou corsaletes de ferro e os cavaleiros vão completamente armados; porque, se dão por inúteis as armas antigas em relação às artilharias, deveriam recusar estas também. Gostaria de entender ainda por que motivo os suíços, à semelhança das antigas ordenações, compõem uma companhia compacta de seis ou oito mil infantes, e por que razão todos os imitaram, levando essas ordenações a se exporem ao mesmo perigo por que passariam as outras que imitassem os antigos. Creio que não saberiam o que responder, mas, se perguntásseis sobre isso aos soldados com algum discernimento, eles responderiam, primeiro, que deveriam armar-se porque essas armas, embora não os protejam da artilharia, os protegem das bestas, dos piques, das espadas, das pedras e de qualquer outro ataque que venha dos inimigos. Responderiam ainda que deveriam ficar juntos, como os suíços, para poder atacar mais facilmente os infantes, para defender melhor as cavalarias e para tornar mais difícil para os inimigos romper suas fileiras. Assim se vê que os soldados temem muitas outras coisas além da artilharia, contra as quais se protegem com armas e ordenadamente. Do que se segue que, quanto mais bem-armado é um exército e quanto mais cerradas e mais fortes forem as ordenações, mais seguro se está. Os que têm aquela opinião mencionada por vós, supõe-se ou que tenham pouca prudência ou que tenham pensado muito pouco nessas coisas; já que vemos que uma mínima parte do modo antigo de se armar que se usa hoje, que é o pique, e que uma mínima parte daquelas ordenações, que são as companhias suíças, fazem-nos tão bem, a ponto de dar aos nossos exércitos tanta força, por que nós não acreditaríamos que as outras armas e ordenações dos antigos deixadas de lado não seriam úteis? Depois, se nós não temos a artilharia, aos nos juntarmos como os suíços, que outras ordenações nos fariam temer mais do que ela? Não existe, portanto, nenhuma ordenação que temamos mais do que as que colocam todos os seus homens bem juntos. Além disso, se a artilharia dos inimigos não assusta quando atacamos um cidadela, onde ela pode me causar mais danos por estar mais bem-protegida (não podendo assediá-la por ser defendida por muralhas, só posso impedi-la de duplicar os seus disparos com o tempo e com a minha artilharia), por que eu a temeria em campo aberto, onde posso rapidamente assaltá-la? Tanto que eu concluo assim: a artilharia, de acordo com a minha opinião, não impede que se usem os modos antigos e que se mostre a antiga *virtù*. E, se já não tivesse falado sobre esse instrumento, eu me estenderia mais sobre essa matéria aqui, mas quero retornar àquilo sobre o que disse há pouco.

Luigi: Podemos compreender muito bem aquilo que vós discursastes acerca da artilharia; em suma, parece-me que mostrastes que assaltá-las rapidamente seja o melhor remédio que se tem para elas, estando no campo e tendo um exército a seu encontro. Sobre isso surge-me uma dúvida: parece-me que o inimigo poderia colocá-la nos flancos, em seu exército, para atacar-vos, e de tal modo protegida pelos infantes que ela não poderia ser assaltada. Vós, se bem me lembro, propusestes, ao ordenar o vosso exército para batalha, que se deixassem intervalos de quatro braços entre uma companhia e outra, e vinte entre as companhias e os piques extraordinários. Se o inimigo ordenasse o exército à semelhança do vosso e colocasse a artilharia bem no meio desses intervalos, creio daí que ela vos atacaria com muita segurança, porque não se poderia entrar nas forças inimigas para assaltá-la.

FABRIZIO: Duvidais com muita prudência, e eu usarei todo o meu engenho para ou resolver vossa dúvida, ou remediá-la de alguma forma. Eu vos disse que continuamente essas companhias, ou pela marcha ou pelo combate, estão em movimento e sempre por natureza devem se agrupar, de sorte que, se não fizerdes os intervalos suficientemente largos e a artilharia for colocada neles, em pouco tempo estarão tão estreitos que a artilharia não poderá mais realizar o seu trabalho; se os fizerdes largos para fugir desse perigo, incorrereis em um erro maior, porque, por meio desses intervalos, dais ao inimigo não somente facilidade de assaltar vossa artilharia, como também de rompê-la. Mas sabeis que é impossível ter a artilharia entre as fileiras, principalmente aquela que vai em cima das carretas, porque a artilharia anda por um lado e dispara pelo outro, de modo que, tendo de andar e disparar, é necessário antes de disparar que se virem e, para virarem-se, precisam de tanto espaço que cinquenta carretas de artilharia desordenariam qualquer exército. Por isso, é preciso mantê-la fora das fileiras, onde ela possa combater da forma que há pouco demonstramos. Mas suponhamos que seja possível mantê-la e que se pudesse encontrar uma via intermediária, de tal qualidade que, agrupada, não impedisse a artilharia de disparar e, aberta, não abrisse uma via ao inimigo; digo que isso se consegue facilmente ao abrir espaços em teu exército, voltados para o inimigo, que deixem o caminho livre para os teus disparos; e, assim, a fúria dele será vã. O que se pode fazer muito facilmente, porque, querendo o inimigo que a artilharia fique segura, convém que ela a posicione atrás, na última parte dos intervalos; assim, os disparos da sua artilharia, para não atingir os seus soldados, devem passar por uma linha reta; e, ao deixar esse espaço para os disparos, facilmente se pode fugir por ele, porque é uma regra geral que, para aquelas coisas que não conseguimos deter, deve-se abrir caminho, como faziam os antigos com os elefantes e os carros afoiçados.[54] Acredito, ou melhor, estou mais do que convencido, que a vós pareceu que eu tenha preparado e vencido uma batalha a meu modo; no entanto, eu vos respondo, quando não baste aquilo que disse até aqui, que seria impossível que um exército, assim ordenado e armado, não superasse no primeiro embate qualquer outro exército que se ordenasse como se ordenam os exércitos modernos. Os quais, na maior parte das vezes, não fazem senão uma frente, não têm escudos e estão de tal forma desarmados, que não podem defender-se do inimigo próximo; e ordenam-se de tal modo que, quando dispõem suas companhias ao lado uma da outra, fazem um exército estreito; se as dispõem uma atrás da outra, sem poder acolher uma na outra, tornam-no confuso e passível de ser facilmente perturbado. Embora eles nomeiem os seus exércitos de três formas e os dividam em três fileiras – vanguarda, companhia e retaguarda –, não se servem disso a não ser para marchar e distinguir os alojamentos, pois nas batalhas todos se sujeitam a um primeiro ataque e a uma primeira fortuna.

Luigi: Notei ainda que, ao fazer vossa batalha, a cavalaria foi rechaçada pela cavalaria inimiga, recuou para junto dos piques extraordinários e, com a ajuda destes, protegeu e empurrou os inimigos para trás. Creio que os piques podem defender a cavalaria, como dissestes, mas em um batalhão grande e sólido como são os dos suíços; porém, no vosso exército, vós tendes por cabeça cinco ordenações de piqueiros e, nos flancos, sete, de modo que eu não entendo como possam ser defendidos.

---

54. Carros de guerra usados pelos romanos que levavam foices em suas rodas. (N.T.)

Fabrizio: Ainda que eu vos tenha dito como as falanges macedônicas adotavam seis fileiras ao mesmo tempo, deveis entender que, de uma companhia de suíços, mesmo composta por mil fileiras, não poderiam ser empregadas senão quatro ou, no máximo, cinco, porque os piques têm nove braços de comprimentos: um braço e meio é ocupado pelas mãos, sendo que na primeira fila ficam livres sete braços e meio de piques. Na segunda fileira, além daquilo que se ocupa com as mãos, tem-se um braço e meio no espaço que sobra entre uma fileira e outra, sendo que não restam senão seis braços úteis para os piques. Na terceira, por essas mesmas razões, restam quatro e meio; na quarta, três; na quinta, um braço e meio. As outras fileiras, para atacar, são inúteis, mas servem para restaurar as primeiras fileiras, como dissemos, e para fazer como um barbacã para aquelas cinco. Desse modo, se as cinco fileiras deles podem deter a cavalaria, por que cinco das nossas não poderiam, para quais não faltam fileiras atrás que as defendam e deem a elas o mesmo apoio, embora não tenham piqueiros como aquelas? E quando as fileiras dos piques extraordinários que são postos nos flancos vos pareceis estreitas, é possível reuni-las em um quadrado e colocá-las ao lado das duas companhias que coloco na última fileira do exército, de cuja posição poderiam facilmente todos juntos auxiliar a cabeça e as costas do exército e prestar socorro à cavalaria, caso houvesse necessidade.

Luigi: Usaríeis sempre essa ordenação quando quisésseis combater?

Fabrizio: Não, de modo algum, porque é preciso variar a forma do exército segundo a característica do lugar e a qualidade e a quantidade do inimigo, como veremos através de alguns exemplos, antes que cesse essa conversa. Mas essa forma foi dada não porque seja mais útil que as outras (ainda que seja utilíssima), mas sim porque, por meio dela, apreendeis uma regra e uma ordenação com a qual é possível reconhecer os modos de ordenar as outras; cada ciência tem as suas generalizações, sobre as quais em boa parte se funda. Lembro-vos só uma coisa: jamais ordeneis um exército de modo que quem combate na frente não possa ser socorrido por aqueles que estão postados atrás, porque, quem comete esse erro, torna inútil a maior parte do seu exército e, se se depara com alguma *virtù*, não pode vencer.

Luigi: Assalta-me sobre esse assunto uma dúvida. Vi que na disposição das companhias vós formastes a frente com cinco companhias lado a lado, o meio com três, e as últimas, com duas. Porém, creio que seria melhor ordená-las ao contrário, porque penso que as fileiras de um exército seriam rompidas com mais dificuldade quando, quem as atacasse, quanto mais penetrasse nelas, mais sólidas as encontrasse, e a ordenação feita por vós me parece que faz com que, quanto mais se adentre nela, muito mais fraca ela se encontre.

Fabrizio: Se recordásseis como os triários, a terceira ordenação das legiões romanas, não tinham à sua disposição mais do que seiscentos homens, vós duvidaríeis menos, compreendendo que eles estavam posicionados na última fileira, porque veríeis como, movido por esse exemplo, pus na última fileira duas companhias com novecentos infantes. Portanto, de acordo com a ordenação romana, erro muito mais pelo excesso do que pela falta. Embora esse exemplo bastasse, eu gostaria de expor a razão disso, que é esta: a primeira frente do exército se faz sólida e espessa, porque ela tem de suportar o assalto dos inimigos e não tem de receber nenhum companheiro, e por isso é conveniente que ela tenha abundância de homens, já que poucos homens a fariam frágil ou por dispersão ou por número. Mas a segunda fileira, como deve receber os companheiros que primeiro defenderam-se do inimigo, convém que faça intervalos grandes, e por isso convém que sejam em menor número do que a primeira, porque, se ela fosse em maior número ou igual, conviria ou não deixar-lhe os intervalos, o que traria desordem; ou deixando-os, ultrapassaria o limite da próxima, o que tornaria imperfeita a formação do exército. E não é verdade aquilo que dissestes, que o inimigo, quanto mais adentra o batalhão, mais frágil o encontra, porque o inimigo jamais combaterá a segunda fileira se a primeira não estiver junto desta, de modo que acaba se encontrando no meio da companhia mais vigorosa e não mais débil, tendo de combater com a primeira e a segunda fileiras ao mesmo tempo. O mesmo acontece quando o inimigo chegar à terceira fileira, porque aí terá de lutar não com duas companhias descansadas, mas com todo o batalhão. E porque esta última parte tem de acolher mais homens, convém que os espaços sejam maiores e quem os acolhe esteja em menor número.

Luigi: Agrada-me o que dissestes, mas respondei ainda isto: se as cinco primeiras companhias se retiram entre as três da segunda linha e, depois, as oito entre as duas da terceira linha, não parece possível que, ao se reunirem as oito e depois as dez, todas caibam no mesmo espaço em que cabiam as cinco?

Fabrizio: A primeira coisa que vos respondo é que não é o mesmo espaço, porque as cinco têm quatros espaços no meio e, ao retirar-se entre as três ou as duas, ocupam-nos; resta ali, pois, aquele espaço que há entre um batalhão e outro e aquele que há entre as companhias e os piques extraordinários, cujos espaços todos os fazem largos. Acrescente-se a isso que as companhias têm um espaço quando estão nas ordenações sem ser perturbadas, e outro quando são perturbadas, porque, na perturbação, ou elas estreitam ou abrem as ordenações. Abrem-se quando fogem de tanto medo; estreitam-se quando o medo, em vez de as fazer fugir, leva-as a ir atrás de proteção, de tal modo que, nesse caso, ao invés de se dispersarem, comprimem-se. Acrescente-se a isso que as cinco fileiras dos piqueiros que estão na frente, depois de iniciarem as escaramuças, retiram-se, entre as suas companhias, na coda do exército, a fim de abrir espaço para os escudeiros combaterem; esses piqueiros, indo para a coda do exército, podem servir ao capitão naquilo que este julgar melhor, pois na frente, no meio das escaramuças, seriam totalmente inúteis. Por isso, os espaços ordenados dessa forma têm grande capacidade de acolher os remanescentes. Então, quando esses espaços não bastarem, os flancos laterais serão homens e não muralhas, os quais, cedendo e abrindo fileiras, podem abrir espaços com capacidade suficiente para receber outros homens.

Luigi: Quisestes que as fileiras dos piques extraordinários que pusestes nos flancos do exército, quando as companhias primeiras se retiram para as segundas, ficassem sólidas e permanecessem como dois cornos do exército ou quisestes que elas também se retirassem para junto das outras companhias? O que, quando tiver de ser feito, não vejo como se possa fazê-lo, por não haver companhias atrás com intervalos largos para recebê-las.

Fabrizio: Se o inimigo não as atacar enquanto força as companhias a se retirarem, elas podem permanecer sólidas em suas ordenações e atacar o inimigo pelos flancos, uma vez que as companhias primeiras se retiraram, mas se as atacar (como parece racional, sendo tão potente que pode forçar as demais), elas também devem se retirar. O que podem fazer muito bem, ainda que elas não tenham atrás de si quem as acolha, porque do meio para frente podem duplicar-se em linha reta, entrando uma fileira na outra, de acordo com o que expusemos quando se falou do modo de duplicar. Verdade é que ao querer, duplicando-se, retirar-se para trás, convém adotar outro modo que aquele que vos mostrei, porque vos disse que a segunda fileira tinha de entrar na primeira; a quarta, na terceira, e assim de pouco em pouco; nesse caso não se começaria pela frente, mas por trás, a fim de que, duplicando as fileiras, viessem a se retirar para trás, não para frente. Mas para responder a tudo o que por vós, sobre essa batalha demonstrada por mim, fosse possível replicar, novamente vos digo que ordenei esse exército e mostrei essa batalha por dois motivos: um, para mostrar-vos como se ordena; o outro, para mostrar-vos como se exercita. Da ordenação creio que ficastes persuadido; quanto ao exercício, digo-vos que se deve colocá-los juntos dessa forma o máximo possível para que os chefes ensinem suas companhias a ordenarem-se assim. Se aos soldados em particular cabe manter bem as ordenações em cada batalhão, aos chefes das companhias cabe manter bem os soldados em cada ordenação do exército e saber ensiná-los a obedecer ao comando do capitão-geral. Convém, portanto, que saibam juntar uma companhia a outra, saibam ocupar seu lugar rapidamente, e por isso convém que o porta-estandarte de cada companhia tenha inscrito, em lugar visível, seu número, seja para poder comandá-las, seja para que o capitão e os soldados por esse número mais facilmente se reconheçam. Os batalhões também devem ser numerados e ter o número no seu porta-estandarte principal. Convém, então, saber qual é o número do batalhão posicionado à esquerda ou à direita, qual o número dos batalhões posicionados na frente e no meio, e assim sucessivamente. Cumpre também que esses números obedeçam à escala graduada das honrarias dos exércitos, por exemplo: o primeiro grau é o do decurião; o segundo, do chefe de cinquenta vélites ordinários; o terceiro, do centurião; o quarto, do chefe da primeira companhia; o quinto, da segunda; o sexto, da terceira; e assim até a décima companhia, a qual vem agraciada em segundo lugar depois do comandante-geral de um batalhão; nem pode chegar a esse comandante quem não tiver subido por todos esses degraus. E como, fora esses comandantes, há os três condestáveis dos piques extraordinários e os dois dos vélites extraordinários, gostaria que fossem naquele grau do condestável do primeiro batalhão; nem me preocuparia que houvesse seis homens de mesmo grau a fim de que cada um deles disputasse para ser promovido à segunda companhia. Então, cada um destes comandantes sabendo onde sua companhia deve ficar, necessariamente todo o exército conheceria suas posições a um toque de trompete, ou quando o estandarte geral fosse içado. E isso é o primeiro exercício a que se deve habituar um exército, isto é, a posicionar-se ao mesmo tempo e rapidamente; para fazer isso convém, todo dia, e num dia várias vezes, ordená-lo e desordená-lo.

Luigi: Que sinal gostaríeis que levassem os estandartes do exército além do número?

Fabrizio: O do capitão-geral deveria ser o sinal do príncipe do exército, todos os demais poderiam ter o mesmo sinal e variar os campos, ou variar os sinais, como parecesse melhor ao senhor do exército, porque isso importa pouco, basta que com isso todos se reconheçam. Mas passemos ao outro exercício em que se deve adestrar um exército: fazê-lo mover-se e andar numa marcha conveniente e, mesmo marchando, manter as ordenações. O terceiro exercício é que se aprenda a manobrar tal como depois se manobre na batalha; fazer a artilharia disparar e recuar; fazer com que as primeiras companhias, como se fossem rechaçadas, se dispersem entre as segundas, e depois todas nas terceiras, e daí retornar cada uma delas aos seus lugares; e assim habituá-las nesse exercício, a ponto de tornar-se um coisa notória e familiar, o que com a prática e com a familiaridade rapidamente se conduz. O quarto exercício é aquele em que aprendem a conhecer, através dos instrumentos e dos estandartes, o comando de seu capitão, porque o que for pronunciado em alto e bom som, eles, sem qualquer outro comando, o entenderão. Como a importância desse comando deve vir dos instrumentos, eu direi agora quais instrumentos eram usados pelos antigos. Os lacedemônios, segundo o que diz Tucídides,[55] usavam pífaros em seus exércitos, porque julgavam a harmonia a mais apta para fazer seu exército agir com prudência e não afobadamente. Movidos por essa mesma razão, os cartagineses,[56] no primeiro ataque, usavam o cistre.[57] Aliates, rei dos lídios,[58] usava na guerra os pífaros e os cistres; porém, Alexandre Magno e os romanos usavam trompas e trombetas, porque pensavam que tais instrumentos tinham a virtude de atiçar o ânimo dos soldados e fazê-los combater mais vigorosamente. Como nós tomamos dos gregos e dos romanos o modo de armar o exército, ao distribuirmos os instrumentos servimo-nos dos costumes dessas duas nações. Por isso, deixaria próximas ao capitão-geral as trombetas, já que são instrumentos não só capazes de inflamar o exército, como também de serem ouvidos mais facilmente do que qualquer outro instrumento em meio a qualquer tipo de barulho. Gostaria que os outros instrumentos deixados em torno dos

---

55. Na *História da guerra do Peloponeso*, v, 70. (N.T.)
56. Para alguns autores, deveria ser "cretenses", e não "cartagineses", como está na edição original, de 1521. (N.T.)
57. Segundo o *Dicionário eletrônico Houaiss da língua portuguesa 1.0*, o cistre, *zufoli* no original, é um instrumento de cordas dedilhadas, muito em voga nos séculos XVI e XVII. (N.T.)
58. Pai de Creso, que fez dos lídios uma grande força militar. (N.T.)

condestáveis e dos chefes de companhias fossem os pequenos tambores e os pífaros, os quais soassem não como agora, mas como é costume soá-los nos banquetes. Assim, com as trombetas, o capitão mostraria quando é preciso avançar ou recuar, quando a artilharia deve atirar, quando movimentar os vélites extraordinários e, com a variação de tais sons, mostrar ao exército todos aqueles movimentos que geralmente se podem mostrar; trombetas que deviam ser seguidas pelos tambores. Desse exercício, já que é muito importante, o exército deve se ocupar bastante. Quanto à cavalaria, as mesmas trombetas poderiam ser usadas, mas menos potentes e de som diverso daquela do capitão. Isso é o quanto me ocorreu acerca da ordenação do exército e de seus exercícios.

Luigi: Suplico a vós que não vos incomodeis em me dizerdes uma outra coisa: por que motivo fizestes mover com gritos, barulhos e fúria a cavalaria ligeira e os vélites extraordinários quando assaltaram e depois, ao reunir o restante do exército, mostrastes que tudo se seguia num silêncio enorme? Como não entendo o motivo dessa variação, gostaria que a explicasseis para mim.

Fabrizio: Sobre a maneira de iniciar as escaramuças, os capitães da Antiguidade têm opiniões diferentes: se se deve marchar rapidamente com barulho, ou devagar e em silêncio. Este último modo serve para manter a ordenação mais firme e apta a entender melhor os comandos do capitão. O primeiro serve para atiçar mais o ânimo dos soldados. Como eu creio que se deva respeitar tanto um quanto outro, fiz mover a cavalaria com barulho e os demais em silêncio. Nem me parece que o barulho contínuo seja propício, porque impede de se ouvir os comandos, o que é algo muito danoso. Nem é razoável que os romanos, salvo o primeiro assalto, continuassem a fazer barulho, porque se vê, em suas histórias, o capitão intervir muitas vezes com palavras e exortações, em virtude das quais soldados que fugiam paravam, e modificar de várias formas as ordenações por meio de seus comandos, o que o barulho, se mantido, encobriria sua voz.

LIVRO QUARTO

Luigi: Porque sob meu império uma batalha foi vencida muito honradamente, penso que seja melhor que eu não me arrisque mais em face da fortuna, sabendo o quanto ela varia e é instável. Por isso, quero declinar meu poder, para que Zanobi assuma agora esse ofício de indagar, de acordo com a ordem que toca ao mais jovem. E sei que não recusará essa honra, ou melhor, esse ônus, seja por compadecer-se de mim, seja também por ser naturalmente mais ousado do que eu; e não lhe meterá medo ter de entrar nesses trabalhos, nos quais pode tanto ser vencido quanto vencer.

Zanobi: Fico onde vós me colocastes, ainda que eu estivesse mais à vontade ouvindo, porque até aqui mais me satisfizeram vossas perguntas quanto não me teriam agradado aquelas que a mim, ao escutar o vosso diálogo, me ocorreriam. Mas creio que seja melhor, senhor, que vós economizeis tempo e tenhais paciência, caso essas nossas cerimônias vos enfastiem.

Fabrizio: Ao contrário, elas me agradam, porque esta variação de indagadores permite conhecer diferentes engenhos e apetites vossos. Mas resta ainda algo que vos pareceis que deva se acrescentar à matéria tratada?

Zanobi: Duas coisas desejo, antes que se passe a outra parte: uma é que, se ocorreis a vós outra forma de ordenar os exércitos, mostrai-nos; a outra é quais cautelas deve ter um capitão antes que se conduza às escaramuças e, surgindo algum imprevisto, como se poderia remediá-lo.

Fabrizio: Eu me esforçarei em vos satisfazer. Não responderei já distintamente às vossas perguntas, porque, enquanto responderei a uma, muitas vezes estarei respondendo à outra. Eu vos disse como eu propus uma formação de exército a fim de que, segundo ela, fosse possível dar todas as formas que o inimigo e o lugar requisitam, porque, nesse caso, procede-se segundo o lugar e o inimigo. Mas notai isto: não há forma mais perigosa que estender demasiadamente a frente do teu exército, se tu já não tens um mui valoroso e numeroso exército, assim como tu deves deixá-lo mais cerrado e menos largo do que muito largo e disperso. Quando tu tens poucos homens em comparação ao inimigo, deves procurar outros remédios, como estes: ordenar o teu exército do lado em que te cerques de rio ou pântano, de modo que tu não possas ser cercado, ou te cerques pelos flancos pelas fossas, como fez César na França.[59] Deveis apreender desse caso esta generalização: alargar ou estreitar com a frente segundo o número de vossos homens e os de vosso inimigo; estando o inimigo em menor número, deve procurar os lugares amplos, tendo tu principalmente homens disciplinados, a fim de que possas não somente cercar o inimigo, mas também estender ali as tuas ordenações, porque nos lugares ásperos e difíceis, não podendo te valeres das tuas ordenações, não vens a ter qualquer vantagem. Daí a razão pela qual os romanos quase sempre procuravam os campos abertos e fugiam dos difíceis. Deves fazer o oposto, como disse, se tiveres ou poucos homens ou homens indisciplinados, pois deves procurar sítios ou onde o pouco número te salve, ou onde a pouca experiência não te desajude. Deves ainda escolher um local mais alto para poder mais facilmente atacar. Entretanto, deves acatar esta advertência: jamais ordenes o teu exército em uma descida ou próximo à base desta, de onde pode vir o inimigo, porque nesse caso, em relação à artilharia, o lugar alto te seria desvantajoso, porque sempre e comodamente poderias ser atacado pela artilharia inimiga sem encontrar aí remédio algum, mas não poderias comodamente

---

59. Ver *De bello gallico*, VII, 72. (N.T.)

atacá-la, impedido por teus próprios homens. Deve ainda, quem ordena um exército para a batalha, considerar o sol e o vento para que nem este nem aquele molestem a frente, porque tanto um quanto outro podem impedir a visão um com seus raios, o outro com a poeira. Ademais, o vento desfavorece as armas que são disparadas contra o inimigo, pois debilita seu ímpeto. Quanto ao sol, não basta evitar que ele bata em teu rosto, mas convém pensar que, durante o dia, ele não comece a te incomodar. Por isso conviria, na ordenação dos homens, tê-lo totalmente às costas a fim de que passe bastante tempo até chegar à tua frente. Esse modo foi observado por Aníbal em Canas[60] e por Mário contra os cimbros.[61] Se tua cavalaria estiver em franca inferioridade, ordena o teu exército entre vinhedos e árvores ou obstáculos semelhantes, como fizeram em nossos dias os espanhóis quando venceram os franceses em Cerignola.[62] E muitas vezes se viu que com os mesmos soldados, variando somente a ordenação e o lugar, se vai de perdedor a vitorioso, como aconteceu aos cartagineses, os quais, vencidos muitas vezes por Marcos Régulo, foram mais tarde vitoriosos, a conselho do lacedemônio Xantipo, que os fez descer à planície onde, graças aos cavalos e aos elefantes, puderam superar os romanos. E me parece, segundo os exemplos dos antigos, que quase todos os capitães excelentes, quando perceberam que o inimigo ordenou um lado da companhia mais forte, não lhe opuseram sua parte mais forte, mas a mais débil, e a outra mais forte opuseram à mais débil; e, ao começarem as escaramuças, ordenaram à sua parte mais vigorosa que somente se defendesse do inimigo sem rechaçá-lo, e à mais débil que se deixasse vencer e se retirasse para última fileira do exército. Isso gera duas grandes desordenações ao inimigo: primeiro, que sua parte mais vigorosa se encontra cercada; segundo, que, parecendo-lhe obter logo a vitória, raras vezes não se desordena, donde advém a sua rápida derrota. Cornélio Cipião, lutando na

---

60. Ver Tito Lívio, *História de Roma,* XXII, 43. (N.T.)

61. Ver Plutarco, *Mario,* XXVI. (N.T.)

62. Batalha em que os franceses foram derrotados pelos espanhóis em 1503. Sobre esse episódio, ver Políbio, *Histórias*, I, 32-35. (N.T.)

Espanha contra o cartaginês Asdrúbal – o qual sabia, como era notório, que, ao ordenar o exército, Cipião colocava as suas legiões no meio, que era a parte mais forte do seu exército (e assim Asdrúbal devia proceder contra semelhante ordenação) –, Cornélio, quando mais tarde dirige-se à batalha, mudou a ordenação, colocando as suas legiões nas alas do exército e seus homens mais fracos no meio. Depois, quando sobreveio o combate, de repente fez os homens do meio marcharem lentamente e adiantou as alas do exército com rapidez, de modo que somente os cornos de um e do outro exército combatiam e as fileiras do meio, por estarem distantes umas da outras, não se tocavam; e a parte mais vigorosa de Cipião veio a combater com a mais fraca de Asdrúbal, e assim Cipião venceu.[63] Tal modo então foi útil, mas hoje, em relação à artilharia, não poderia ser usado, porque aquele espaço que restaria no meio, entre um exército e outro, daria tempo para a artilharia disparar, o que é muito danoso, como antes eu dizia. Todavia, convém deixar esse modo de lado e usá-lo, como há pouco eu disse, fazendo combater todo o exército e ceder parte mais fraca. Quando um capitão se encontra com mais exército que seu inimigo, querendo cercá-lo inesperadamente, ordena o seu exército com a frente igual à do adversário; depois, iniciada a escaramuça, faz com que pouco a pouco a frente se retire e os flancos se estendam; sempre ocorrerá que o inimigo se encontrará, sem dar-se conta disso, cercado. Quando um capitão deseja combater quase certo de que não pode ser derrotado, ordena seu exército num lugar onde haja um refúgio próximo e seguro – ou entre pântanos ou montes ou em uma cidade poderosa –, porque, nesse caso, ele não pode ser seguido pelo inimigo e o inimigo pode ser seguido por ele. Essa artimanha foi usada por Aníbal quando a fortuna começou a mostrar-se adversa a ele e quando deixara de duvidar do valor de Marco Marcelo.[64] Alguns, para perturbar as ordenações do inimigo, mandaram os que estão armados ligeiramente a começarem as

---

63. Ver Tito Lívio, op. cit., XXVIII, 14. (N.T.)
64. Trata-se de Cláudio Marcelo, que morreu lutando contra Aníbal. Ver Tito Lívio, op. cit, XXIII, 16; XXVII, 12-14. (N.T.)

escaramuças e, começadas, estes retiram-se entre as ordenações; quando mais tarde os exércitos estão cabeça a cabeça e a frente de cada um está ocupada em combater, eles saem pelos flancos das companhias, perturbando e vencendo o inimigo. Se alguém se encontra em inferioridade com a cavalaria, pode, além dos modos falados, pôr atrás da sua cavalaria uma companhia de piqueiros e, ao combater, ordenar que abram caminho aos piqueiros, assim será sempre superior. Muitos têm, com frequência, acostumado alguns infantes ligeiramente armados a combater entre os cavalos, o que dá à cavalaria uma grande ajuda. De todos aqueles que ordenaram exércitos para a batalha, os mais louvados são Aníbal e Cipião quando ambos combateram na África. Como Aníbal tinha seu exército constituído de cartagineses e de auxiliares de várias nações, pôs na linha de frente oitenta elefantes, depois colocou os auxiliares, depois pôs os seus cartagineses; em último lugar deixou os italianos, nos quais pouco confiava. Assim ordenou tudo para que os auxiliares, tendo à frente o inimigo e por trás os seus companheiros os obstando, não pudessem fugir de sorte que, sendo obrigados ao combate, vencessem ou cansassem os romanos, pensando pois que, com seus homens descansados e virtuosos, facilmente superaria os já cansados romanos. De encontro a essa ordenação, Cipião colocou os hastados, os príncipes e os triários do modo costumeiro de receber um e outro e socorrer um e outro. Formou a frente do exército com vários intervalos; para que isso não transparecesse e, ao contrário, parecesse unida, encheu-a de vélites; a estes ordenou que, assim que viessem os elefantes, cedessem e, pelos espaços ordinários, entrassem entre as legiões e deixassem uma via aberta aos elefantes; assim tornou vão o ataque inimigo, tanto que, iniciado o combate, ele foi superior.[65]

ZANOBI: Vós me fizestes recordar, ao referir-se a essa batalha, como Cipião ao combater não mandou retirar os hastados das ordenações dos príncipes, mas os dividiu e os fez retirar pelas alas do exército, para que dessem lugar aos príncipes, quando

---

65. Ver Tito Lívio, op. cit., XXX, 32-34. (N.T.)

os quis empurrar para frente. Porém, gostaria que me dissésseis qual razão o moveu a não observar a ordenação costumeira.

FABRIZIO: Direi a vós. Aníbal havia colocado toda a *virtù* de seu exército na segunda fileira, donde Cipião, para opor a ela *virtù* semelhante, amontoou os príncipes e os triários todos juntos, de tal forma que, sendo os intervalos dos príncipes ocupados pelos triários, não havia lugar ali para receber os hastados, e por isso dividiu os hastados e os mandou para as alas do exército, porém não os retirou entre os príncipes. Mas notai que esse modo de abrir a primeira fileira para dar lugar à segunda não pode ser usado senão quando se está em superioridade, ocasião em que é cômodo empregá-lo, como o fez Cipião. Mas estando em inferioridade e sendo rechaçado, não se pode empregá-lo senão a preço de sua ruína; e por isso convém ter, atrás, ordenações capazes de receber. Mas voltemos ao nosso assunto. Usavam os antigos asiáticos, entre outras coisas pensadas por eles para atacar os inimigos, carros nos quais havia nos flancos algumas foices, as quais serviam não só para abrir com seu ataque as fileiras, mas também para matar com as foices os adversários. Contra esses ataques se procedia de três formas: ou eram detidos com a densidade das ordenações, ou acolhidos fileira adentro, como os elefantes, ou se lhes opunha com arte alguma resistência vigorosa, tal como fez o romano Silas contra Arquelau,[66] que possuía muitos desses carros que chamavam afoiçados. Para defender-se deles, fincou muitas estacas na terra depois das primeiras fileiras, no encontro das quais os carros guiados perdiam todo o ímpeto. E note-se o novo modo como Silas ordenou contra eles seu exército, porque colocou os vélites e os cavaleiros atrás e todos os de armas pesadas na frente, deixando muitos intervalos para poder mandar adiante os que estavam atrás quando a necessidade o requeresse; iniciada a escaramuça (com a ajuda dos cavaleiros para os quais se abriu uma via), obteve a vitória. Querendo perturbar o exército inimigo em meio às escaramuças, convém fazer aparecer alguma coisa que o amedronte, ou anunciando a chegada de novos reforços,

---

66. General de Mitridates VII, grande adversário dos romanos. (N.T.)

ou dando mostras disso, de tal forma que os inimigos, enganados por essa representação, amedrontem-se e, amedrontados, sejam vencidos facilmente. Modos que adotaram Minúcio Rufo e Acílio Glabrião,[67] cônsules romanos. Caio Suplício também colocou muitos sacomanos[68] em mulas e outros animais inúteis para a guerra, ordenados e representando cavaleiros, e mandou que eles despontassem no alto de uma colina, enquanto combatia contra os franceses, donde veio sua vitória. O mesmo fez Mário quando combateu contra os teutões.[69] Sendo, então, de muita valia os assaltos falsos durante as escaramuças, são muito mais felizes os verdadeiros, principalmente os inesperados, no meio da luta, que assaltam o inimigo por trás ou pelos flancos. O que dificilmente se pode fazer se o território não ajudar; quando é descampado, não se pode ocultar parte dos homens, como convém fazer em empresas semelhantes, mas nas selvas ou montanhas, mais propícias às tocaias, pode-se bem esconder parte dos homens para poder, de repente, sem que o inimigo perceba, atacá-lo, coisa que sempre será razão de vitórias. Algumas vezes foi oportuno, em meio às escaramuças, disseminar boatos de que o capitão inimigo está morto, ou de se ter vencido outra parte do exército, o que muitas vezes deu a vitória a quem fez uso disso. Com formações ou com sons inusitados, perturba-se facilmente a cavalaria inimiga ou, como fez Creso,[70] opondo camelos aos cavalos dos adversários; e Pirro, elefantes à cavalaria romana, cujo aspecto a perturbou e a fez desordenar-se. Em nossos dias, o Turco derrotou o sufi da Pérsia e o sultão da Síria com os estampidos das escopetas, que assim alteraram com os seus inusitados estampidos a cavalaria dos adversários, a ponto de o Turco poder vencê-la facilmente. Os espanhóis, para vencer o exército de Amílcar, puseram na linha de frente carros cheios de lenha puxados por bois e, indo à luta, puseram fogo nela,

---

67. Marcos Minúcio Rufo e Mânio Acílio Glabrião. (N.T.)

68. Segundo o *Dicionário Caldas Aulete* (op. cit.), sacomãos ou sacomanos (*saccomanni*, no original) são os auxiliares da cavalaria, e nesse sentido o termo é empregado por Maquiavel. (N.T.)

69. Em 102 a.C. (N.T.)

70. Rei da Lídia. (N.T.)

donde os bois, querendo fugir do fogo, lançaram-se contra o exército de Amílcar e o abriram.[71] Costuma-se, como dissemos, enganar os inimigos ao combater, tocaiando-os onde o território é propício para isso; porém, quando ele for aberto e largo, muitos cavam fossos e depois os recobrem ligeiramente com ramos e terra e deixam alguns espaços firmes para poder retirar-se entre eles; depois, iniciadas as escaramuças, retiram-se por ali, e o inimigo, ao segui-los, cai nelas. Se durante a luta acontece algum imprevisto capaz de assustar os soldados, é muito prudente saber dissimulá-lo e revertê-lo em um bem, como fizeram Tulo Hostílio e Lúcio Sila, o qual, vendo que, enquanto combatia, uma parte de seus homens havia se bandeado para o lado inimigo, e como tal coisa havia assustado demasiado os seus homens, tratou logo de forjar que tais coisas seguiam assim por ordem sua, o que não só não perturbou seu exército, como exacerbou-lhe os ânimos, e assim acabou vitorioso. Sila também disse, depois que alguns soldados seus morreram cumprindo determinada tarefa (para que seu exército não se assustasse), tê-los entregado por meio desse ardil nas mãos dos inimigos porque não haviam sido leais consigo. Sertório,[72] em uma batalha na Espanha, assassinou um homem que lhe comunicou a morte de um de seus capitães, com medo de que a notícia se espalhasse e assustasse os homens. Parar um exército e fazê-lo retomar a luta quando ele começa a fugir é muito difícil. Mas é preciso aí fazer esta distinção: ou ele se move todo, e assim é impossível fazê-lo retomar a luta, ou move-se uma parte dele, e aí há algum remédio. Muitos capitães romanos detiveram aqueles que fugiam ao se colocarem à frente deles, fazendo-os envergonharem-se da fuga, como o fez Lúcio Sila, que, ao ver parte de suas legiões em fuga, rechaçadas pela gente de Mitridates, se pôs à frente com uma espada na mão, gritando: "Se alguém vos perguntar onde deixastes o vosso capitão, dizeis: 'Nós o deixamos na Beócia, combatendo'". O cônsul Atílio deteve os que fugiam com os

---

71. Os iberos desbarataram o exército de Amílcar em 229 a.C. (N.T.)

72. Quinto Sertório, o general romano que estimulou a revolta dos iberos contra Roma. (N.T.)

homens que ficavam, dando a entender a eles que, se não voltassem, seriam mortos pelos companheiros ou pelos inimigos.[73] Filipe da Macedônia, notando como seus homens temiam os soldados citas, pôs atrás do seu exército alguns dos seus cavaleiros mais fiéis e delegou-lhes matar qualquer um que fugisse, donde os soldados, preferindo morrer combatendo a morrer fugindo, venceram.[74] Muitos romanos, não tanto para deter a fuga, porém mais para dar mais ânimo aos seus homens, apanham, enquanto combatem, um estandarte das mãos de um dos seus e lançam-no entre os inimigos; depois oferecem um prêmio a quem recuperá-lo. Não creio que seja fora de propósito juntar a essa conversa as coisas que acontecem depois das escaramuças para não as deixar para trás, ainda mais por serem breves e afins a essa exposição. Digo, então, que as batalhas ou se perdem ou se vencem. Quando se está vencendo, deve-se com toda rapidez perseguir a vitória e imitar, nesse caso, César e não Aníbal, o qual, por ter parado depois de ter derrotado os romanos em Canas, perdeu o Império romano. César jamais descansava depois de vencer; ao contrário, com mais ímpeto e furor perseguia os inimigos desbaratados do que quando estavam inteiros. Mas quando se perde, um capitão deve avaliar se da derrota não pode advir algo de útil, principalmente se lhe restou um pouco de seu exército. A ocasião pode surgir da pouca atenção do inimigo, o qual, no mais das vezes, torna-se descuidado depois da vitória e dá chance de ser atacado, como Márcio Romano, que atacou os exércitos cartagineses; estes, após terem matado os dois Cipiões e derrotado seus exércitos, despreocuparam-se do restante dos homens de Márcio que haviam sobrevivido e foram por estes atacados e derrotados.[75] Assim se vê que nada é mais exequível do que aquilo que o inimigo não acredita que possa ser tentado, porque geralmente os homens são atacados

---

73. O cônsul Marco Atílio, durante a terceira guerra contra os samnitas. Ver Tito Lívio, op. cit., x, 35-36. (N.T.)

74. Filipe v. (N.T.)

75. Tito Márcio, que restituiu a Roma as duas Espanhas perdidas, derrotando os cartagineses em 212 a.C. (N.T.)

quando menos esperam. Deve um capitão portanto, quando não se pode fazer isso, pensar pelo menos industriosamente para que a derrota seja menos danosa. Para isso, é necessário que tenhas meios que impeçam o inimigo de te seguir com facilidade, ou motivos que os faça retardar. No primeiro caso, alguns mandaram, depois de reconhecerem a derrota, seus capitães fugirem por diferentes lugares e caminhos, indicando onde haviam de se reunir mais tarde, o que fazia com que o inimigo, temendo dividir seu exército, deixava-os ir ilesos, todos ou a maior parte deles. No segundo caso, muitos deixaram à mão do inimigo seus bens mais preciosos, para que este, retardado pelo butim, desse a eles mais tempo para fuga. Tito Dídio[76] usou não pouca astúcia para ocultar o dano que ele havia sofrido na escaramuça, porque, tendo combatido até o fim da tarde com perda de muitos soldados, à noite mandou enterrar a maior parte deles; pela manhã, o inimigo viu tantos mortos seus e tão poucos dos romanos, que acreditou estar em desvantagem e acabou fugindo. Creio ter assim, de forma confusa, como eu disse, satisfeito em boa parte a vossa pergunta. É verdade que, acerca da formação dos exércitos, resta dizer como algumas vezes um capitão acostumou-se a fazê-la com a frente em forma de cunha, acreditando poder por tal via romper mais facilmente as fileiras do exército inimigo. Contra essa formação, outros usaram a forma de tesoura, para poder no seu vazio receber a cunha, cercá-la e combatê-la de todos os lados. Sobre isso, desejo que apreendeis esta regra geral: o maior remédio utilizado contra os desígnios do inimigo é fazeres voluntariamente aquilo que ele planeja que tu faças à força, porque fazendo-o de forma voluntária, tu o fazes com ordem e para vantagem tua e desvantagem dele; se o fizesses à força, seria então a tua ruína. Para confirmar isso, não cuidarei de responder-vos nada além do que já disse. O adversário faz a cunha para abrir as tuas fileiras? Se vais com elas abertas, tu o desordenas e não te desordenas. Aníbal pôs os elefantes na frente de seu exército para abrir com eles o exército de Cipião;

---

76. Tito Dídio foi cônsul em 98 a.C. (N.T.)

Cipião marchou com as fileiras abertas, que foi a razão de sua vitória e da derrota de Aníbal.[77] Aníbal pôs seus homens mais vigorosos no meio da linha de frente de seu exército para empurrar os homens de Cipião; Cipião ordenou que seus homens se retirassem e o derrotou.[78] Semelhantes planos, quando se apresentam, dão vitória àqueles contra quem eles foram ordenados. Resta ainda, se bem me lembro, vos dizer quais cautelas deve ter um capitão antes de se conduzir para a batalha. Sobre isso eu vos tenho a dizer, primeiro, por que um capitão jamais deve combater se não está em vantagem, ou se não é necessário. A vantagem vem do lugar, da ordenação, de ter mais ou melhores homens. A necessidade vem de perceberes, mesmo sem combater, que perderás de qualquer jeito: seja por te faltar dinheiro e por isso o teu exército irá de toda forma se desfazer; seja por te atacar a fome; seja porque o inimigo espera engrossar suas fileiras com novos homens. Nesses casos, sempre se deve combater, ainda que em desvantagem, porque é muito melhor procurar a fortuna onde ela possa te favorecer do que, não a procurando, ter como certa tua ruína. Assim é uma falta grave, nesse caso, um capitão não combater, como também é grave ter tido a chance de vitória e não a ter conhecido por ignorância ou por vileza a ter deixado. Algumas vezes, o inimigo te dá as vantagens; outras vezes, a tua prudência. Muitos, ao atravessar os rios, foram derrotados por um inimigo astuto, o qual esperou que ficasse só a metade do exército em cada margem e, em seguida, o atacou, como fez César contra os suíços, que destruiu a quarta parte deles por estarem separados ao meio por um rio.[79] Algumas vezes, o inimigo encontra-se exausto por te seguir muito irrefletidamente, de modo que, encontrando-te bem-disposto e descansado, não deves deixar escapar a ocasião. Além disso, se o inimigo aparece de manhã bem cedo para a batalha, podes demorar várias horas para saíres de teus alojamentos; e quando

---

77. Em Zama, em 202 a.C. (N.T.)
78. Na Espanha, em 206 a.C. (N.T.)
79. Ver *De bello gallico* (op. cit.), I, 28. (N.T.)

ele já permaneceu demasiadamente sob as armas, e já tendo perdido aquele primeiro arrojo com o qual chegara, podes então combater com ele. Adotaram essa medida Cipião e Metelo na Espanha; um contra Asdrúbal, outro contra Sertório. Se as forças do inimigo diminuem, ou por ter dividido seu exército, como os Cipiões na Espanha, ou por qualquer outra razão, deves tentar a sorte. A maioria dos capitães prudentes recebe mais frequentemente o ímpeto dos inimigos do que com ímpeto se põe a assaltá-los, porque o furor é facilmente contido por homens firmes e resistentes, e o furor contido facilmente se converte em tibieza. Assim agiu Fábio contra os samnitas e contra os gauleses e foi vitorioso, enquanto Décio, seu colega, acabou morto.[80] Alguns começaram as escaramuças quase à noite, porque temiam a *virtù* do inimigo, para que os seus homens, sendo vencidos, pudessem, protegidos pela escuridão, salvar-se. Alguns, tendo conhecimento de que o exército inimigo não combate em determinada hora por causa de alguma superstição, escolhem essa hora para a escaramuça e vencem, o que observou César na França contra Ariovisto,[81] e também Vespasiano na Síria contra os judeus.[82] O maior e mais importante cuidado de um capitão é ter perto de si homens leais, experimentadíssimos na guerra e prudentes, com os quais continuamente se aconselhe e com eles converse sobre os seus homens e sobre os dos inimigos: quem está em maior número, quem está mais bem-armado, ou a melhor cavalaria, ou o mais bem-exercitado; quem é capaz de suportar mais a necessidade, em quem confiam mais, ou nos infantes ou nos cavaleiros. Depois consideram o lugar onde estão, se está mais bem a propósito para o inimigo ou para eles; quem deles consegue víveres mais facilmente; se é bom atrasar a batalha ou travá-la logo; que bem o tempo pode trazer ou tirar; porque muitas vezes os soldados, pressentindo o prolongamento da guerra, entediam-se e, cansados da fadiga e do tédio, te aban-

---

80. Quinto Fábio Ruliano e Públio Décio Mure. (N.T.)

81. Ver *De bello gallico*, I, 50. (N.T.)

82. Em 70 d.C., Vespasiano atacou a Palestina no sábado, dia de repouso dos judeus. (N.T.)

donam. Importa sobretudo conhecer o capitão dos inimigos e quem está próximo dele: se ele é temerário ou cauteloso, tímido ou audaz. Deves ver como podes confiar nos soldados auxiliares. E, acima de tudo, deves procurar não conduzir o exército para a escaramuça que temas ou que de, algum modo, desconfies da vitória, porque o maior sinal de derrota é quando não se acredita poder vencer. Nesse caso, deves fugir da batalha ou fazer como Fábio Máximo, que, acampando em lugares fortificados, não animava Aníbal a ir encontrá-lo; ou (quando acreditares que mesmo nos lugares fortificados o inimigo virá encontrar-te) deverás sair do campo aberto e dividir teus homens por suas cidadelas, a fim de que o tédio da expugnação canse os inimigos.

ZANOBI: Não haveria outro modo de fugir da batalha a não ser dividindo-se em várias partes e entrando-se nas cidadelas?

FABRIZIO: Creio já ter exposto para alguns de vós como aquele que está no campo não pode fugir da batalha quando há um inimigo que quer combatê-lo de qualquer forma, para o que não há senão um remédio: posicionar-se com o seu exército distante cinquenta milhas pelo menos do seu adversário para ter tempo de se afastar quando este começar a marchar. Fábio Máximo nunca fugiu de uma batalha com Aníbal, mas desejava travá-la levando vantagem; e Aníbal não presumia poder vencê-lo procurando encontrá-lo nos lugares onde ele se alojava; se presumisse isso, Fábio teria de travar batalha com ele de todo modo ou fugir. Filipe, rei da Macedônia, aquele que foi o pai de Perseu, indo à guerra contra os romanos, colocou seus alojamentos sobre um monte altíssimo para não precisar combatê-los, mas os romanos foram atrás dele no alto daquele monte e o derrotaram. Vercingétorix,[83] capitão dos franceses, para não lutar contra César, o qual o surpreendeu ao atravessar um rio, distanciou-se dele muitas milhas com seus homens. Os venezianos, nos dias de hoje, se não queriam lutar contra o rei da França, não deviam esperar que o exército francês atravessasse o Adda, mas distanciar-se dele, como Vercingé-

---

83. Ver *De bello gallico*, VIII, 34-35. (N.T.)

torix. Donde eles, tendo esperado, não souberam aproveitar a ocasião de travar a batalha quando os franceses atravessavam seus homens, nem de fugir a ela, porque os franceses, estando próximos deles, e os venezianos desalojados, os atacaram e os derrotaram.[84] Assim, não se pode fugir da batalha quando o inimigo quer a todo custo travá-la. Nem aleguem o exemplo de Fábio, porque naquele caso tanto ele como Aníbal evitaram as escaramuças. Ocorre muitas vezes que os teus soldados são voluntariosos para combater e tu sabes, pelo número e pelo lugar ou por qualquer outra razão, estar em desvantagem e desejas demovê-los desse desejo. Ocorre também que a necessidade ou a ocasião te obriguem a lutar e que teus soldados não sejam confiáveis e estejam pouco dispostos a combater, donde é necessário que devas, num caso, amedrontá-los e, noutro, animá-los. No primeiro caso, quando a persuasão não basta, não há melhor maneira que entregar parte deles como presa ao inimigo para que tanto aqueles que combateram quanto os que não combateram creiam em ti. E é possível muito bem fazer com arte aquilo que aconteceu por acaso a Fábio Máximo. O exército de Fábio desejava, como sabeis, combater o exército de Aníbal, e o mesmo desejo sentia o comandante da sua cavalaria; para Fábio não parecia adequado ir à luta, de modo que, por tal divergência, dividiu-se o exército. Fábio reteve seus homens nos alojamentos, o outro combateu e, vendo-se em grande perigo, teria sido derrotado se Fábio não o tivesse socorrido. Por esse exemplo, o comandante da cavalaria, junto com todo o exército, conheceu que o melhor partido era obedecer a Fábio.[85] Quanto a incitá-los para o combate, é bom deixá-los exasperados com os inimigos, mostrando-lhes que estes dizem palavras ignominiosas contra eles, ou que te encontrastes com eles e corrompestes parte deles; alojar-se de modo que teus soldados vejam os inimigos e que possam ter qualquer tipo de atrito com eles, porque as coisas que dia a dia se veem mais facilmente se desprezam; mostrar-te indignado e, com

---

84. Na Batalha de Agnadello, travada em 1509. (N.T.)
85. Ver Tito Lívio, op. cit., XXII, 24 ss. (N.T.)

uma peroração oportuna, repreendê-los por sua indolência e, para deixá-los envergonhados, digas que queres combater sozinho quando não quiserem te fazer companhia. E, acima de tudo, para levar o soldado mais belicoso às escaramuças, te deves prevenir, não permitindo que mandem para casa seus bens nem que os guardem em lugar algum até que termine a guerra, para que entendam que, se fugirem para salvar suas vidas, não salvarão suas coisas; e o amor por elas não costuma ser menor do que o amor à vida, e os homens, para defendê-las, mais belicosos ficam.

ZANOBI: Dissestes como se pode fazer os soldados retomarem o combate falando a eles. Considerais por isso que seja preciso falar a todo exército ou só aos seus capitães?

FABRIZIO: Persuadir ou dissuadir poucos é muito fácil porque, caso as palavras não bastem, podes usar a autoridade e a força, mas a dificuldade é demover uma multidão de uma opinião errada, contrária ou ao bem comum ou à tua opinião; nesse caso, não se podem usar senão palavras que convêm ser ouvidas quando se quer persuadir a todos. Por isso, seria conveniente que os melhores capitães fossem oradores, pois, sem saber falar a todo o exército, com dificuldade consegue-se fazer algo de bom, o que nos dias de hoje foi absolutamente deixado de lado. Lede a vida de Alexandre Magno e vereis quantas vezes ele teve de arengar e falar publicamente ao exército; de outra forma, jamais o teria conduzido aos desertos da Arábia e à Índia e o tornado rico com inúmeras pilhagens, com tanto desconforto e inconvenientes. Haverá infinitas ocasiões que poderão levar um exército à ruína, caso o capitão não saiba falar ou não faça uso da palavra, porque falar afasta o temor, atiça os ânimos, aumenta a obstinação, encobre os erros, promete prêmios, mostra os perigos e as vias para escapar deles, repreende, roga, ameaça, enche de esperanças, louva, vitupera e faz todas aquelas coisas pelas quais as paixões humanas se apagam ou se acendem. Assim, o principado ou a república que determinassem formar uma nova milícia e dar reputação a esse exercício deveriam habituar seus soldados a ouvir falar o capitão, e o capitão saber falar a eles. Para manter os antigos soldados bem-dispostos, eram de grande valia a religião e o juramento que se pedia a eles quando entravam para o exército, porque cada erro deles estava não só sob ameaça dos castigos que pudessem temer vir dos homens, mas também daqueles que podiam esperar vir de Deus. Isso muitas vezes, misturado a outros costumes religiosos, tornou muitas empresas mais fáceis aos antigos capitães, e tornaria sempre onde se temesse ou se observasse a religião. Sertório valeu-se dela, fingindo falar com uma cerva que, falando por Deus, prometera-lhe a vitória. Silas dizia falar com uma imagem que ele tinha tirado do templo de Apolo. Muitos disseram que Deus aparecera-lhes em sonho, animando-os a combater. Nos tempos dos nossos pais, Carlos VII, rei da França, na guerra que travou contra os ingleses, dizia aconselhar-se com uma menina enviada por Deus, que foi chamada por todos os cantos de a Pucela de França,[86] o que foi razão de sua vitória. É possível ainda fazer teus soldados desprezarem o inimigo, como o fez o espartano Agesilau,[87] que mostrou aos seus homens alguns persas nus para que vissem seus membros delicados e não tivessem motivo para temê-los. Alguns os obrigaram a combater por necessidade, tirando-lhes qualquer esperança de salvar-se a não ser vencendo, que é a melhor e mais vigorosa paga de que se pode valer quando se quer tornar os soldados mais belicosos. Belicosidade que é acrescida pela confiança e pelo amor ao capitão ou à pátria. O amor pela pátria é causado pela natureza; o amor ao capitão, pela *virtù*, mais do que qualquer outro benefício. As necessidades podem ser muitas, porém a mais forte é a que obriga a vencer ou a morrer.

---

86. Trata-se de Joana D'Arc (1412-1431). (N.T.)
87. Rei de Esparta (398 a.C-360 a.C.). (N.T.)

LIVRO QUINTO

Fabrizio: Mostrei-vos como se ordena um exército para travar uma batalha com um outro exército que se veja posicionado para ir ao seu encontro e narrei-vos como vencê-la e, em seguida, as muitas circunstâncias derivadas dos vários imprevistos que podem se dar em seu decorrer, de sorte que me parece propício agora mostrar-vos como se ordena um exército contra o inimigo que não se vê, mas que se teme a todo instante que irá atacá-lo. Isso acontece quando se marcha por território inimigo ou suspeito. E antes deveis saber que um exército romano, ordinariamente, sempre mandava na frente alguns destacamentos de cavaleiros como batedores do caminho. Depois, seguia a ala direita. Em seguida, iam todos os carros pertencentes a ela. Depois, uma legião; depois dela, seus carros; depois deles, outra legião; e, mais tarde, os seus carros; depois deles, vinha a ala esquerda com seus carros atrás e, na última parte, seguiam os remanescentes da cavalaria. Este era o modo como normalmente se marchava. E se acontecia de o exército ser atacado no caminho pela frente ou pelas costas, eles rapidamente retiravam todos os carros ou para a direita ou para a esquerda, de acordo com o que fosse melhor ou possível, dependendo do lugar; e todos os homens, reunidos, livres dos *impedimenta*, formavam a cabeça na parte de onde vinha o inimigo. Se eram assaltados pelo flanco, recuavam os carros em direção à parte mais segura, e na outra parte iam para a cabeça. Por ser bem e prudentemente governado, deve-se imitar esse modo de agir, ou seja, mandar na frente a cavalaria ligeira como batedores do território e, em seguida, havendo quatro companhias, fazer com que caminhem em fila, e cada uma com os seus carros às costas. Como há dois tipos os carros, os particulares, usados pelos soldados, e os públicos, de uso de todos, dividiria os carros públicos em quatro partes e, para cada companhia, concederia a sua parte, dividindo ainda em quatro a artilharia e todos os desarmados a fim de que cada grupo de armados tivesse igualmente os *impedimenta* seus. Mas, porque algumas vezes se caminha por terras não só suspeitas, mas também hostis, onde se teme ser atacado a qualquer momento, é preciso, para andar mais seguro, mudar a marcha e seguir de modo ordenado, para que nem os seus habitantes, nem o exército possam nos atingir, encontrando-nos desprevenidos de alguma forma. Os antigos capitães costumavam, nesse caso, marchar com o exército em quadrado (assim chamavam essa formação, não porque ela fosse totalmente quadrada, mas por ser capaz de combater pelos quatro lados) e diziam que iam preparados para marchar e lutar, modo do qual não gostaria de perder de vista para ordenar os meus dois batalhões que tomei, para esse fim, como modelo para o exército. Querendo, portanto, caminhar de forma segura pelo território do inimigo e ter capacidade de reagir de qualquer lado a um assalto imprevisto, e querendo, de acordo com os antigos, reuni-los em quadrado, determinaria que se fizesse um cujo vazio em seu interior tivesse de cada lado duzentos e doze braços: colocaria primeiro os flancos, afastados duzentos e doze braços um do outro e colocaria cinco companhias no comprimento de cada flanco, distantes três braços uma da outra, as quais ocupariam duzentos e doze braços, já que cada uma ocupa quarenta braços. Entre as cabeças e as codas desses dois flancos, colocaria as outras dez companhias, cinco de cada lado, ordenando-as de modo que quatro se aproximassem da cabeça do flanco direito e quatro da coda do flanco esquerdo, deixando entre cada uma um intervalo de três braços; depois, uma ficaria próxima da cabeça do flanco esquerdo, e a outra da coda do flanco direito. Como o vão que fica de um flanco ao outro é de duzentos e doze braços, e essas companhias, que são postas uma ao lado da outra em largura e não em comprimento, viriam a ocupar com os intervalos cento e trinta e quatro braços, sobraria, entre as quatro companhias posicionadas à frente do flanco direito e uma posicionada à frente do esquerdo, um espaço de setenta e oito braços, e esse mesmo espaço restaria nas companhias posicionadas na parte posterior; nem haveria ali outra diferença senão que um espaço viria da parte de trás em direção à ala direita; o outro viria da parte da frente em direção à ala esquerda. No espaço dos setenta e oito braços dianteiros, poria todos os vélites ordinários; no anterior, os extraordinários, que viriam a ser mil por espaço. E, querendo que o espaço de dentro do exército tivesse em cada lado duzentos e doze braços, conviria que as cinco companhias que estão na cabeça e aquelas que estão na coda não ocupassem parte alguma do espaço que têm os flancos; por isso, conviria que as cinco companhias de trás tocassem, com a frente, a coda de seus flancos, e as da frente, com a coda, tocassem as cabeças, de sorte que em cada canto desse exército haveria um espaço para receber uma outra companhia. Como há quatro espaços, eu poria quatro unidades de piqueiros extraordinários, uma em cada canto; e as duas unidades desses piqueiros que sobrassem poria no meio do vão desse exército em uma companhia em quadrado, à cabeça das quais estaria o capitão-geral com seus homens à sua volta. Visto que essas companhias, assim ordenadas, marcham todas para o mesmo lado, mas não combatem do mesmo lado, deve-se ordenar para combater os lados que não estão protegidos pelas outras companhias. Por isso, é preciso considerar que as cinco companhias que marcham na frente estão com todas as demais partes protegidas, com exceção da frente, motivo pelo qual elas devem agrupar-se ordenadamente com os piques à frente. As cinco companhias que estão atrás têm todos os lados protegidos salvo a parte de trás, por isso se deve agrupá-las de modo que os piques apontem para trás, como no momento apropriado demonstraremos. As cinco companhias que estão no flanco direito têm todos os lados protegidos, salvo o direito. Todos os lados das cinco companhias à esquerda estão cercados, salvo o flanco esquerdo; por isso, ao ordenar as companhias, deve-se fazer com que os piques virem-se para aquele flanco que ficou descoberto. Como os decuriões devem ficar na cabeça e na coda, para que, precisando combater, todas as armas e membros estejam nos seus lugares, a maneira de fazer isso se disse quando falamos dos modos de ordenar as companhias. Dividiria a artilharia: uma parte eu colocaria do lado de fora do flanco direito, e a outra do esquerdo. Mandaria a cavalaria ligeira na frente para rastrear o território. Da cavalaria pesada, uma parte eu poria atrás da ala direita e a outra da esquerda, distantes uns quarenta braços das companhias. Quanto à cavalaria, tendes de levar em conta, independentemente de como ordenardes um exército, esta regra geral: ela sempre deve ser colocada ou atrás ou pelos flancos. Quem as põe na frente, na dianteira do exército, convém fazer uma destas duas coisas: ou colocá-la tão à frente que, sendo rechaçada, tenha tanto espaço que dê tempo a ela de poder esquivar-se da sua infantaria e não chocar-se com ela; ou ordená-la de modo tal, com tantos intervalos, que os cavalos possam entrar por eles sem desordenarem-se. E ninguém despreze esse alvitre, porque muitos, por não o levarem em conta, arruinaram-se e, por si mesmos, desordenaram-se e foram derrotados. Os carros e os homens desarmados devem ficar na praça constituída dentro do exército, distribuídos de tal modo que abram caminho facilmente para quem queira ir ou de um canto a outro ou de uma cabeça a outra do exército. Essas companhias ocupam, sem a artilharia e a cavalaria, do lado de fora, duzentos e oitenta e dois braços de cada lado. Como o quadrado é constituído de dois batalhões, convém atentar que parte se faz com um e com outro batalhão. E como os batalhões são chamados pelo número e cada um deles tem, como sabeis, dez companhias e um chefe geral, no primeiro batalhão eu colocaria as suas primeiras cinco companhias na frente, as outras cinco no flanco esquerdo; e o chefe, eu o fixaria no canto esquerdo da cabeça. No segundo batalhão, colocadas as suas primeiras cinco companhias no flanco direito, e as outras cinco na coda, fixaria o chefe no canto direito, onde faria as vezes do *tergi-*

duttore. Assim ordenado, o exército, observando toda essa ordenação ao movimentar-se e ao marchar, decerto estará protegido contra todos os tumultos dos habitantes locais. Nem deve o capitão tomar outra providência contra esses tumultos, a não ser encarregar alguns cavaleiros ou uma unidade de vélites para acalmá-los. Nem jamais acontecerá que essa gente desordeira venha a encontrar-se ao alcance da espada ou dos piques, porque a gente desordenada tem medo da ordenada; e sempre se verá igualmente que, com gritos e alaridos, promove-se um grande ataque sem aproximar-se, como cachorrinhos em torno de um mastim. Aníbal, quando veio atacar os romanos na Itália, passou por toda a França e sempre fez pouco caso dos tumultos franceses. Convém, para continuar em marcha, mandar aplainadores e sapadores na frente para abrir caminho; eles serão protegidos por aqueles cavaleiros enviados anteriormente para reconhecimento do território. Um exército marchará nessa ordenação dez milhas por dia, sobrando horas de sol para o alojamento e a refeição, porque ordinariamente um exército caminha vinte milhas. Se acontecer de ser atacado por um exército ordenado, esse ataque não poderá vir repentinamente, pois um exército ordenado marcha ao mesmo passo que o teu, de sorte que terás tempo para reordenar-te para a batalha rapidamente; ou na formação que antes mostrei ou em formação semelhante. Porque, se és atacado pela frente, tu não tens o que fazer a não ser fazeres com que a artilharia que está nos flancos e a cavalaria que está atrás venham para frente e se posicionem em seus lugares de acordo com as distâncias que já se disse. Os mil vélites que estão na frente saem de seus lugares, dividem-se em quinhentos de cada lado e entram nos seus lugares de sempre, entre a cavalaria e as alas do exército. Depois, no vazio deixado por eles, entram as duas unidades de piqueiros extraordinários que posicionei no meio da praça do exército. Os mil vélites que pus atrás devem sair daí e se distribuir pelos flancos das companhias para fortalecer os piqueiros; pela abertura deixada por eles, devem sair todos os carros e os desarmados, colocando-se atrás das companhias. Com a praça vazia e com todos em

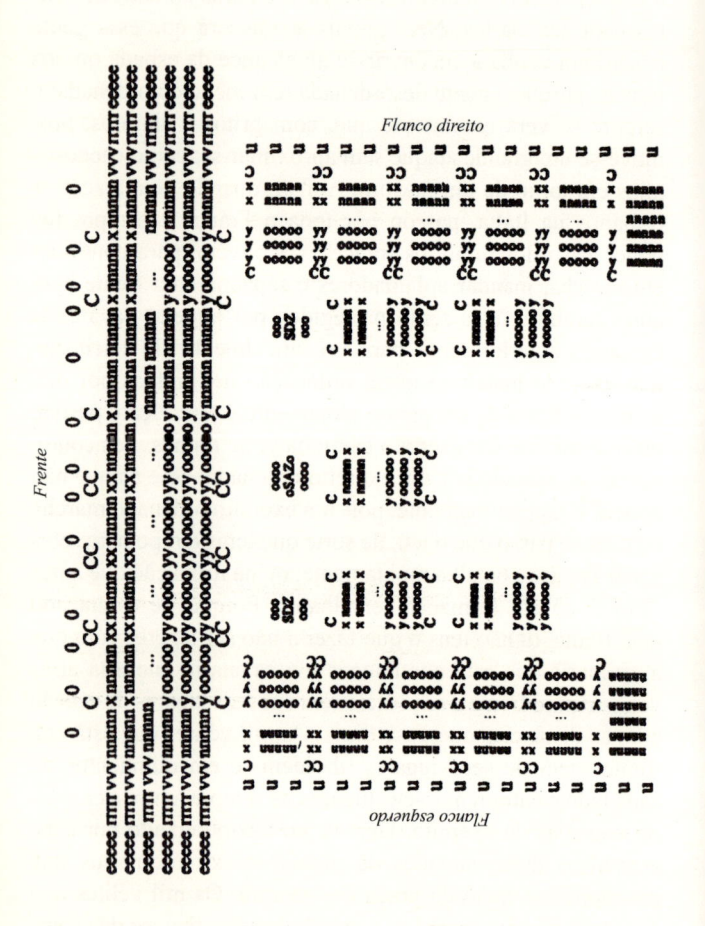

Na quinta figura representa-se a forma de um exército em quadrado segundo o que contém no tratado (Livro V)

seus lugares, as cinco companhias que posicionei atrás do exército colocam-se à frente, ocupando o vazio que há entre um flanco e outro, e marcham em direção às companhias da frente; e as três devem aproximar-se delas, ocupando quarenta braços, com intervalos iguais entre uma e outra; e as duas que permanecem atrás, afastadas outros quarenta braços. Essa forma pode-se ordenar num átimo e vem a ser quase igual à primeira disposição que do exército demonstramos faz pouco; e se vem mais estreita à frente, vem mais espessa nos flancos, o que não lhe dá menos força. Mas como as cinco companhias que estão na coda têm os piques atrás, pelas razões que já dissemos, é necessário fazê-las vir para frente, caso se queira que protejam por trás a frente do exército; para isso convém ou fazer voltar companhia por companhia, como um corpo sólido, ou fazê-las repentinamente entrar entre as ordenações dos escudeiros e conduzi-las para frente, forma mais rápida e menos desordenada que fazê-las voltar. Assim, deve-se fazer com todas as que ficaram para trás, em qualquer tipo de ataque, como eu vos mostrarei. Se acontece de o inimigo vir por trás, a primeira coisa a fazer é voltar o rosto para onde estão as costas; e logo o exército faz da cabeça coda e da coda cabeça. Depois se devem adotar todos aqueles modos de ordenar a linha de frente de que já falei. Se o inimigo atacar o flanco direito, deve-se voltar o rosto de todo o exército para esse lado e, em seguida, fazer todas aquelas coisas, em reforço dessa cabeça, como se disse antes, de tal modo que a cavalaria, os vélites, a artilharia estejam nos lugares conformes a essa cabeça. Mas com esta diferença: nas mudanças de posto, uns devem movimentar-se mais, outros menos. É verdade porém que, fazendo cabeça do flanco direito, os vélites que tivessem de entrar nos intervalos existentes entre as alas do exército e a cavalaria seriam os que mais próximos estariam do flanco esquerdo, no lugar dos quais entrariam as duas unidades dos piqueiros extraordinários, posicionados no meio. Mas antes de entrarem, os carros e os desarmados pela abertura evacuariam a praça retirando-se para trás do flanco esquerdo, que veio a ser agora a coda do exército. Nesse caso, os demais vélites posicionados na coda, segundo a ordenação principal, não mudariam para que não se desguarnecesse esse lugar, que de coda vem a ser flanco. Todas as outras coisas devem ser feitas como na primeira cabeça, como se disse. Isso que se disse sobre o que se fazer com o flanco direito aplica-se ao flanco esquerdo, porque se deve observar a mesma ordenação. Se o inimigo vier compacta e ordenadamente te atacar pelos dois lados, estes devem ser fortificados com os dois flancos que não são atacados, duplicando as ordenações em cada uma delas e distribuindo, para cada seção, a artilharia, os vélites e a cavalaria. Se vier pelos três ou pelos quatro lados, decorre daí que a alguém faltou prudência, a ti ou ao inimigo, porque se tu fores sábio, jamais se porá lado a lado com o inimigo com três ou quatro lados de gente compacta e ordenada pronta para te atacar, pois, a fim de não ter dúvidas de que irá te molestar, o inimigo deverá ordenar-se de forma tão compacta que, por qualquer um dos lados que ele te ataque, possua tantos homens quantos são os do teu exército. E se tu fores tão pouco prudente, que te enfies pelos territórios e cidadelas de um inimigo que tenha três vezes mais homens ordenados que tu, não podes reclamar, a não ser de ti, caso venhas a ser malsucedido. Se isso acontecer não por tua culpa, mas por qualquer desventura, o dano não te trará vergonha, e te acontecerá como aconteceu aos Cipiões na Espanha e a Asdrúbal na Itália. Mas se o inimigo não tem mais homens que tu e quer, para desordenar-te, te atacar por muitos lados, será estultície dele e ventura tua, pois ao fazer isso ele espalha seus homens de tal forma que podes facilmente golpear-lhe de um lado e defender-te do outro e, em pouco tempo, arrasá-lo. Esse modo de ordenar o exército contra um inimigo que não se vê, mas que se teme, é necessário e é coisa muito útil habituares os teus soldados a ficarem juntos e marcharem sob tal ordenação para que, ao marchar, saibam fazer de qualquer um dos lados cabeça e depois combater e, em seguida, retornar à primeira formação. Esses exercícios e hábitos são necessários quando se deseja ter um exército disciplinado e prático. Nisso capitães e príncipes devem pôr todos seus esforços, nem é outra coisa a disciplina militar do que saber comandar e executar essas coisas; nem outra coisa é um exército disciplinado que aquele que sabe praticar bem essas ordenações; tampouco seria possível que em nossos tempos aquele que usasse bem semelhante disciplina fosse alguma vez derrotado. Se essa formação em quadrado que vos demonstrei é um tanto difícil, tal dificuldade é necessária, haurindo-a pelos exercícios, porque, sabendo ordenar-se bem e nela manter-se, saber-se-á depois mais facilmente manter-se naquelas que não sejam tão difíceis.

Zanobi: Creio, como dissestes, que essas ordenações sejam muito necessárias, e eu não saberia acrescentar ou subtrair mais nada a esse respeito. Na verdade, desejo saber de vós duas coisas: uma, se quando quereis fazer cabeça da coda ou do flanco, e fazê-los voltar, se isso se ordena com a voz ou com os instrumentos; a outra, se aqueles que enviastes à frente para aplainar as estradas e abrir caminho ao exército devem ser os próprios soldados das vossas companhias ou gente da plebe, encarregada de semelhante exercício.

Fabrizio: A vossa primeira pergunta é demasiado importante, porque muitas vezes o fato de as ordens dos capitães não serem bem-entendidas ou serem mal-interpretadas desordenou seus exércitos; por isso, as palavras com as quais se dá ordens em situações de perigo devem ser claras e cristalinas. E se tu ordenas com os instrumentos, convém fazer de maneira que de um modo a outro haja tanta diferença que não seja possível trocar um pelo outro; e se ordenas com as palavras, deves tomar cuidado de evitar as palavras genéricas e usar as mais específicas, e destas evitar usar aquelas que possam ser interpretadas erroneamente. Muitas vezes, dizer "Para trás! Para trás!" arruinou um exército, por isso deve-se evitar essa palavra e, em seu lugar, usar "Retirar!". Se quiserdes fazê-lo voltar para recompor a cabeça com os flancos ou as costas, não useis jamais "Volver!", mas dizei "À esquerda! À direita! Às costas! À frente!". Todas as outras palavras têm de ser igualmente simples e cristalinas: "Perseguir! Força! Avançar! Recuar!". E que todas as coisas que se podem fazer através da palavra sejam feitas; para as demais, usam-se os instrumentos. Quanto aos sapadores, vossa segunda pergunta, faria com que meus próprios soldados fizessem esse serviço, seja porque assim se fazia nas milícias antigas, seja também para que houvesse menos homens desarmados e menos *impedimenta* no exército; tiraria de cada companhia o número necessário e os faria apanhar as ferramentas de sapar; as armas, eles poderiam deixá-las com as fileiras mais próximas, que as carregariam; e, caso o inimigo aparecesse, não teriam de fazer mais do que retomá-las e voltar para as suas ordenações.

ZANOBI: E quem carregaria as ferramentas de sapar?

FABRIZIO: Os carros apropriados para levá-las.

ZANOBI: Duvido que conseguiríeis fazer vossos soldados escavar.

FABRIZIO: Falaremos de tudo isso no momento devido. Agora quero deixar um pouco esse assunto e tratar do modo de viver do exército, porque, me parece, tendo-o feito se cansar, que seja hora de refrescá-lo e restaurá-lo, alimentando-o. Deveis entender que um príncipe precisa tornar seu exército o mais expedito possível, livrando seus homens de todas as coisas que os sobrecarreguem e tornem mais difíceis suas tarefas. Entre as que trazem mais dificuldade, está a de ter que prover o exército de vinho e pão assado. Os antigos não pensavam no vinho, porque, caso faltasse, bebiam água misturada com um pouco de vinagre para dar-lhe sabor, donde entre as provisões de víveres do exército havia vinagre, mas não vinho. Não assavam o pão em fornos, como se faz nas cidades, mas providenciavam a farinha, que cada soldado usava a gosto, tendo por tempero toucinho e banha, o que dava sabor ao pão que faziam e os mantinha com vigor. Assim, as provisões de víveres do exército eram farinha, vinagre, toucinho e banha e, para os cavalos, cevada. Havia, costumeiramente, tropas de gado graúdo e miúdo que seguiam o exército, sem dar muito trabalho, por não precisarem ser conduzidas. Com essa ordenação acontecia de o exército antigo algumas vezes marchar muitos dias por regiões ermas e difíceis sem sofrer privações graças às suas provisões sortidas de coisas que facilmente se podia carregar. O contrário se dá nos exércitos modernos que, ao querer o vinho e o pão assado como há e se come em casa, não conseguem manter as provisões por muito tempo e acabam famintos frequentemente; ou, se estão bem-abastecidos, isso se faz com desconforto e muito esforço. Portanto, eu retiraria do meu exército essa forma de provisionamento, nem gostaria que se comesse outro pão a não ser aquele por eles mesmos cozido. Quanto ao vinho, não os proibiria de bebê-lo, tampouco de ser levado pelo exército, mas não empregaria nem indústria nem trabalho algum para obtê-lo; quanto às outras provisões, faria tudo como os antigos. Se considerardes bem tudo isso, vereis de quantas dificuldades um exército e um capitão se livram, quantos ônus e desconfortos são evitados e com que comodidade se realizará qualquer empresa que se queira fazer.

ZANOBI: Nós vencemos o inimigo no campo, marchamos depois em seu território; é razoável supor que tenham havido pilhagens, terras tenham sido taxadas, prisioneiros tenham sido feitos; por isso, gostaria de saber como os antigos governavam em relação a isso.

FABRIZIO: Vou satisfazer vosso desejo. Creio que tenhais considerado, porque falei sobre isso em outra ocasião com alguns de vós, como as guerras atuais empobrecem tanto os senhores que as vencem quanto os que as perdem, porque se um perde o estado, o outro perde as moedas e seus bens, o que antigamente não ocorria, porque o vencedor das guerras se enriquecia. Isso acontece porque hoje não se controla a pilhagem, como antigamente se fazia, mas deixam tudo ao discernimento dos soldados. Isso provoca duas desordenações gravíssimas: uma, essa a que já me referi; a outra, que o soldado torna-se mais ávido para pilhar e menos atento às ordenações; e muitas vezes se viu como a avidez para pilhar fez perder quem seria vitorioso. Os romanos, que são o modelo desse exercício, tomaram providências em relação a esses dois inconvenientes ordenando que toda pilhagem fosse pública e que o público

Na figura representa-se a forma de um exército transformado de exército em quadrado na forma do exército ordinário para ir para a batalha, segundo o que contém no texto

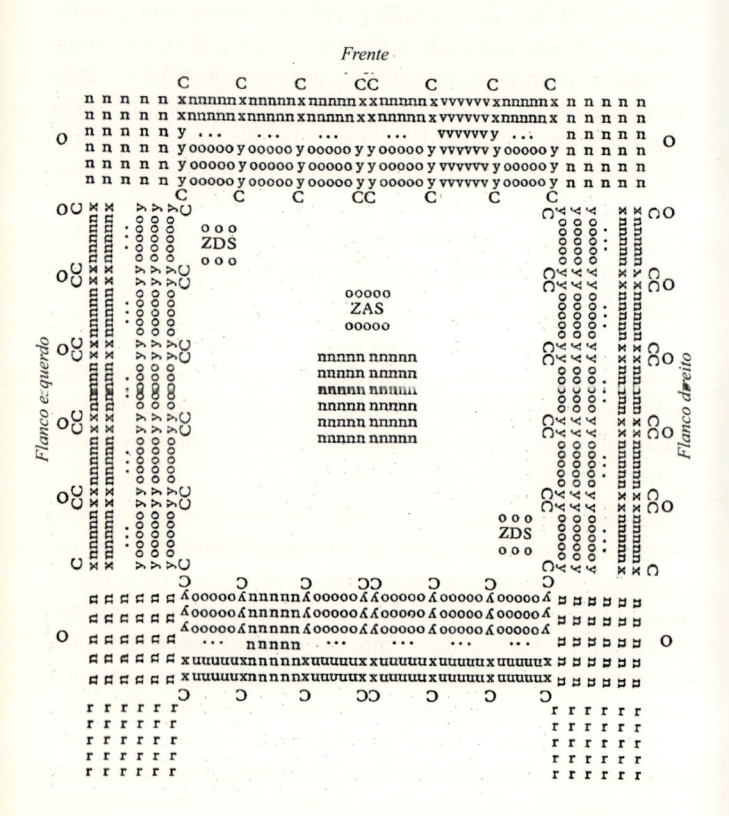

Frente

```
                    C     C     C     CC      C      C     C
         n n n n n xnnnnnxnnnnnxnnnnnxxnnnnn x vvvvvv xnnnnnx  n n n n n
         n n n n n xnnnnnxnnnnnxnnnnnxxnnnnn x vvvvvv xnnnnnx  n n n n n
     o   n n n n n  y...   ...    ...    ...   vvvvvv y ...   n n n n n   o
         n n n n n y ooooo y ooooo y ooooo y y ooooo y vvvvvv y ooooo y  n n n n n
         n n n n n y ooooo y ooooo y ooooo y y ooooo y vvvvvv y ooooo y  n n n n n
         n n n n n y ooooo y ooooo y ooooo y y ooooo y vvvvvv y ooooo y  n n n n n
                    C     C     C     CC      C      C     C
   o  C xnnnnn x xnnnnn x xnnnnn x xnnnnn x  y y ooooo y y ooooo y                   y ooooo y y ooooo y y  xnnnnn x xnnnnn x xnnnnn x xnnnnn x  C o
                                              o o o
                                              ZDS
                                              o o o

   o  C                                                                                                                                    C  o
                                                      ooooo
                                                       ZAS
                                                      ooooo

                                                 nnnnn nnnnn
                                                 nnnnn nnnnn
   o  C                                          nnnnn nnnnn                                                                               C  o    Flanco direito
Flanco esquerdo                                  nnnnn nnnnn
                                                 nnnnn nnnnn
                                                 nnnnn nnnnn


   o  C                                                                                                                                    C  o
                                                 o o o
                                                 ZDS
                                                 o o o

                    C     C     C     CC      C      C     C
         ធ ធ ធ ធ ធ ធ  ʎooooooʎnnnnnʎooooooʎʎoooooʎooooooʎoooooo  ម ម ម ម ម ម
         ធ ធ ធ ធ ធ ធ  ʎooooooʎnnnnnʎooooooʎʎoooooʎooooooʎoooooo  ម ម ម ម ម ម
     o   ធ ធ ធ ធ ធ ធ                 ... nnnnn ...    ...   ...   ...        ម ម ម ម ម ម   o
         ធ ធ ធ ធ ធ ធ  x uuuuux n n n n n x uuuuu x x uuuuu x uuuuu x uuuuu  ម ម ម ម ម ម
         ធ ធ ធ ធ ធ ធ  x uuuuux n n n n n x uuuuu x x uuuuu x uuuuu x uuuuu  ម ម ម ម ម ម
                     C     C     C     CC      C      C     C

         r r r r r r                                                        r r r r r r
         r r r r r r                                                        r r r r r r
         r r r r r r                                                        r r r r r r
         r r r r r r                                                        r r r r r r
         r r r r r r                                                        r r r r r r
```

o dispensasse da forma que lhe parecesse melhor. Por isso havia nos exércitos os questores, que eram, como diríamos nós, os camerlengos, para os quais todas as taxas e presas eram levadas; o cônsul servia-se destes para pagar os soldos dos soldados, para socorrer os feridos e enfermos, e às outras necessidades do exército. O cônsul podia muito bem, e o fazia com frequência, conceder uma presa aos soldados, mas essa concessão não provocava desordem, porque, derrotado o exército, juntava-se toda a pilhagem, que era distribuída por cabeça, segundo os méritos de cada um. Isso fazia com que os soldados se aplicassem em vencer e não em roubar; as legiões romanas venciam o inimigo e não o perseguiam, porque jamais se afastavam de suas ordenações, só o perseguiam a cavalaria ligeira e, se houvesse, soldados, mas jamais legionários. Se a pilhagem ficasse com quem a ganhasse, não seria possível nem concebível manter as legiões imóveis, o que traria muitos perigos. Disso resultava, portanto, que o público enriquecia e os cônsules levavam para o erário, com seus triunfos, muitos tesouros, os quais eram todos provenientes de taxas e pilhagens. Os antigos faziam muito bem uma outra coisa: do soldo que davam a cada soldado, faziam com que a terça parte fosse depositada com aquele que levava o estandarte de sua companhia, o qual jamais lhes devolvia o valor antes de cumprida a guerra. Faziam isso movidos por duas razões: uma, para que o soldado transformasse seu soldo em capital, porque sendo a maioria jovens e desleixados, quanto mais tivessem, mais gastariam sem necessidade; a outra, porque sabendo que seu bem estava junto do estandarte, eram forçados a ter mais cuidado com ele e a defendê-lo com mais obstinação, o que os fazia mais parcimoniosos e vigorosos. Todas essas coisas precisam ser observadas por quem quiser manter a milícia em seus devidos termos.

ZANOBI: Creio que não seja possível evitar, enquanto um exército marcha de um lugar a outro, que surjam imprevistos que só possam ser evitados pela indústria do capitão e pela *virtù* dos soldados, por isso ficaria grato que vós, ocorrendo-vos algum caso destes, o narrásseis.

Fabrizio: Com prazer, principalmente por ser isso necessário caso se queira ter deste exercício a mais perfeita ciência. Devem os capitães, acima de tudo, enquanto marcham com o exército, precaver-se contra emboscadas, nas quais se cai de dois modos: ou marchando entre os inimigos, ou sendo arrastado para ele sem que se perceba, por arte do inimigo. No primeiro caso, querendo evitá-las, é necessário mandar na frente um par de guardas que reconheçam o território, e mais e maior diligência deve-se empregar, quanto mais o território servir bem para emboscadas, como são os que têm muitas matas e montanhas, porque sempre são armadas ou numa brenha ou atrás de um morro. Assim como uma emboscada, quando imprevista, te arruína, prevendo-a, ela não te prejudica. Muitas vezes, os pássaros ou a poeira acusaram o inimigo, porque, sempre que o inimigo vier a teu encalço, levantará uma poeirada que assinalará a sua chegada. Assim, muitíssimas vezes um capitão, ao ver nos lugares onde ele deve passar pombas ou outros daqueles pássaros que voam enfileirados levantarem voo ou agitarem-se sem pousar, percebeu haver ali armada uma emboscada e enviado seus homens na frente, e, assim, desfeita a tocaia, salvou a si e molestou seu inimigo. Quanto ao segundo caso, de seres atraído para o inimigo, que entre nós chamamos de cair numa cilada, deves estar atento para não acreditares facilmente em coisas que são pouco razoáveis, como esta: se o inimigo colocasse à tua frente uma presa, deves acreditar ser ela uma isca por trás da qual se esconde a trapaça. Se muitos inimigos fugirem forçados por poucos homens teus, se poucos inimigos atacam muitos dos teus, se os inimigos fogem repentina e não razoavelmente, sempre deves temer a trapaça em tais casos. Não deves acreditar jamais que o inimigo não saiba fazer tais coisas; ao contrário, deves, para te enganares menos e sofreres menos perigos, estimar mais o inimigo quanto mais fraco e incauto ele te parecer. Nesse caso, deves usar dois diferentes expedientes, porque deves temê-lo com o pensamento e com a ordenação; porém, com as palavras e outras manifestações exteriores, deves desprezá-lo, porque este último modo faz com que os teus soldados esperem vencer ainda mais, e aquele outro te faz mais cauteloso e menos suscetível de seres enganado. E deves entender que, quando se marcha pelo território inimigo, há mais e maiores perigos que numa batalha. Por isso o capitão, ao marchar, deve redobrar as precauções; e a primeira coisa que deve fazer é ter a descrição e o desenho de todo o território por que caminha, de modo que conheça os lugares, o número, as distâncias, as vias, os montes, os rios, os pântanos e todas as suas características; ao conhecer isso, convém que tenha junto a si, diversamente e de vários modos, homens que conheçam a região para lhes questionar diligentemente e examinar o que dizem; e, segundo isso, anotá-lo. Deve mandar a cavalaria na frente e com ela capitães prudentes, não tanto para flagrar o inimigo, mas para rastrear a região, para ver se coincide com o desenho e as informações que obteve dela. Deve ainda cuidar da fidelidade dos guias com a expectativa de prêmios e o temor de castigos, e, sobretudo, deve fazer com que o exército não saiba a que ação ele está sendo conduzido, porque não há coisa mais útil na guerra do que calar sobre as coisas que têm de ser feitas. Para que um assalto imprevisto não perturbe os teus soldados, deves adverti-los de que estejam armados e preparados, porque prevenidos molestam-se menos. Muitos, para escapar das confusões pelo caminho, têm colocado debaixo do estandarte os carros e os desarmados e ordenado que eles o sigam, a fim de que se, ao marchar, seja preciso parar ou recuar, eles possam fazê-lo mais facilmente; sendo útil, aprovo isso deveras. Deve-se ter ainda prudência ao marchar: que uma parte do exército não se separe da outra, ou que, por andar um mais rápido que o outro, o exército não se disperse, o que é motivo de desordem. Por isso, é preciso colocar os capitães de lado para que mantenham o passo uniforme, retendo os mais ligeiros e apressando os mais lentos, passo que não pode ser mais bem-regulado do que com os instrumentos. Devem-se alargar as vias para que uma companhia sempre possa caminhar ordenadamente.

Deve-se considerar o costume e as qualidades do inimigo: se costuma atacar ou pela manhã ou ao meio-dia ou à tarde, e se são mais fortes seus infantes ou sua cavalaria, e, segundo isso, te ordenes e proteja-te. Mas passemos a um evento particular. Pode ocorrer alguma vez que, afastando-te do inimigo por julgar-te inferior e, por isso, desistires de enfrentá-lo numa batalha, ele vá a teu encalço e chegue à margem de um rio; rio que para atravessares precisas de algum tempo, de modo que o inimigo está para te alcançar e combater-te. Alguns, que se encontraram em tal situação, cercaram a parte de trás de seu exército com um fosso e o encheram de lenha e puseram fogo nela; em seguida, passaram com o exército sem poder ser impedidos pelo inimigo, que, pelo fogo que havia entre eles, viu-se retido.

ZANOBI: Para mim, é duro acreditar que eles possam ser detidos pelo fogo, principalmente porque me lembro de ter ouvido como o cartaginês Hanon, sendo assediado pelos inimigos, cercou-se de lenha, do lado que queria evadir-se, e nela pôs fogo; uma vez que os inimigos não estavam preparados para apanhá-lo desse lado, fez seu exército passar pelas chamas e ordenou que seus homens protegessem o rosto do fogo e da fumaça com seus escudos.

FABRIZIO: Dissestes bem, mas considerais como eu disse e como agiu Hanon, porque eu disse que cavaram um fosso e encheram-na de ripas, de modo que quem quisesse atravessá-lo tinha de lutar com o fosso e o fogo. Hanon ateou fogo sem o fosso e, porque queria atravessá-lo, não deve tê-lo ateado com violência; caso contrário, mesmo sem o fosso, não o conseguiria. Não sabeis vós que o espartano Nábis, sendo assediado pelos romanos em Esparta, ateou fogo em parte de sua cidadela para impedir o avanço dos romanos, os quais já estavam quase lá dentro? Com tais chamas não só impediu o avanço dos romanos, como também os colocou para fora. Mas voltemos a nosso assunto. O romano Quinto Lutácio, perseguido pelos cimbros e tendo chegado a um rio, a fim de que o inimigo lhe desse tempo para atravessá-lo, aparentou dar um tempo a ele para combatê-lo e, por isso, fingiu querer alojar-se ali; ordenou fazerem fossas e armarem algumas tendas e mandou alguns sacomãos para os campos; acreditando os cimbros que ele estava se alojando ali, fizeram o mesmo e se dispersaram para providenciar mais víveres; tendo Lutácio percebido isso, atravessou o rio sem poder ser impedido por eles. Alguns, para atravessar um rio sem ponte, desviaram seu curso, e uma parte dele seguiu por trás das costas do exército; e pela outra o atravessaram com facilidade depois, onde o rio ficara mais raso. Quando os rios são caudalosos, a fim de fazer a infantaria atravessar de forma mais segura, colocam-se os cavalos mais fortes na parte mais alta, retendo a água, e outros embaixo, para que socorram os infantes caso um deles seja arrastado pelo rio ao atravessá-lo. E ainda com pontes, barcas, odres atravessam-se os rios que não são vadeáveis; por isso é bom ter no exército alguém com capacidade de fazer todas essas coisas. Acontece algumas vezes, quando se atravessa um rio, que o inimigo posicionado na outra margem te impeça de fazê-lo. Para superar essa dificuldade, não conheço exemplo melhor a ser imitado do que o de César: estando com seu exército na margem de um rio na França e sendo impedido de passar pelo gaulês Vercingétorix, o qual tinha seus homens do outro lado do rio, marchou vários dias ao longo da sua margem, o mesmo fazendo seu inimigo. E havendo César erguido um alojamento em uma brenha propícia para esconder seus homens, retirou de cada legião três coortes e as fez parar naquele lugar, ordenando-lhes que, assim que ele partisse, lançassem uma ponte e a fortificassem, enquanto ele com seus demais soldados seguiam caminho. Vercingétorix, vendo o número das legiões e acreditando que ninguém fosse ficar para trás, também seguiu caminho; porém César, quando julgou estar pronta a ponte, deu meia-volta e, encontrando-se tudo em ordem, atravessou o rio sem dificuldade.[88]

ZANOBI: Haveis alguma regra para saber onde estão os vaus de um rio?

---

88. Ver *De bello gallico*, VII, 34-35. (N.T.)

Fabrizio: Sim, tenho. Sempre naquele trecho do rio entre a água plácida e a corrente, onde a quem olha parece uma linha, é menos fundo e é o melhor lugar para ser vadeado do que qualquer outro, porque sempre nesse lugar o rio deposita mais daquela matéria que arrasta do fundo consigo. Isso, porque se provou inúmeras vezes, é sem sombra de dúvida verdadeiro.

Zanobi: Se acontece de o vau do rio afundar, de tal modo que os cavalos afundem nele, que remédio daríeis para isso?

Fabrizio: Faria um jirau de madeira e o colocaria no leito do rio e, por cima dele, passaria. Mas sigamos com a nossa exposição. Se acontece de um capitão conduzir seu exército entre duas montanhas, e não existirem senão duas vias para se salvar, ou a da frente ou a de trás, e as duas estejam ocupadas pelos inimigos, o remédio é fazer o que alguém fez anos atrás: cavar na parte de trás um grande fosso, difícil de ser atravessado, e dar mostras ao inimigo de querer detê-lo com esse ardil para, mais tarde, com todas as forças e sem temer pelo que lhe vem por trás, poder forçar pela frente a única via que restou desimpedida. Os inimigos, acreditando nisso, fortaleceram-se do lado aberto e abandonaram o fechado; o outro então jogou uma ponte de madeira de tal forma ordenada sobre o fosso e, sem obstáculo algum, o atravessou e viu-se livre das garras do inimigo. O cônsul romano Lúcio Minúcio,[89] estando na Ligúria com seu exército, foi encurralado pelos inimigos entre certos montes de onde não se podia sair. Por isso, ele mandou alguns soldados númidas a cavalo (que havia em seu exército, mal-armados e montados em cavalos pequenos e magros) em direção aos pontos que estavam ocupados pelos inimigos, que logo se colocaram em prontidão para defender a passagem; mas depois que viram aqueles homens mal-ordenados e, segundo eles, malmontados, fizeram pouco caso deles e afrouxaram a guarda. Ao perceberem isso, os númidas esporearam seus cavalos com tudo para cima deles e passaram sem que estes pudessem fazer alguma coisa; logo que passaram,

---

89. Segundo alguns autores, trata-se de Quinto Minúcio Termo. (N.T.)

arruinaram e pilharam toda a região, obrigando os inimigos a deixarem a passagem livre para o exército de Lúcio. Certos capitães que se encontraram assediados por um inimigo muito numeroso cerraram fileiras e permitiram ao inimigo cercá-los totalmente e depois, pela parte que eles sabiam ser a mais fraca do inimigo, empregaram toda a força e por essa via abriram passagem e se salvaram. Marco Antônio, quando recuava seu exército fugindo dos partos, percebeu que todos os dias, logo pela manhã, quando movimentava suas tropas, eles o atacavam e o molestavam ao longo de toda a marcha; assim, decidiu-se não partir antes do meio-dia. Os partos, acreditando então que ele não quisesse sair de seus alojamentos naquele dia, voltaram para os seus; e Marco Antonio pôde depois marchar durante todo o dia que restou sem ser molestado. E ele ainda, para fugir das flechas dos partos, mandou que seus soldados se ajoelhassem assim que os partos viessem na direção deles e que a segunda fileira das companhias pusesse os escudos na cabeça da primeira, a terceira na segunda, a quarta na terceira, e assim sucessivamente, de tal sorte que todo o exército viesse a ficar sob um teto e protegido das flechas inimigas. Isso é tudo o que me ocorre dizer-vos a respeito do que acontece a um exército ao marchar; portanto, se a vós não ocorreis mais nada, eu passarei a outro assunto.

LIVRO SEXTO

ZANOBI: Acredito que seja bom, já que se deve mudar de assunto, que Batista deva tomar este encargo para si e eu depor o meu, e assim imitamos os bons capitães, de acordo com o que entendi até aqui deste senhor, os quais posicionam os melhores soldados na frente e atrás do exército, pois para eles é necessário ter à frente quem galhardamente inicie as escaramuças e quem atrás galhardamente defenda-se delas. Cosimo, pois, começou essa conversa prudentemente, e Batista prudentemente a concluirá. Entre eles, Luigi e eu demos curso a ela. E como cada um de nós fez a sua parte com prazer, assim não creio que Batista haveria de recusar-se a fazer a dele.

BATISTA: Até aqui me deixei governar, assim como doravante gostaria de fazê-lo. Portanto, senhor, segui por gentileza vosso raciocínio e, se nós vos interrompermos com essas práticas, desculpai-nos.

FABRIZIO: Agradeço-vos, como já vos disse, muitíssimo por elas, porque vossa interrupção não tolhe a minha imaginação, antes a revigora. Mas, seguindo com nosso assunto, digo, como já não é sem tempo, como alojamos nosso exército, pois sabeis que todos desejam descansar de forma segura, uma vez que descansar sem segurança não é descansar de fato. Duvido muito que vós não desejásseis que primeiro eu vos tivesse alojado, depois vos feito caminhar e, por último, combater, e nós fizemos o contrário disso. O que fomos induzidos pela necessidade, porque, querendo mostrar como um exército, ao marchar, passa da formação em marcha para a de combate, era preciso mostrar primeiro como ele se ordenava nas escaramuças. Mas, voltando ao nosso assunto, digo que para o alojamento ser seguro convém que seja fortificado e ordenado. Ordenado o faz a indústria do capitão, fortificado o faz o lugar ou a arte da guerra. Os gregos cercavam-se de lugares fortificados e jamais ficavam onde não houvesse uma grota ou margem de rio ou mata, ou outra defesa natural que os protegesse. Já os romanos tornavam seus alojamentos seguros não tanto pelo lugar quanto pela arte, e tampouco permaneceriam alojados em lugares onde eles não pudessem, segundo sua disciplina, espalhar todos os seus homens. Disso decorria que os romanos tinham uma forma de alojar-se em que o lugar obedecesse a eles e não eles ao lugar. O mesmo não podiam fazer os gregos, porque ao obedecer ao lugar e variando este suas formas convinha que também variassem o modo de se alojarem e a forma de seus alojamentos. Os romanos, portanto, onde o lugar era privado de proteção, eles o supriam com arte e indústria. E porque eu, nesta minha narrativa, quis imitar os romanos, não me distanciarei do modo como eles se alojavam, não tomando tudo porém das suas ordenações, mas atendo-me somente às partes que me parecem compatíveis com o tempo presente. Já vos disse muitas vezes como os romanos tinham, em seus exércitos consulares, duas legiões de soldados romanos, que perfaziam cerca de onze mil infantes e seiscentos cavalos; havia ainda outros onze mil infantes enviados por amigos em sua ajuda; e nunca em seus exércitos havia mais soldados estrangeiros do que romanos, exceto nas cavalarias, nas quais não se importavam de ter mais estrangeiros do que nas legiões; e ainda, como em todas as suas ações, as legiões iam no meio e as tropas auxiliares ao lado. Formação que observam também nos alojamentos, como vós mesmos haveis podido ler nas obras escritas sobre isso, e por isso não vou narrar-vos como eles se alojavam, mas sim dizer-vos somente com que ordenação hoje eu alojaria meu exército, e então reconhecereis que parte eu tirei dos modos romanos. Sabeis que, em correspondência a duas legiões romanas, eu tomei dois batalhões com seis mil infantes e trezentos cavalos úteis por batalhão e em que companhias, em que armas e nomes eu os reparti. Sabeis como, na ordenação do exército em marcha e em combate, eu não mencionei outros homens, mas só mostrei como, para duplicar o número deles, não basta outra coisa senão duplicar as ordenações. Mas querendo, no presente, mostrar-vos o modo de alojar, é melhor não restringir-se a dois batalhões somente, mas reunir junto todo um exército, composto à semelhança dos romanos, com dois batalhões e o mesmo número de soldados auxiliares. O que faço para que a forma do alojamento seja mais perfeita, alojando um exército completo, algo que não me pareceu necessário nas demonstrações anteriores. Querendo-se então alojar um exército inteiro de vinte e quatro mil infantes e de dois mil cavaleiros úteis, divididos em quatro batalhões, dois de soldados próprios e dois de estrangeiros, eu o faria do modo que passo a descrever. Encontrado o lugar onde quisesse alojá-lo, hastearia o porta-estandarte do capitão e, ao redor, riscaria um quadrado em que cada face se distanciaria cinquenta braços do estandarte; e cada uma delas mirasse uma das quatro regiões do céu – o levante, o poente, o meio-dia e a tramontana –, entre cujo espaço gostaria que ficasse o alojamento do capitão. Como creio que seja prudente, e assim o faziam em boa parte os romanos, separaria os armados dos desarmados e separaria os homens com armas pesadas dos de armas leves. Alojaria todos, ou a maioria dos armados, no lado do levante, e os desarmados e os armados ligeiramente no poente, fazendo do levante a cabeça e do poente as costas do alojamento, e do meio-dia e da tramontana, os flancos. Para distinguir os alojamentos dos armados, faria isto: moveria do estandarte do capitão uma linha em direção ao levante por um espaço de seiscentos e oitenta braços. Depois faria outras duas linhas e colocaria aquela no meio e com o mesmo comprimento, mas distantes uma da outra quinze braços, na extremidade das quais gostaria que estivesse a porta do levante e o espaço entre as duas extremidades das linhas formasse uma via que fosse da porta ao alojamento do capitão, a qual viria a ter trinta braços de largura e seiscentos e trinta de comprimento (porque cinquenta braços seriam ocupados pelo alojamento do capitão) e fosse dada a ela o nome de via capitã; e se movesse em seguida uma outra via, da porta do meio-dia até a porta da tramontana, que atravessasse pela cabeça da via capitã e resvalasse o alojamento do capitão em direção ao levante, cujo comprimento perfizesse mil e duzentos braços (porque ocuparia toda a largura do alojamento) e de largura tivesse então trinta braços e se chamasse a via da cruz. Designados então o alojamento do capitão e essas duas vias, começariam a ser designados os alojamentos dos dois batalhões próprios: um deles seria alojado na mão direita da via capitã e o outro, na esquerda. Por isso, ultrapassado o espaço ocupado pela largura da via da cruz, colocaria trinta e dois alojamentos do lado esquerdo da via capitã e trinta e dois do lado direito, deixando, entre o décimo sexto e o décimo sétimo alojamento, um espaço de trinta braços, o qual serviria para uma via transversal que passasse através de todos os alojamentos dos batalhões, como se verá na distribuição deles. Dessas duas fileiras de alojamentos, nas primeiras das cabeças, que viriam a ficar junto à via da cruz, alojaria os capitães da cavalaria pesada; nos quinze alojamentos que de cada lado se seguiriam, ficariam os homens da cavalaria pesada; possuindo cada batalhão desses cento e cinquenta homens, ficariam dez em cada alojamento. Os espaços dos alojamentos dos capitães teriam quarenta braços de largura e dez de comprimento. Note-se que, toda vez que digo largura, quero dizer o espaço do meio-dia à tramontana; e comprimento, o espaço do poente ao levante. Os alojamentos dos homens da cavalaria pesada teriam quinze braços de comprimento e trinta de largura. Nos outros quinze alojamentos que se seguissem dos dois lados (os quais teriam seu começo passada a via transversal e teriam o mesmo espaço que o dos cavaleiros de armas pesadas), alojaria a cavalaria ligeira, na qual, por ter cento e cinquenta homens, ficariam dez cavaleiros por alojamento; no décimo sexto que sobrasse, alojaria o capitão deles, dando-lhe o mesmo espaço que se deu ao capitão da cavalaria pesada; e assim os alojamentos das cavalarias dos dois batalhões viriam a colocar no meio da via capitã e servir de modelo para os alojamentos das infantarias, como contarei adiante. Notastes como alojei os trezentos cavaleiros de cada batalhão, com seus capitães, em trinta e dois alojamentos colocados na via capitã e iniciados pela via da cruz; e como do décimo sexto ao décimo sétimo sobra um espaço de trinta braços para fazer uma via transversal. Querendo, pois, alojar as vinte companhias que possuem os dois batalhões ordinários, colocaria os alojamentos das duas companhias atrás dos alojamentos das cavalarias, que teriam cada um quinze braços de comprimento e trinta de largura, como os da cavalaria, e ficassem juntos pela parte de trás, devida a um e a outro. E, em cada primeiro alojamento de cada lado que se inicia pela via da cruz, alojaria o condestável de uma companhia, que corresponderia ao alojamento do capitão da cavalaria pesada, e esse alojamento teria só de espaço vinte braços de largura e dez de comprimento. Nos outros quinze alojamentos, que de ambos os lados se seguissem depois disso até à via transversal, alojaria de cada lado uma companhia de infantes que, tendo quatrocentos e cinquenta homens, deixaria trinta deles em cada alojamento. Os outros quinze alojamentos continuariam, dos dois lados, os da cavalaria ligeira, com o mesmo espaço, onde alojaria de ambos os lados uma outra companhia de infantes. E, no último alojamento, colocaria de ambos os lados o condestável da companhia, que ficaria lado a lado com o do capitão das cavalarias ligeiras, com espaço de dez braços de comprimento e vinte de largura. Assim, essas duas primeiras ordenações seriam formadas metade por cavaleiros e metade por infantes. Uma vez que eu quero, como no momento devido vos disse, que esses cavaleiros sejam todos úteis, não existindo esbirros que os socorressem no governo dos cavalos e nas outras coisas necessárias, gostaria que esses infantes alojados atrás da cavalaria fossem obrigados a ajudá-los nisso, e, por essa razão, ficassem isentos dos outros afazeres do acampamento, prática que era observada pelos romanos. Deixado então, depois desses alojamentos, dos dois lados, um espaço de trinta braços para abrir caminho, chamando-o de primeira via à mão direita, e a outra, primeira via à esquerda, eu colocaria de cada lado uma outra ordenação de trinta e dois alojamentos duplos, cujas partes de trás se voltassem umas para as outras, com os mesmos espaços que já mencionei, e dividiria depois os décimos sextos do mesmo modo para fazer a via transversal, onde alojaria de cada lado quatro companhias de infantes com os condestáveis nas extremidades de trás e da frente. Deixando depois, de cada lado, um outro espaço de trinta braços para abrir caminho, chamando-a, de um lado, de segunda via à mão direita e, do outro, de segunda via à esquerda, onde alojaria de cada lado outra fileira de trinta e dois alojamentos duplos, com as mesmas distâncias e divisões; e aí alojaria as outras quatro companhias com seus respectivos condestáveis. E assim ficariam alojados, de cada lado, em três fileiras de ordenamentos, os cavaleiros e as companhias dos dois batalhões ordinários, ficando no meio a via capitã. Os dois batalhões auxiliares, já que os compus dos mesmos homens, ficariam alojados dos dois lados desses dois batalhões ordinários, com as mesmas fileiras de alojamentos, colocando primeiro uma fileira de alojamentos duplos onde se alojassem cavaleiros e infantes meio a meio, distantes trinta braços dos outros, para abrir uma via, chamando uma de terceira via à mão direita e a outra de terceira via à esquerda. Depois faria de cada lado duas outras fileiras de alojamentos, da mesma forma distintos e ordenados como são os dos batalhões ordinários, que abririam por sua vez duas outras vias, todas recebendo seu nome pelo número e pela mão onde elas fossem colocadas. Assim, todo esse lado do exército estaria alojado em doze ordenações de alojamentos duplos e em treze vias, contando as vias capitã e da cruz. Gostaria que sobrasse um espaço de cem braços ao redor dos alojamentos até o fosso. E se vós contardes todos esses espaços, vereis que, do meio do alojamento do capitão até a porta do levante, são seiscentos e oitenta braços. Resta-nos agora dois espaços, dos quais um vai do alojamento do capitão até a porta do meio-dia e o outro vai daquele até a porta da tramontana, que vêm a ter cada um, medindo-os pelo ponto central, seiscentos e vinte cinco braços. Subtraídos depois, de cada um desses espaços, cinquenta braços do alojamento do capitão e quarenta e cinco da praça, de cada lado, e trinta braços da via que divide cada um dos espaços mencionados no meio, e cem braços que se deixam de ambos os lados entre os alojamentos e o fosso, resta, de cada lado, um espaço de quatrocentos braços de largura e cem de comprimento para os alojamentos, medindo o comprimento com o espaço ocupado pelo alojamento do capitão. Dividindo então pelo meio esses comprimentos, tem-se de cada lado do capitão quarenta alojamentos com cinquenta braços de comprimento e vinte de largura, que no total perfazem oitenta alojamentos, nos quais se alojariam os comandantes gerais dos batalhões, os carmelengos, os mestres de acampamento e todos aqueles da administração do exército, deixando aí algum espaço para os estrangeiros que chegassem e para aqueles que combatessem pela graça do capitão. Na parte de trás do alojamento do capitão, riscaria uma via do meio-dia até à tramontana, com trinta braços de largura, e a chamaria de a via da cabeça, a qual seria colocada ao longo dos oitenta alojamentos mencionados, porque entre essa via e a via da cruz entraria no meio o alojamento do capitão e os oitenta alojamentos que estivessem em seus flancos. Dessa via da cabeça, começando pelo alojamento do capitão, riscaria uma outra via que fosse daquela à porta do poente, com trinta braços de largura, e correspondesse pelo lugar e pelo comprimento à via capitã, chamando-a de a via da praça. Feitas essas duas vias, ordenaria a praça do mercado, que colocaria na cabeça da via da praça, defronte ao alojamento do capitão e partindo do ponto da via da cabeça, e gostaria que ela tivesse a forma de um quadrado, com noventa e seis braços de lado. Do lado direito e do lado esquerdo da mencionada praça, criaria duas fileiras de alojamentos, com oito alojamentos duplos cada uma, que ocupariam de comprimento doze braços e trinta de largura, de modo que houvesse de cada lado da praça, posicionada no meio, dezesseis alojamentos, perfazendo trinta e dois, nos quais alojaria os cavaleiros que restassem dos batalhões auxiliares; quando estes não bastassem, designaria para eles alguns daqueles alojamentos que ficam em torno do capitão, e principalmente aqueles voltados em direção aos fossos. Resta-nos agora alojar os piqueiros e os vélites extraordinários de cada batalhão, que sabeis, segundo nossa ordenação, terem cada um, além das dez companhias, mil piqueiros extraordinários e quinhentos vélites extraordinários, de tal forma que os dois batalhões somam dois mil piqueiros e mil vélites extraordinários, e os batalhões auxiliares igual número, de modo que se ainda fosse preciso alojar seis mil infantes, estes seriam alojados todos na parte voltada para o poente e ao longo dos fossos. Deixando, então, da extremidade da via da cabeça, em direção à tramontana, o espaço de cem braços do fosso, colocaria uma fileira de cinco alojamentos duplos que tivesse ao todo setenta e cinco braços de comprimento e sessenta de largura, de tal modo que, dividida pela largura, daria para cada alojamento quinze braços de comprimento e trinta de largura. Como haveria dez alojamentos, trezentos infantes se alojariam aí, sendo trinta por alojamento. Deixando depois um espaço de trinta e um braços, colocaria, da mesma forma e com os mesmos espaços, uma outra fileira de cinco alojamentos duplos, e depois um outro, com cinco fileiras de cinco alojamentos duplos, que somariam cinquenta alojamentos posicionados em linha reta a partir da tramontana, distantes cem braços dos fossos, onde ficariam alojados mil e quinhentos infantes. Voltando depois para a esquerda em direção à porta do poente, colocaria em todo o trecho que houvesse entre eles até a mencionada porta outras cinco fileiras de alojamentos duplos, com os mesmos espaços e modos (é verdade que, de uma fileira a outra, não haveria mais do que quinze braços de espaço), nos quais se alojariam ainda mil e quinhentos infantes; e assim da porta da tramontana até a do poente, como os fossos são rodeados por cem alojamentos, repartidos em dez fileiras de cinco alojamentos duplos por fileira, ficariam alojados todos os piqueiros e vélites extraordinários dos batalhões próprios. Da porta do poente à do meio-dia, estando os fossos igualmente em torno das outras dez fileiras de dez alojamentos por fileira, alojar-se-iam os piqueiros e os vélites extraordinários dos batalhões auxiliares. Os capitães ou os seus condestáveis poderiam ficar

Segunda via à mão direita

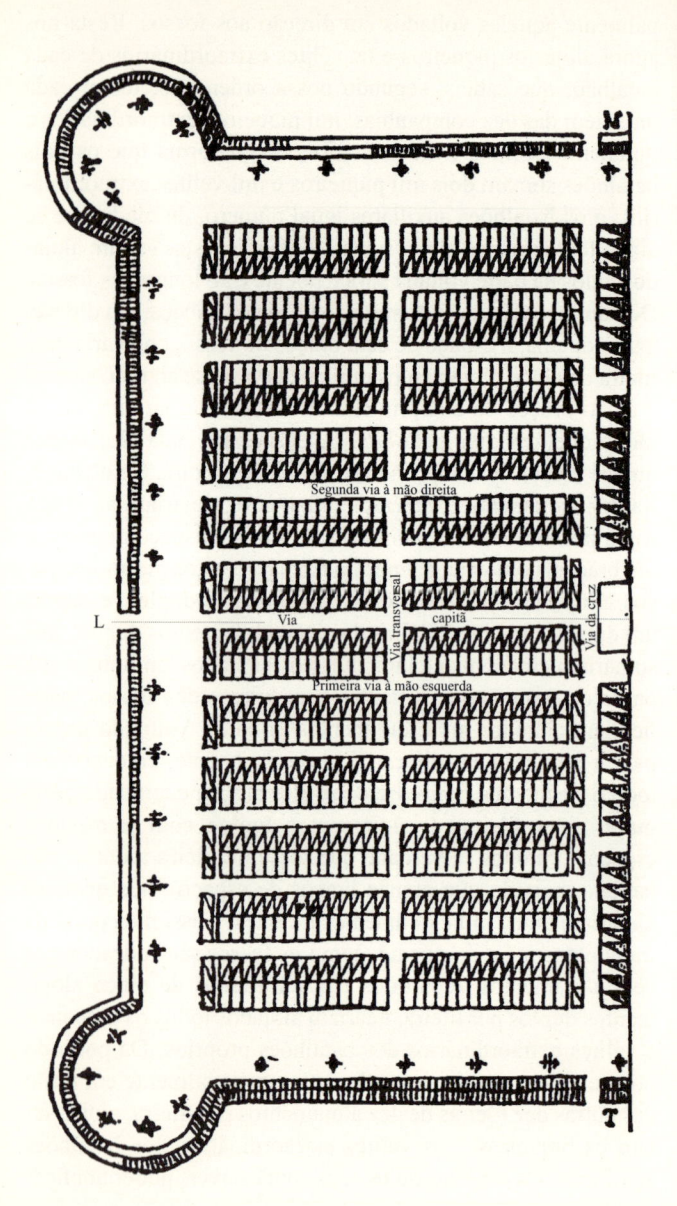

L ········ Via transversal capitã ········ Via da cruz

Primeira via à mão esquerda

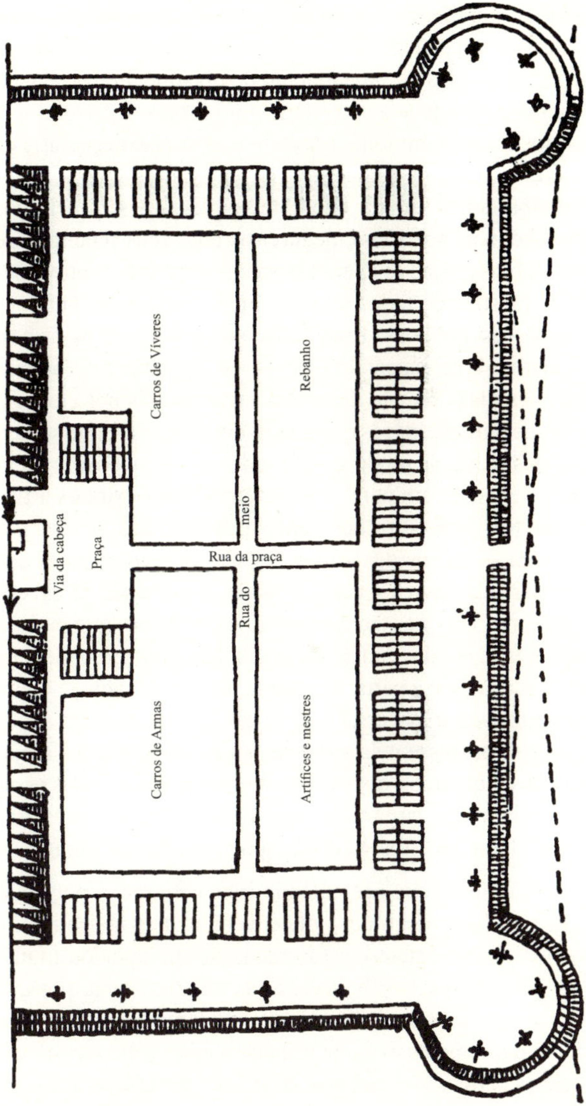
Carros de Víveres
Rebanho
Via da cabeça
Praça
Rua do meio
Rua da praça
Carros de Armas
Artífices e mestres

com os alojamentos que lhes parecessem mais confortáveis da parte voltada para os fossos. Disporia os artilheiros ao longo de todos os parapeitos dos fossos e, em todos os outros espaços que restassem em direção ao poente, alojaria todos os desarmados e todos os *impedimenta* do bivaque. Por essa palavra *impedimenta* deveis entender, como sabeis decerto, o que os antigos entendiam: todo o cortejo e as coisas necessárias a um exército, como os lenhadores, ferreiros, ferradores, canteiros, bombardeiros (ainda que estes pudessem ser incluídos entre os homens armados), pegureiros com seus rebanhos de capados e bois de que os exércitos precisam para suas provisões e, ainda, mestres de todas as artes, junto com carros públicos das munições públicas, reservados aos víveres e às armas. Nem distinguiria especialmente esses alojamentos, apenas indicaria as vias que não deveriam ser ocupadas por eles; em seguida, os outros espaços que restassem entre elas, que seriam quatro, destinaria de modo geral a todos os *impedimenta* mencionados, ou seja: um para os pegureiros, outro para os artífices e mestres, um outro aos carros públicos dos víveres e o quarto para os carros das armas. As vias que eu gostaria que fossem deixadas livres seriam a via da praça, a via da cabeça e, ainda, uma via que se chamasse a via do meio, que partiria da tramontana em direção ao meio-dia, passando pelo meio da via da praça, a qual a partir do poente produzisse aquele efeito que produz a via transversal a partir do levante. E, além disso, uma via que passasse pela parte de dentro, ao longo dos alojamentos dos piqueiros e dos vélites extraordinários. Todas essas vias deveriam ter a largura de trinta braços. E disporia os artilheiros ao longo dos fossos do campo pela parte de dentro.

BATISTA: Confesso que não entendo isso, nem creio, por outro lado, que ao falar assim deva me envergonhar, não sendo este o meu ofício. No entanto, essa ordenação me agradou muito; apenas gostaria que resolvêsseis estas dúvidas: uma, por que fizestes as vias e os espaços em volta tão largos; e a outra, que me deixa mais apreensivo, diz respeito a esses espaços que vós planejastes para os alojamentos, como eles devem ser usados?

FABRIZIO: Sabeis que fiz todas essas vias com a largura de trinta braços para possibilitar que uma companhia de infantes possa andar por ela ordenadamente, porque, se bem vos recordais, disse-vos que cada uma tem de vinte e cinco a trinta braços de largura. O espaço de cem braços entre o fosso e os alojamentos é necessário para que as companhias e os artilheiros possam manobrar, conduzir por elas as presas e, precisando, ter espaço para fazer novos fossos e novos parapeitos. Também é melhor que os alojamentos fiquem mais distantes dos fossos para ficarem mais distantes do fogo e de tudo mais que o inimigo empregasse para atacá-los. Quanto à segunda pergunta, a minha intenção não é cobrir cada espaço designado por mim por um pavilhão somente, mas que seja usado de acordo com o que aprouver àqueles que se alojarem neles, com mais ou menos tendas, desde que são excedam os seus limites. Para riscar esses alojamentos, convém ter homens muito práticos e serem arquitetos excelentes, os quais, assim que o capitão escolher o lugar, saibam lhe dar a forma e distribuí-lo, distinguindo as vias, separando os alojamentos com cordas e estacas para que, de forma prática, logo estejam ordenados e divididos. Para não haver confusão, convém voltar os lados do campo sempre do mesmo modo a fim de que cada um saiba em qual via e em qual espaço encontra-se o seu alojamento. Isso deve ser observado em qualquer tempo e lugar, de maneira que pareça uma cidade ambulante, a qual, para onde quer que ela vá, leve consigo as mesmas vias, os mesmos casos e o mesmo aspecto, algo que não podem observar aqueles homens que, procurando lugares fortificados, têm de mudar de forma segundo a demanda do lugar. Mas com fossos, valas e parapeitos os romanos tornavam fortificado o lugar, porque faziam uma cerca em volta do acampamento e, na frente dela, o fosso, normalmente com seis braços de largura e três de profundidade; suas dimensões aumentavam de acordo com a necessidade de permanecer no lugar ou com o temor pelo inimigo. Por mim, nos dias presentes, não faria cercas se eu não quisesse invernar em um lugar. Faria, sim, o fosso e o parapeito, mas não menor do que o já mencionado, e sim maior conforme a necessidade; faria ainda no tocante à artilharia, em cima de cada canto do alojamento, um fosso em semicírculo, do qual os artilheiros pudessem golpear pelos flancos quem viesse atacar os fossos. Deve-se também exercitar os soldados nesse ofício de saber ordenar um alojamento e ter, assim, monitores prontos para traçá-lo e soldados preparados para reconhecerem os seus lugares. Quero agora tratar das guardas do acampamento, porque, sem a distribuição delas, todos os outros esforços seriam vãos.

BATISTA: Antes que passeis às guardas, gostaria que me dissésseis: quando se quer colocar os alojamentos perto do inimigo, o que deve ser feito? Porque não sei como haja tempo para conseguir ordená-los sem risco.

FABRIZIO: Vós tendes de saber isto: nenhum capitão coloca seus alojamentos perto do inimigo, senão quando está disposto a combater toda vez que o inimigo deseje; e quando está disposto não existe perigo a não ser os de sempre, porque, enquanto duas partes do exército combatem, a terceira cuida dos alojamentos. Nesse caso, os romanos destinavam essa tarefa de fortificar os alojamentos para os triários, enquanto os príncipes e os hastados pegavam em armas. Faziam isso porque os triários eram os últimos a combater e tinham tempo, caso o inimigo aparecesse, de largar o trabalho, apanhar as armas e tomar suas posições. Vós, à semelhança dos romanos, deveis destinar a tarefa de erguer os alojamentos para as companhias que quisésseis colocar na última parte do exército, no lugar dos triários. Mas voltemos a falar das guardas. Não creio ter encontrado, lendo os antigos, que, para vigiar o acampamento à noite, houvesse guardas do lado de fora dos fossos, distantes, como se faz hoje, aos quais chamamos de sentinelas. Acredito que fizessem isso pensando que o exército pudesse ser facilmente enganado pela dificuldade de controlá-las e por poderem ser corrompidas ou oprimidas pelo inimigo, de modo que julgavam perigoso confiar nelas em parte ou totalmente. Por isso, todo o corpo da guarda ficava dentro dos fossos, o que era feito diligentemente e em extrema ordem, punindo-se com a pena capital qualquer um que contrariasse essa ordenação. Não vos direi como se ordenavam para não vos entediar, pois podeis ver isso por vós mesmos se, até hoje, ainda não o vistes. Direi apenas brevemente o que eu faria. Todas as noites, manteria armado um terço do exército e, deles, a quarta parte ficaria em pé, distribuída por todos os parapeitos e lugares do exército, com um par de guardas em cada um dos quatro lados do alojamento; e parte deles manteria imóveis, parte andando continuamente de um lado ao outro do alojamento. E observaria essa ordenação também de dia, no caso de haver um inimigo por perto. Quanto às ordens, à troca de guarda toda noite e às outras coisas que em guardas semelhantes se fazem, por serem coisas notórias, igualmente não falarei delas. Somente lembrarei de uma coisa que, por ser muitíssimo importante, quando é observada faz muito bem, quando não, traz muito mal: empregar grande diligência em saber quem, à noite, não está alojado dentro do acampamento e quem vem do lado fora. Com o alojamento ordenado de acordo com a ordenação que descrevemos, é fácil verificar quem se aloja, porque, tendo cada alojamento o número de homens determinado, é fácil ver se faltam ou sobram homens; e quando um se ausenta sem licença, deve ser punido como desertor, e se sobram, saber quem são, o que fazem e demais coisas a seu respeito. Essa precaução impede que o inimigo consiga, senão com dificuldade, ter contato com os chefes e conhecer os planos destes. Se isso não tivesse sido observado com diligência pelos romanos, Cláudio Nero[90] não poderia, tendo Aníbal por perto, ter saído dos seus alojamentos na Lucânia, marchado e voltado de Marca sem que Aníbal tivesse pressentido qualquer coisa. Mas isso não basta para tornar boas essas ordenações, se não são feitas sem uma severa supervisão, porque não há nada que requeira mais cuidado no exército do que isso. Por essa razão, as leis para fortificação dos alojamentos devem ser ásperas e duras; e o executor, duríssimo. Os romanos puniam com pena capital quem se ausentava das guardas, quem abandonava sua

---

90. Ver Tito Lívio, op. cit., XXVII, 39-50. (N.T.)

posição de combate, quem levava qualquer coisa escondida para fora dos alojamentos, se alguém dissesse ter cometido alguma façanha durante as escaramuças, porém, não a tivesse cometido de fato, se alguém combatesse fora do comando do capitão, se alguém por medo depusesse as armas. Quando acontecia de uma coorte ou uma legião inteira ter cometido algum erro semelhante a esses, para não matar a todos, sorteavam-se os nomes dentre um décimo deles, os quais morriam. Essa pena era feita de tal modo que, se não a sofriam todos, todos a temiam. E como onde há grandes punições, também deve haver prêmios, caso se queira que os homens a um tempo temam ou tenham esperanças, os romanos ofereciam prêmios para toda grande proeza: como para quem, combatendo, salvasse a vida de um concidadão; a quem primeiro subisse as muralhas das cidadelas inimigas; a quem invadisse primeiro o alojamento dos inimigos; a quem ferisse ou matasse o inimigo em combate; a quem o derrubasse do cavalo. Assim, qualquer ato virtuoso era reconhecido pelos cônsules, premiado e publicamente louvado; e aqueles que conquistavam esses dotes por alguma dessas façanhas, além da glória e da fama que adquiriam entre os soldados, depois que retornavam à pátria, eram recebidos com pompa e circunstância pelos amigos e parentes. Não causa espanto, então, ter esse povo conquistado tantos impérios, tendo observado com tal rigor as penas e os méritos em relação àqueles que, por agir bem ou mal, merecessem louvação ou censura, coisas das quais conviria observar a maior parte. Nem me parece que se deva calar a respeito da pena observada por eles, como aquela em que o réu culpado diante do tribuno ou do cônsul era vergastado por este e, em seguida, deixavam-no fugir e autorizavam os soldados a matá-lo; então, rapidamente todos jogavam pedras ou dardos nele, ou golpeavam-lhe com outras armas, de sorte que poucos sobreviviam e raríssimos escapavam, e os que escapavam não podiam voltar para casa senão à custa de muitos incômodos e ignomínias, o que era pior do que morrer. Esse modo é observado hoje pelos suíços, que fazem os condenados serem mortos publicamente pelos outros soldados. O que é bem-considerado e muito benfeito, porque, quando se quer que alguém não defenda um réu, o maior remédio é torná-lo carrasco dele, pois com mais respeito se favorece e com mais desejo se quer a punição de alguém quando se é o próprio executor do que quando a execução é feita por outro. Querendo então que alguém não seja favorecido pelo povo, o melhor remédio é fazer o povo ser seu juiz. À confirmação disso se pode citar o exemplo de Mânlio Capitolino,[91] o qual, sendo acusado pelo Senado, foi defendido pela população até o momento em que ela veio a ser seu juiz: transformada em árbitro da causa dele, condenou-o à morte. Esse é, portanto, um modo de punir que debela os tumultos e faz com que se observe a justiça. E como não basta o temor à lei para frear os homens armados, nem o temor pelos homens, os antigos acrescentavam a autoridade de Deus; por isso, faziam seus soldados jurarem, em cerimônias portentosas, a observação à disciplina militar, pois, se a violassem, teriam de temer não apenas as leis e os homens, mas também a Deus, e empregavam toda a indústria para enchê-los de religião.

BATISTA: Os romanos permitiam a presença de mulheres em seu exército ou a prática desses jogos ociosos que se praticam hoje?

FABRIZIO: Proibiam ambos. E proibi-los não era muito difícil, porque havia tantos exercícios que consumiam o dia todo dos soldados, ora individualmente, ora com os outros, que não lhes restava tempo para pensar ou para mulheres ou jogos, nem para tudo o que torna os soldados sediciosos e inúteis.

BATISTA: Isso me agrada. Mas dizei-me: quando o exército tinha de levantar acampamento, com que ordenações o faziam?

FABRIZIO: Tocava-se três vezes a trombeta do capitão. Ao primeiro toque, desmontavam-se as tendas e as embalavam; ao segundo, carregavam-se as alimárias; ao terceiro, moviam-se de acordo com o que se disse antes, com os *impedimenta* atrás dos homens armados e as legiões no meio. E vós teríeis de movimentar um batalhão auxiliar, em seguida, os seus *impedimenta* particulares e mais um quarto dos *impedimenta* públi-

---

91. Ver Tito Lívio, op. cit., VI, 19-20; e *Discorsi*, III, 1. (N.T.)

cos, estando todos alojados num daqueles quadrados de que há pouco falamos. Por isso, conviria ter cada um desses quadrados destinado a um batalhão a fim de que, movendo-se o exército, todos soubessem qual era o seu lugar durante a marcha. E assim deve agir cada batalhão, com seus *impedimenta* e com um quarto dos *impedimenta* públicos às costas, daquele modo que mostramos o exército romano marchar.

Batista: Ao instalar o alojamento, os romanos tinham outras precauções além das que dissestes?

Fabrizio: O que eu vos digo novamente é que os romanos queriam manter a costumeira forma de alojar-se, e sobre isso não tinham nenhuma outra precaução. Mas quanto às outras considerações, duas delas eram principais: uma, de alojar-se em lugar salubre; a outra, de alojar-se onde o inimigo não os pudesse assediar e tolher o caminho para a água ou os víveres. Para fugir das enfermidades, eles evitavam os lugares pantanosos ou expostos aos ventos nocivos. Isso conheciam nem tanto pelas características do lugar, mas pelas feições de seus habitantes, e quando os viam descorados ou arfantes, ou atacados por outras doenças, não se alojavam aí. Quanto a não ser assediado, convém considerar a natureza do lugar, onde estão posicionados os aliados e os inimigos, e a partir disso se conjectura se ali se pode ser assediado ou não. Portanto, convém que o capitão seja um grande conhecedor dos lugares e regiões e tenha à sua volta muitos que sejam peritos nisso também. Foge-se igualmente das doenças e da fome ao não desordenar o exército, porque, querendo-o mantê-lo saudável, convém fazer com que os soldados durmam debaixo das tendas, que se alojem onde haja árvores que façam sombra, onde exista lenha para poder cozinhar a comida, que não se caminhe sob o sol. Por esse motivo, no verão é preciso levantar acampamento logo cedo e, no inverno, cuidar para que não se caminhe pela neve ou pelo gelo sem a comodidade de poder fazer fogo e não faltem as vestes necessárias nem se bebam águas insalubres. Aqueles que casualmente adoeçam devem ser tratados por médicos, porque um capitão não encontra remédio quando tem de combater doenças e inimigos. Mas nada é mais útil para manter saudável o exército do que o exercício, por isso os antigos exercitavam-se todos os dias. E se vê o quanto esses exercícios têm valor: nos alojamentos te fazem são; nas escaramuças, vitorioso. Quanto à fome, não somente é necessário observar que o inimigo não impeça o acesso às vitualhas, mas também providenciar onde devem ser guardadas e cuidar para não perder aquelas que se tem. Por isso, convém que tenhas sempre provisões no exército para um mês e depois taxes os aliados vizinhos para que diariamente te provejam; guardes essas provisões em algum lugar guarnecido e, acima de tudo, distribui-as com diligência, dando todos os dias, para cada um, uma medida razoável delas, de modo que essa parte não cause desordens, porque qualquer outra coisa na guerra se pode, com o tempo, vencer, mas só esta com o tempo vence a ti. Jamais um inimigo, podendo superar-te pela fome, tentará vencer-te com a espada; porque se, assim, a vitória não é muito honrosa, ela é mais segura e mais certa. Um exército não consegue evitar a fome quando a um tempo não é judicioso nisso e licenciosamente consome o quanto lhe parece melhor: um, porque a desordem impede que a vitualha chegue até ele; e o outro porque, quando chega, é consumida inutilmente. Por isso, os antigos ordenavam que se consumisse o que davam e no tempo necessário, pois nenhum soldado comia a não ser quando o capitão comia. O quanto isso é observado pelos exércitos modernos todos sabem, e merecidamente não podem chamar-se ordenados e sóbrios como os antigos, mas licenciosos e ébrios.

BATISTA: No início da ordenação do alojamento, dissestes que não queríeis limitar-se a somente dois batalhões, mas sim a quatro, para mostrardes como um exército se alojava de modo justo. Então, gostaria que me dissésseis duas coisas: uma, quando eu tivesse mais ou menos homens, como eu deveria alojá-los; a outra, que número de soldados bastaria a vós para combater qualquer que fosse o inimigo?

FABRIZIO: À primeira pergunta respondo que, se o exército tem entre quatro e seis mil infantes, tiram-se ou acrescentam-se fileiras que bastarem, pois assim, pode-se tanto subtrair quanto somar até o infinito. No entanto, os romanos, quando juntavam dois exércitos consulares, levantavam dois alojamentos e voltavam as partes dos desarmados uma defronte à outra. Quanto à segunda pergunta, repito-vos que o exército ordinário romano tinha em torno de vinte e quatro mil soldados; porém, quando uma força maior os premia, o máximo que reuniam eram cinquenta mil. Com esse número se opuseram a duzentos mil franceses, que os atacaram depois da primeira guerra contra os cartaginenses. Com esse mesmo número se opuseram a Aníbal, e deveis ter notado que tanto os romanos quanto os gregos guerrearam com poucos homens, fortalecidos pela ordenação e pela arte; os ocidentais ou os orientais guerrearam com multidões, mas uns servindo-se da fúria natural, como os ocidentais; e outros, da grande obediência devotada a seu rei por seus homens, como os orientais. Mas, na Grécia e na Itália, não existindo nem o furor natural nem a natural reverência pelos seus reis, é necessário buscar a disciplina, que tem tanta força que fez com que poucos pudessem vencer a fúria e a natural obstinação de muitos. Por isso vos digo que, caso se queira imitar romanos e gregos, o número de soldados não deve ultrapassar cinquenta mil, antes muito menos, porque mais trazem confusão, e não deixam a disciplina ser observada nem se aprenderem as ordenações. Pirro costumava dizer que com quinze mil homens podia atacar o mundo. Mas passemos para um outro assunto. Nós fizemos esse nosso exército vencer uma batalha e mostramos os trabalhos que podem ocorrer nessas escaramuças; fizemo-lo marchar e narramos por quais *impedimenta* ele pode ser cercado ao marchar; e, enfim, onde o alojamos, não somente para dar um pouco de descanso pelos esforços passados, mas também para pensar como se deve acabar a guerra, porque nos alojamentos maquinam-se muitas coisas, mormente quando ainda há inimigos em campo e cidadelas suspeitas, das quais é bom salvaguardar-se, e os inimigos, expugnar. Por isso, é necessário fazer essas demonstrações e superar essas dificuldades com a glória com a qual até aqui combatemos. No entanto, descendo aos pormenores, digo que, se acontecesse que muitos homens ou muitos povos fizessem uma coisa que te fosse útil e muito danosa a eles (como seria derrubar entre si as muralhas de suas cidades ou mandar para o exílio muitos dos seus homens), seria necessário ou enganá-los de modo que um nem outro creiam que tenhas algum interesse neles, para que, não se socorrendo um ao outro, possam ser dominados por ti, sem remédio; ou deves dar a todos a mesma ordem no mesmo dia, a fim de que, acreditando cada um que só a ele foi dada a ordem, pense, sem outro remédio, em obedecer, e assim sem tumulto tua ordem será executada. Se suspeitares da lealdade de algum povo e quiseres assegurar-te dela ocupando de surpresa seu território, para poder simular melhor teus propósitos, nada melhor do que comunicares a um deles teu plano, requisitares a ajuda dele e dares mostras de que estás querendo realizar uma outra ação e de que ele não está no horizonte de teus pensamentos; isso fará com que ele não pense em sua defesa, não acreditando que tu penses em atacá-lo, e te dará facilidades para que possas satisfazer teu desejo. Quando pressentires que há no teu exército alguém que tenha avisado o inimigo dos teus planos, não podes fazer melhor, se quiseres valer-se de suas más intenções, que comunicar-lhe coisas que não queres fazer e calar-te sobre as que queres; duvidar das coisas de que não duvidas e esconder aquelas de que duvidas, o que fará o inimigo agir acreditando saber teus planos, donde facilmente poderás enganá-lo e oprimi-lo. Se tu planejares, como fez Cláudio Nero, diminuir teu exército, para mandar socorrer algum aliado, e não quiseres que o inimigo se dê conta disso, é necessário não diminuir os alojamentos, mas manter as insígnias e as ordenação inteiras, acendendo as mesmas fogueiras e mantendo a guarda em todos os pontos. Do mesmo modo, se a teu exército chegarem novos homens, e não quiseres que o inimigo saiba que engrossarás as tuas fileiras, é necessário não aumentar os alojamentos, porque manter secretos as ações e os planos sempre foi muito útil. Donde Metelo,[92]

---

92. Cecílio Metelo, cônsul romano. (N.T.)

estando com seus exércitos na Espanha, ter respondido a um fulano que lhe perguntou sobre o que queria fazer no dia seguinte que, se a sua própria camisa soubesse, ele a queimaria. Marcos Crasso, a um que lhe perguntava quando poria seu exército para marchar, disse: "Acreditas que só tu não ouvirás as trombetas?". Para conhecer os segredos do inimigo e as ordenações dele, alguns mandaram embaixadores e com eles, vestidos de serviçais, homens peritíssimos em guerra, os quais, vendo o exército inimigo e considerando os seus pontos fortes e fracos, deram-lhes a ocasião para derrotá-los. Alguns desterram um de seus familiares e, através dele, conhecem os planos do adversário. Conhecem-se ainda semelhantes segredos dos inimigos quando para isso fazem-se prisioneiros. Mário, na guerra contra os cimbros, para conhecer a fidelidade dos franceses que ainda habitavam a Lombardia e eram aliados dos romanos, enviou-lhes cartas abertas e seladas; nas abertas escreveu para que não se abrissem as seladas senão depois de um certo tempo e antes disso, requisitando-as de volta e encontrando-as abertas, soube que a fidelidade deles não era completa. Alguns capitães, ao serem atacados, não quiseram ir de encontro ao inimigo, mas sim atacar o seu território, obrigando-o a voltar e a defender a sua casa. O que muitas vezes é bem-sucedido, porque os teus soldados começam a vencer, a cumular-se de despojos e confiança, enquanto os inimigos amedrontam-se, parecendo que de vencedores passaram a perdedores. Assim, aquele que fez essa manobra diversionária muitas vezes foi bem-sucedido. Mas isso só pode ser feito por aqueles que possuem terras mais fortificadas do que as do inimigo, caso contrário, perderiam. Frequentemente é coisa útil, a um capitão que se encontra assediado nos alojamentos pelo inimigo, propor um acordo e estabelecer uma trégua por alguns dias, o que torna os inimigos mais negligentes em suas ações, de tal forma que, valendo-se dessa negligência, possas encontrar facilmente a ocasião para bater-se com eles. Por essa via Silas livrou-se dos inimigos duas vezes, e com esse mesmo logro Asdrúbal escapou na Espanha das tropas de Cláudio Nero, que o havia assediado. Vale também, para livrar-se das forças inimigas, fazer qualquer coisa, além das mencionadas, que as mantenha ocupadas. Isso se faz de duas maneiras: ou atacando-as com parte das tropas, a fim de que, entretidas com as escaramuças, haja tranquilidade para o restante de teus homens se salvarem; ou desencadeando algum fato novo que, pela sua novidade, provoque estupefação nelas e por esse motivo hesitem e parem, como sabeis ter feito Aníbal que, acuado por Fábio Máximo, pôs à noite pequenas fagulhas nos chifres dos bois, de tal forma que Fábio, surpreso com a novidade, não pensou em impedir-lhes a passagem. Deve um capitão, em todas as demais ações, com toda arte e engenho, dividir as tropas do inimigo, ou fazendo-o suspeitar dos seus homens de confiança, ou dando-lhe motivos para separar seus homens e, assim, enfraquecê-lo. A primeira maneira se consegue ao preservar os bens de algum aliado do inimigo, como conservar seus homens e suas possessões, restituindo-lhe os filhos ou outros parentes seus sem taxá-los. Sabeis que Aníbal, tendo incendiado todos os campos em volta de Roma, só deixou a salvo os de Fábio Máximo. Sabeis como Coriolano, vindo com o exército para Roma, conservou as possessões dos nobres e queimou e saqueou as da plebe. Metelo, quando guerreava com Jugurta, pedia a todos os embaixadores enviados por Jugurta que o trouxessem preso e, escrevendo a esses mesmos embaixadores depois sobre o mesmo assunto, fez com que, em pouco tempo, Jugurta suspeitasse de todos os seus conselheiros e, de diferentes formas, os eliminou. Quando Aníbal estava refugiado nas terras de Antíoco, os embaixadores romanos frequentavam tanto sua casa que Antíoco, suspeitando dele, não confiou mais em seus conselhos. Quanto a dividir os homens do inimigo, não há modo mais certo do que atacar o seu território a fim de que, sendo obrigados a defendê-lo, abandonem a guerra. Isso fez Fábio, quando as tropas francesas, toscanas, dos úmbrios e samnitas foram ao encontro de seu exército. Tito Dídio tinha menos homens do que os inimigos e esperava uma legião vir de Roma, legião que os inimigos pretendiam combater; para que estes não fossem ao encontro dela, espalhou um boato por todo o seu exército de que iria combater o inimigo no dia seguinte; depois tramou de modo que alguns prisioneiros tivessem oportunidade de escapar, os quais se referiram à ordem do cônsul de combater no dia seguinte e fizeram com que o inimigo, para não enfraquecer sua tropa, desistisse de ir ao encontro da legião; salvou-se com esse ardil, que não serviu para dividir as tropas dos inimigos, mas para duplicar as suas. Alguns, para dividir as forças inimigas, deixaram que elas entrassem em seus territórios e, como prova disso, permitiram que pilhassem muitas terras para que, deixando sentinelas aí, diminuíssem suas forças; assim as enfraqueciam, atacando-as e vencendo-as. Outros, querendo marchar em uma província, fingiram querer atacar a uma outra e usaram tanta indústria que, logo que entraram naquela onde não se esperava que eles entrassem, venceram-na antes que o inimigo tivesse tido tempo de socorrê-la. O teu inimigo, sem saber ao certo se voltarás para o lugar que havias ameaçado antes, é obrigado a não abandonar um local e a socorrer o outro; e assim quase sempre não defende nem um nem outro. Importa a um capitão, além do que já se disse, saber eliminar a sedição ou a discórdia entre seus soldados quando elas aparecem. A melhor maneira é castigar os líderes, mas fazê-lo de modo que tu os castigues antes que eles possam dar-se conta disso. Por exemplo: se estão escondidos, não chames só os inocentes, mas juntes todos para que, não acreditando que a razão disso não seja a punição deles, não se tornem indóceis, mas ensejem a ocasião para a punição. Quando estiverem presentes, deves ser rigoroso com os que não têm culpa e, mediante a ajuda destes, puni-los. Quando houver discórdia entre eles, a melhor coisa é apresentá-los ao perigo, cujo medo sempre os fará reunir-se. Mas aquilo que acima de tudo mantém o exército unido é a reputação do capitão, que se origina somente da sua *virtù*, pois jamais a reputação foi dada pelo sangue ou pela autoridade sem a *virtù*. A primeira coisa que se espera que um capitão faça é punir e pagar os seus soldados, porque, se alguma vez falta o pagamento, convém que cesse a punição, já que tu não podes castigar um soldado que rouba se tu não o pagas, nem ele pode abster-se de roubar caso queira viver. Mas se o pagas e não o punes, faze-o insolente de várias formas, porque tu te tornas pouco estimado, donde se entende que não podes manter a dignidade de sua patente; não a mantendo, seguem-se necessariamente o tumulto e as discórdias que são a ruína de um exército. Os antigos capitães sofriam de um mal de que os capitães de hoje estão quase livres: interpretar a seu favor os maus augúrios. Se um raio caísse sobre o exército, se o sol ou a lua escurecessem, se vinha um terremoto, se o capitão caísse ao montar ou apear do cavalo, isso era interpretado pelos soldados funestamente e provocava tanto medo neles que, ao ir à batalha, facilmente a perdiam. Por isso os antigos capitães, assim que um evento desses aparecia, ou eles mostravam sua causa e o reduziam a uma motivação natural, ou eles o interpretavam a seu favor. César, ao cair na África quando desembarcava do navio, disse: "África, eu te apanhei". Muitos explicaram a razão do escurecimento da lua e da ação dos terremotos, algo que não pode acontecer nos dias de hoje, seja porque os nossos homens não são tão supersticiosos, seja porque a nossa religião remove todas essas opiniões de dentro de nós. Mas, caso ocorra, devem-se imitar os antigos. Quando ou a fome ou outra necessidade natural ou uma paixão humana tenham conduzido o teu inimigo a uma última cartada, e açulado por elas venha a combater contigo, deves permanecer em teus alojamentos e, na medida do possível, fugir das escaramuças. Assim fizeram os lacedemônios contra os messênios; César, contra Afrânio e Petreio.[93] Quando o cônsul Fúlvio combatia os cimbros, fez sua cavalaria atacar os inimigos por vários dias e considerou como eles saíam dos alojamentos para segui-los, de sorte que armou uma emboscada atrás dos alojamentos dos cimbros e, atacando-os com os cavalos e os cimbros saindo dos alojamentos para segui-los, Fúlvio ocupou-os e os saqueou.[94] É de grande utilidade a qualquer capitão, estando com o exército próximo ao do inimigo,

---

93. Ver *De bello gallico*, I, 81-83. (N.T.)
94. Quinto Fúlvio Flaco conduziu em 181 a.C. seu exército contra os celtíberos, e não contra os cimbros. (N.T.)

mandar seus homens com as insígnias inimigas pilharem e queimarem o seu próprio território, o que faz os inimigos acreditarem que sejam homens vindos em seu auxílio e correrem para ajudá-los no saque, e assim se desordenam e dão oportunidade ao adversário de vencê-los. Esse expediente foi usado por Alexandre do Epiro quando combateu os ilíricos, e pelo siracusano Léptines contra os cartagineses, e tanto um como o outro realizaram seu plano facilmente. Muitos venceram o inimigo dando a ele a possibilidade de comer e beber desmesuradamente, simulando ter medo e deixando os seus alojamentos repletos de vinho e gado, com os quais o inimigo se empanzinou, sendo então atacado e vencido. Assim agiram Tômiris contra Ciro e Tibério Graco contra os espanhóis. Alguns envenenaram os vinhos e a comida para poderem vencer mais facilmente. Há pouco eu disse que não encontrei entre os antigos o uso de sentinelas à noite e avaliava que assim o fizessem para evitar os males que poderiam advir disso, pois se sabe que as sentinelas enviadas para espreitar o inimigo foram a razão da ruína daqueles que as mandaram ali, porque muitas vezes aconteceu que, ao serem presas, fossem forçadas a fazer o sinal com que chama os seus os quais, obedecendo ao sinal, foram mortos ou capturados. Para enganar o inimigo, é útil variar algumas vezes um hábito teu, porque, ao guiar-se por ele, o inimigo acaba derrotado, como uma vez certo capitão que, acostumado a sinalizar a chegada dos inimigos ateando fogo à noite e fazendo fumaça de dia, ordenou a seus homens que fizessem fumaça e fogo continuamente e depois, ao chegar o inimigo, cessassem; este, acreditando que chegava sem ser visto, sem ver sinais de ter sido descoberto, tornou mais fácil a vitória para seu inimigo por chegar desordenadamente. Mêmnon de Rodes, querendo arrancar dos lugares fortificados o exército inimigo, mandou um homem disfarçado de fugitivo, que afirmava que seu exército estava amotinado e que a maioria dos homens havia partido; para dar credibilidade à trama, Mêmnon promoveu alguns tumultos em seus alojamentos, donde o inimigo, achando poder vencê-lo, atacou-o e foi derrotado. Deve-se, além do que foi dito, ter o cuidado de não conduzir o inimigo ao desespero extremo; cuidado que teve César ao combater os alemães: ao ver que a necessidade os deixaria mais vigorosos, caso não pudessem fugir, abriu-lhes caminho; com isso, desejou muito mais o esforço em segui-los, enquanto eles fugiam, do que o perigo de vencê-los, enquanto se defendiam. Lúculo, ao ver que alguns cavaleiros macedônios que estavam consigo passavam para as fileiras inimigas, mandou de repente soar o sinal de batalha e mandou seus homens segui-los, donde os inimigos, acreditando que Lúculo quisesse iniciar as escaramuças, foram de encontro aos macedônios com tal ímpeto que estes foram obrigados a se defender; assim, contra a sua vontade, de fugitivos viraram combatentes. É importante também saber assegurar-te da lealdade de uma cidadela quando duvidares da sua lealdade, vencida a batalha ou antes disso, o que te ensinarão alguns exemplos dos antigos. Pompeu, duvidando dos habitantes da Catânia, pediu-lhes que aceitassem de bom grado alguns feridos de seu exército e, mandando homens fortíssimos disfarçados de doentes, ocupou a cidadela. Públio Valério, receoso da fidelidade dos habitantes de Epidauro, fez rezar, como diríamos nós, uma indulgência em uma igreja fora da cidadela e, quando todo o povo havia chegado, cerrou as portas e depois não recebeu dentro da cidade senão aqueles em quem confiava. Alexandre Magno, querendo ir para a Ásia e assegurar a posse da Trácia, levou consigo todos os príncipes daquela província, dando provisões a eles e, à plebe da Trácia, deixou homens vis; assim deixou os príncipes contentes, pagando-os, e a plebe quieta, sem a presença dos chefes incomodando-lhes. Mas entre todas as coisas com as quais os capitães convencem os povos estão os exemplos de castidade e justiça, como foi o de Cipião na Espanha, quando ele devolveu aquela garota com um corpo belíssimo ao pai e ao marido, atitude que foi mais útil para ganhar da Espanha que as armas. César, ao pagar a madeira que ele usou para fazer as estacas em torno de seu exército na França, granjeou tal fama de justo que isso ajudou-o a conquistar aquela província. Não sei o que resta ainda para falar além dos eventos descritos, nem se nos resta sobre esse assunto alguma parte que não tenha sido por nós discutida. Só nos falta falar do modo de expugnar e defender as cidadelas, o que estou para fazê-lo com prazer, caso já não vos aborreça.

BATISTA: Vossa generosidade é tanta que nos permite satisfazer nossos desejos sem que temamos ser tomados como presunçosos, pois vós livremente nos ofereceis aquilo que teríamos vergonha de perguntar-vos. Por isso é que vos dizemos somente isto: para nós não podeis fazer maior nem mais agradável favor do que completar sua exposição. Mas antes que passeis para esse outro assunto, solucionai-me uma dúvida: se é melhor continuar a guerra também no inverno, como se faz hoje, ou é melhor fazê-la só no verão e rumar para os quartéis como faziam os antigos.

FABRIZIO: Ora, se não fosse a prudência do indagador ia ficando para trás uma parte que merece ser considerada. Novamente vos digo que os antigos faziam cada coisa melhor e com mais prudência do que nós e que, se nas outras coisas cometem-se certos erros, nas coisas da guerra cometem-se todos. Não há nada mais imprudente ou mais perigoso para um capitão do que fazer a guerra no inverno, quando corre muito mais perigo do que aquele que a aguarda. Por esta razão: toda a indústria que se usa na disciplina militar emprega-se para ordenares a batalha contra teu inimigo, porque este é o fim que um capitão deve buscar, pois a batalha faz vitoriosa ou perdida a guerra. Quem sabe então melhor ordená-la, quem tem o exército mais disciplinado, leva mais vantagem nela e tem mais chances de vencê-la. Por outro lado, não há coisa mais adversa às ordenações do que os lugares acidentados e o tempo frio e úmido, porque o lugar acidentado não te deixa espraiar teus homens de forma disciplinada, e os climas frio e úmido não te deixam reunir os homens, nem podes unido apresentar teu exército ao inimigo, pois convém pela necessidade alojá-los separados e sem ordenação, tendo de obedecer aos castelões, aos burgos e às residências que te receberem, de maneira que todo o esforço que usaste para disciplinar teu exército é vão. Nem vos admireis se hoje guerreia-se no inverno, porque, sendo os exércitos indisciplinados, não vejo dano algum em alojá-los separadamente, porque não lhes aborrece não poder manter as ordenações e observar a disciplina que não conhecem. Então, eles deveriam ver quantos danos acampar durante o inverno provocam e recordar-se de como os franceses, em 1503, foram derrotados por ele às margens do Garigliano e não pelos espanhóis. Como vos disse, quem ataca está em maior desvantagem, porque o mau tempo castiga mais quem está na casa alheia e quer combater; donde a necessidade de os homens suportarem o desconforto da umidade e do frio caso mantenham-se juntos, ou de se separarem caso queiram fugir dessas intempéries. Mas aquele que espera pode escolher o lugar a seu modo e aguardar a batalha com seus homens descansados, que podem de repente reunir-se e ir atrás de uma facção inimiga, a qual pode não resistir a esse ataque. Assim foram derrotados os franceses e assim sempre serão derrotados aqueles que atacarem no inverno um inimigo que seja prudente. Quem deseja que as forças, as ordenações, as disciplinas e a *virtù* nada lhe valham em algum lugar faça a guerra no campo durante o inverno. E os romanos, porque queriam valer-se de todas essas coisas em que eles punham tanta indústria, igualmente fugiam do inverno, das montanhas acidentadas, dos lugares difíceis ou de qualquer outra coisa que lhes impedisse de poder mostrar a sua arte e a sua *virtù*. Assim sendo, isso basta para responder à vossa pergunta e vamos tratar da defesa e do ataque às cidadelas, bem como das posições destas e da sua construção.

LIVRO SÉTIMO

Deveis saber como as cidadelas e as fortalezas podem ser fortes natural ou industriosamente. Por natureza, são fortes as que são circundadas por rios ou pântanos, como as de Mântua e Ferrara, ou que estão em cima de escolhos ou monte íngremes, como as de Mônaco e Santo Leo, pois as que estão em cima dos montes que não são muito difíceis de subir são hoje, por causa da artilharia e das minas, fragilíssimas. Por isso hoje se procura, na maioria das vezes, um lugar plano para construí-las, para torná-las fortes com a indústria. A primeira indústria é fazer as muralhas retorcidas e cheias de saliências e de reentrâncias, o que evita que o inimigo aproxime-se delas, podendo facilmente se ferir não apenas pela frente, mas também pelos flancos. Se as muralhas são construídas muito altas, ficam muito expostas aos disparos da artilharia; baixas, tornam-se fáceis de ser escaladas. Se tu cavas fossos diante delas para dificultar o uso de escadas, acontece de o inimigo enchê-los (algo que um exército numeroso faz com facilidade) e a muralha torna-se presa do inimigo. Acho, portanto, salvo sempre melhor juízo, que, para querer prevenir-se deste e daquele inconveniente, deve-se construir muralhas altas e com fossos do lado de dentro e de fora. Essa é a forma mais fortificada de se construir que há, porque assim se está protegido tanto da artilharia quanto das escadas e dificulta-se ao inimigo o enchimento do fosso. Deve então ter a muralha a maior altura que se conseguir subi-la e, de largura, não menos do que três braços para ser mais difícil derrubá-la. A cada duzentos braços devem ser colocadas torres, o fosso interno deve ter pelo menos trinta braços de largura e doze de fundura; e toda a terra cavada para fazer o fosso deve ser jogada em direção à cidade e sustentar uma muralha que comece do fundo do fosso e suba até a altura suficiente para cobrir um homem atrás dela, o que tornará o fosso mais profundo. No fundo deste, a cada duzentos braços, é preciso construir uma casamata que, com a artilharia, ataque qualquer um que desça por ele. A artilharia pesada que defende a cidade é colocada atrás da muralha que tapa o fosso, porque, para defender a frente da muralha, sendo alta, não é possível usar comodamente mais do que canhões pequenos ou médios. Se o inimigo põe-se a escalar, a altura da primeira muralha te protege facilmente. Se ataca com a artilharia, tem primeiro que derrubar a primeira muralha e, caindo esta, caem os seus destroços (porque a natureza de todas as baterias é derrubar o muro do lado que a atingem), os quais, não havendo fosso exterior que os receba e os esconda, duplicam a profundidade do fosso interno, de modo que não é possível ir adiante, e o inimigo fica detido pelos escombros, impedido pelo fosso e, decerto, morto pela artilharia inimiga postada no alto da muralha do fosso. Só há um remédio para isso: encher o fosso, o que é dificílimo, seja porque a sua capacidade é grande, seja porque é difícil aproximar-se dele, em razão das saliências e reentrâncias da muralha, através das quais, pelas razões mencionadas, só com muita dificuldade se atravessa. Além disso, é muito penoso subir com os destroços pelos escombros, de sorte que uma cidade assim ordenada é para mim totalmente inexpugnável.

BATISTA: Mas se houvesse também, além do fosso interno, um fosso externo, a cidade não ficaria mais fortificada?

FABRIZIO: Sem dúvida alguma, mas o que eu disse é que, no caso de se construir um fosso só, é melhor construí-lo dentro do que fora.

BATISTA: Gostaríeis que houvesse água nos fossos ou os preferiríeis secos?

Fabrizio: São muitas as opiniões, porque os fossos cheios de água protegem das minas subterrâneas; sem água, tornam-se mais difíceis de serem enchidos. No entanto, tendo considerado tudo isso, eu os deixaria sem água, porque são mais seguros; além disso, já se viu durante o inverno congelarem-se os fossos e facilitar a expugnação de uma cidade, como aconteceu em Mirandola, quando o Papa Júlio II a assediava.[95] E, para me proteger da minas, cavá-los-ia bem fundo a ponto de alguém, ao desejar afundá-lo mais, aí encontrasse água. Quanto aos fossos e às muralhas, também construiria as fortalezas do mesmo modo, para que elas fossem igualmente difíceis de serem expugnadas. Há uma coisa que faço questão de lembrar àqueles que defendem as cidades: não construam bastiões do lado de fora e distantes das muralhas das cidades; e àqueles que constroem as fortalezas: não façam reduto algum no qual possam refugiar-se os cidadãos, derrubada a primeira muralha. O que me leva a dar o primeiro conselho é que ninguém deve fazer algo mediante o qual te leve sem remédio a perder a tua reputação inicial, a qual, perdida, faz serem menos estimadas as tuas outras ordens, além de arrefecer o ânimo daqueles que te defendem. E sempre acontecerá isso que digo quando tu construíres bastiões fora da cidadela que a ti cabe defender, porque sempre os perderias, pois não se podem defender as coisas pequenas hoje quando são submetidas ao furor da artilharia, de modo que, perdendo-as, são o princípio e a razão de tua derrota. Gênova, quando se rebelou contra o rei Luís da França, construiu alguns bastiões naquelas colinas que existem em torno dela, os quais, como foram perdidos (e rapidamente foram perdidos), fez-se perder também a cidade.[96] Quanto ao segundo conselho, afirmo que não há nada mais perigoso para uma fortaleza do que possuir redutos onde se possa refugiar, porque a esperança de salvar-se faz com que os homens abandonem um lugar, que acaba perdido; e perdido isso, perde-se toda a fortaleza. Como exemplo recente,

---

95. Em 1511. (N.T.)
96. Em 1507. (N.T.)

temos a perda da fortaleza de Forli, quando a condessa Catarina[97] a defendia de César Bórgia, filho do Papa Alexandre VI, que havia conduzido até ali o exército do rei da França. Essa fortaleza estava repleta de redutos dos quais se saía de um para o outro, porque ali havia antes a cidadela, e entre esta e a fortaleza havia um fosso, de modo que se atravessava ali por uma ponte elevadiça; a fortaleza era dividida em três partes, e cada parte era separada uma da outra por fossos e água, e atravessava-se de um lugar a outro pela ponte. Donde o duque de Valentino atingiu com a artilharia uma dessas partes da fortaleza e abriu um buraco na muralha; que Giovanni de Casale, que era preposto daquela sentinela, nem sequer pensou em defender a brecha que se abriu, mas a abandonou para retirar-se para um outro reduto; assim, os homens do duque entraram sem confronto nessa parte e logo a tomaram completamente, porque tornaram-se senhores da ponte que ligava uma seção à outra. Perdera-se assim essa fortaleza, que era tida como inexpugnável, por dois erros: um, por existirem tantos redutos; outro, porque nenhum desses redutos era senhor das suas pontes. Trouxe, então, a má edificação da fortaleza e a pouca prudência de quem a defendia a vergonha para a magnânima empresa da condessa, que teve coragem para esperar um exército que nem o rei de Nápoles nem o duque de Milão esperaram. Embora seus esforços não tenham levado a um bom fim, isso lhe restituiu a honra de que sua *virtù* era merecedora, o que foi atestado por muitos epigramas escritos em sua homenagem naquele tempo. Se fosse, portanto, construir fortalezas, eu as faria com muralhas robustas e com fossos, tal como falamos, e construiria por dentro nada além de casas para se morar, e as faria frágeis e baixas de modo que elas não impedissem, a quem estivesse no centro da praça, a visão de todas as muralhas, a fim de que o capitão pudesse ver sem dificuldade onde tivesse de acudir e de que cada um percebesse que, perdidas as muralhas e o fosso, perdia-se a fortaleza. Quando porventura construísse algum reduto, eu distribuiria as pontes de tal modo que cada parte tivesse um

---

97. Ver *O príncipe*, III. (N.T.)

senhor das pontes do seu lado e que estas se apoiassem em pilastras fincadas no meio do fosso.

Batista: Dissestes que hoje as coisas pequenas não podem ser defendidas, mas me pareceu ter entendido o contrário, ou seja, que quanto menor era uma coisa, melhor se a defendia.

Fabrizio: Não entendestes bem, porque hoje não se pode chamar de forte o lugar onde quem o defende não tem espaço para retirar-se com novos fossos e com novos refúgios, porque a fúria da artilharia é tanta que aquele que se fia na proteção de uma muralha e de um refúgio apenas se engana, porque os bastiões, para que não ultrapassem a medida costumeira deles (senão seriam cidadelas e castelos), não se constroem de forma a permitir a retirada e logo se perdem. É então sábio deixar esses bastiões para fora e fortificar as entradas das cidadelas e cobrir as portas com revelins, de modo que não se entre nem se saia pela porta em linha reta e que, do revelim até a porta, haja um fosso com uma ponte. Deve-se fortificar também as portas com as corredoras, para que seus homens se enfiem aí dentro quando os inimigos que combatem lá fora porventura forem a seu encalço e evitar que estes entrem misturados àqueles. Por isso há essas corredoras, que os antigos chamavam de *cateratte*[98], as quais, quando descidas, excluíam os inimigos e salvavam os aliados, porque nesse caso não é possível valer-se nem de pontes nem da porta quando ambas estão ocupadas pela turba.

Batista: Vi essas corredoras que mencionais serem feitas na Alemanha com sarrafos em forma de uma grelha de ferro e as nossas de tábuas maciças. Desejaria entender de onde vem essa diferença e quais são as mais resistentes.

Fabrizio: Novamente vos digo que os modos e as ordenações da guerra no mundo todo, tendo em vista os modos e as

---

98. *Cateratte*, na Idade Média e no Renascimento, eram portões de castelos ou cidadelas constituídos de uma grade de ferro ou de pesadas vigas, que eram abaixadas e erguidas mediante um sistema de correntes ou cordas corrediças (ver De Mauro, op. cit.). (N.T.)

ordenações dos antigos, desapareceram, mas na Itália estão totalmente perdidos, e se existe exemplo mais altivo ele vem dos cisalpinos. Deveis ter percebido, e todos os demais devem se recordar disso, com que fragilidade eram construídas as fortificações antes que o rei Carlos da França atravessasse a Itália em 1494. As ameias eram estreitas, com meio braço, as seteiras e as bombardas tinham a abertura exterior estreita e por dentro era larga, além de muitos outros defeitos que, para não vos aborrecer, eu os deixarei de lado. De ameias tão estreitas facilmente se derrubam as defesas, e as bombardas construídas desse modo facilmente se abrem. Hoje, por causa dos franceses, aprendeu-se a construir ameias largas e grossas, como também as bombardas fazem-nas largas na parte de dentro, afinando-se até a metade da muralha e depois, novamente, alargam-se até a face exterior, o que faz com que a artilharia se canse para derrubar as defesas. Os franceses têm, portanto, muitas ordenações como estas, que, por não serem vistas pelos nossos, não são levadas em consideração. Entre elas está esse uso das corredoras gradeadas, que é muito melhor do que as vossas, porque se tendes por proteção de uma porta uma corredora maciça como a vossa, ao descê-la, vós vos encerrais dentro dela e não podeis através dela molestar o inimigo, de tal forma que este, com machados ou fogo, pode atacá-la com segurança. Mas se ela é feita com grades, podeis, depois de baixá-la, através das redes e dos intervalos defendê-la com lanças, flechas e com qualquer outro gênero de armas.

Batista: Vi na Itália outro costume cisalpino, o de fabricar os carros da artilharia com os raios das rodas entortados na direção dos eixos. Gostaria de saber por que eles as dispõem assim, pois tenho a impressão de serem mais fortes retos, como os raios de nossas rodas.

Fabrizio: Jamais acrediteis que as coisas que se produzem pelos modos ordenados sejam feitas ao acaso, e se acreditásseis que os fizeram assim para deixá-los mais belos, erraríeis, porque onde é necessária a fortaleza, não se olha para a beleza, mas tudo se faz para que sejam mais seguros e mais robustos que os vossos. A razão é esta: o carro, quando está carregado, ou anda equilibradamente ou pende à esquerda ou à direita. Quando anda equilibrado, as rodas sustentam o peso igualmente, que estando dividido igualmente entre elas, não as sobrecarrega muito; porém, se pende para um lado, acontece de todo o peso do carro ficar em cima da roda sobre a qual ele pende. Se seus raios são retos, eles podem romper-se facilmente, porque, ao pender a roda, os raios também pendem e não sustentam o peso em linha reta. E assim, quando o carro anda equilibrado, e sobre os raios há menos peso, estes tornam-se mais fortes; quando o carro anda torto, sobrecarregando-os com mais peso, eles ficam mais frágeis. Acontece justo o contrário com os raios tortos dos carros franceses, porque quando o carro, ao pender para um lado, pesa sobre eles, estes por serem tortos ficam então retos, a ponto de sustentar vigorosamente todo o peso; e quando o carro anda equilibradamente, os raios tortos sustentam a metade do peso. Mas voltemos para as nossas cidades e fortalezas. Os franceses costumam também, para garantir maior segurança das portas das suas cidadelas, e para poder mais facilmente colocar e tirar os homens dela durante os assédios, além das coisas já ditas, adotar uma outra ordenação, a qual não vi ainda na Itália nenhum exemplo: erguem da ponta de fora da ponte elevadiça duas pilastras e sobre cada uma delas penduram uma trave, de modo que a metade delas fica sobre a ponte, metade fora. Depois, toda aquela parte que está fora juntam-na com ripas, que tecem de uma trave a outra à guisa de grade, e da parte de dentro amarram à ponta de cada trave uma corrente. Quando querem fechar a ponte pela parte de fora, eles afrouxam as correntes e deixam cair toda a parte gradeada, que, abaixando-se, fecha a ponte; e, quando querem abri-la, puxam as correntes, e a parte gradeada levanta-se e pode-se alçá-la o bastante para que por ela passe por baixo tanto um homem mas não um cavalo quanto um homem a cavalo e fechá-la também totalmente, pois pode ser abaixada e levantada como uma prancha para ameia. Essa ordenação é mais segura do que as corredoras, porque dificilmente o inimigo pode impedi-la de ser baixada, pois não cai em linha reta como a corredora, que pode ser erguida facilmente. Aqueles que querem construir uma cidade devem ordenar de acordo com o que foi dito; ademais, seria desejável, ao menos uma milha em torno das muralhas, que não se permitisse nem cultivar, nem construir, mas fosse todo o campo um lugar onde não houvesse nem mata, nem obstáculos, nem árvores, nem casa que impedissem a visão e que dessem cobertura ao inimigo interessado em sitiá-la. Notais que uma cidadela que tenha os fossos externos com os parapeitos mais altos do que o terreno é fragilíssima, porque os parapeitos protegem o inimigo que te ataca e não os impedem de te molestar, pois facilmente podem abrir-se e dar espaço à sua artilharia. Mas passemos para dentro da cidadela. Não quero perder muito tempo mostrando a vós como, além do que já se disse, convém ter munições para viver e combater, porque são coisas que todos entendem e que sem elas todas as demais providências são vãs. Geralmente duas coisas devem ser feitas: prover a si e dificultar ao inimigo de se valer das coisas de teu território. Por isso, o feno, o rebanho, o trigo que não puderes guardar dentro de casa devem ser destruídos. Quem defende uma cidadela também deve providenciar que nada se faça tumultuada e desordenadamente e fazer com que tudo se arranje de tal modo que todos saibam o que fazer em cada situação. O modo é este: as mulheres, os velhos, as crianças e os fracos ficam em casa e deixam a cidadela livre para os jovens e fortes; estes, armados, devem ser distribuídos para a defesa, indo parte deles para as muralhas, parte para os porões, parte para os principais sítios da cidade, para remediar os inconvenientes que puderem surgir dentro dela; uma outra parte não deve ser obrigada a fixar-se em lugar algum, mas sim ser aparelhada para socorrer a todos, tendo-se necessidade disso. Estando as coisas assim ordenadas, muito dificilmente acontecerão tumultos que te desordenem Ainda quero chamar vossa atenção para isto no ataque e na defesa das cidades: nada dá tanta esperança ao inimigo de poder ocupar uma cidadela do que saber que esta não está acostumada a ver o inimigo, porque muitas vezes, tão somente por medo, sem outra prova de força, as cidades caem. Por isso, quando se ataca uma cidade assim, deve-se tornar todos seus aparatos amedrontadores. Do lado de quem é atacado, deve-se colocar na frente, onde o inimigo combate, homens corajosos, que não se espantem com a opinião, mas com as armas, porque se a primeira tentativa for vã, a coragem dos assediados cresce e daí em diante o inimigo é forçado a superar quem está dentro com a *virtù* e não com a reputação. Os instrumentos com os quais os antigos defendiam as cidadelas eram muitos, como balistas, onagros, escorpiões,[99] arcubalistas, fundíbulos, fundas e também havia muitos com os quais eles as atacavam, como aríetes, torres, manteletes, plúteos, víneas,[100] foices, tartarugas.[101] Hoje, no lugar de todas essas armas, existe a artilharia, usada por quem defende e ataca, e, por esse motivo, não falarei mais sobre isso. Mas voltemos à nossa exposição e tratemos dos ataques particulares. É preciso ter cuidado de não ser apanhado pela fome e de não ser fragilizado por ataques. Quanto à fome, foi dito que é preciso, antes que o assédio chegue, estar bem-munido de viveres. Mas quando eles faltam por causa do prolongamento do assédio, já se viu algumas vezes formas extraordinárias de se prover dos aliados que desejam te salvar, mormente quando pelo meio da cidade sitiada corre um rio, como fizeram os romanos quando a fortaleza Casalino foi atacada por Aníbal; não podendo enviar nada além disso pelo rio, os aliados jogaram nele uma grande quantidade de nozes, que, levadas pelo rio sem que nada as pudesse impedir, alimentaram por muito tempo os moradores de Casalino.[102] Alguns sitiados, para mostrarem ao inimigo que lhes sobra trigo e para fazê-lo perder as esperanças de serem rendidos pela fome, jogaram pão do outro lado das muralhas, ou deram trigo a um novilho e depois deixaram-no ser apanhado pelo

---

99. Armas de lançamento usadas pelos romanos para atirar dardos. (N.T.)
100. Máquina de guerra em forma de túnel, coberto de caniços e couro, apoiada sobre rodas, na qual os assediantes aproximavam-se das muralhas. (N.T.)
101. Máquina de guerra para assediar o inimigo, feita de um teto móvel para proteger dos ataques junto às muralhas. (N.T.)
102. Ver Tito Lívio, op. cit., XXIII, 10. (N.T.)

inimigo, para que visse, ao matá-lo, estar cheio de trigo, exibindo assim uma abundância que não tinham. Do lado contrário, capitães excelentes lançaram mão de várias táticas para privar o inimigo de alimento. Fábio deixou os habitantes da Campânia semear seus grãos para que lhes faltasse o grão que haviam semeado.[103] Dionísio,[104] ao assediar Reggio, fingiu querer um acordo com seus habitantes e, durante as tratativas, fez com que o abastecessem de víveres; então, quando ficaram sem grãos, sufocou-os e matou-os de fome. Alexandre Magno, querendo expugnar Leucádia, expugnou todos os castelos ao redor, levando seus moradores a se refugiarem lá e assim, juntando-se tal multidão, venceu-os pela fome.[105] Quanto aos assédios, já se disse que se deve conter o primeiro ataque, assim os romanos ocuparam muitas cidadelas várias vezes, atacando-as de repente e por todos os lados, chamando isso de *Aggredi urbem corona*;[106] como fez Cipião quando ocupou Nova Cartago na Espanha.[107] Quem a tal ataque resiste dificilmente será superado depois. E acaso acontecesse de o inimigo ter entrado na cidade por ter derrubado as muralhas, ainda assim os habitantes tinham um remédio caso não se entreguem, porque muitos exércitos, depois que invadiram uma cidadela, foram detidos ou rechaçados ou mortos. O remédio consiste em que os habitantes se mantenham nos lugares altos e ataquem o inimigo das casas e torres. Diante disso, aqueles que entraram nas cidades fazendo uso do engenho podem vencer de dois modos: abrindo os portões da cidade e deixando um caminho seguro para os vilões poderem fugir; ou espalhando uma ordem em alto e bom som de que não serão molestados senão os homens armados e quem depuser as armas será

---

103. Ver Tito Lívio, op. cit., XXIII, 46. (N.T.)

104. Tirano de Siracusa. (N.T.)

105. Ver *Discorsi*, II, 31.

106. Nos *Discorsi* (Livro II, 32), Maquiavel explica assim esta manobra de guerra: "(...) o que eles chamavam de *Aggredi urbem corona*, porque cercavam a cidade com todo o exército e por todos os lados a atacavam (...)". (*Tutte le opere*. Firenze: Sansoni, 1971, p. 257). (N.T.)

107. Atual Cartagena, foi ocupada em 210 a.C. (N.T.)

poupado. Assim se conseguiu facilmente a vitória em muitas cidades. São fáceis, além disso, de expugnar as cidades se tu caíres sobre elas subitamente, o que se faz mantendo o exército distante, de modo que não se acredite que tu queiras atacar, ou que tu possas fazê-lo sem que se note sua presença por causa da distância em que estás. Se tu os atacares secreta e diligentemente, quase sempre acontecerá de obteres a vitória. Falo com má vontade das coisas que acontecem em nossos dias porque teria o ônus de falar de mim e dos meus, mas dos outros eu não saberia o que dizer. No entanto, não posso a esse propósito deixar de aludir ao exemplo de César Bórgia, o duque Valentino: encontrando-se em Nocera com seus homens, fingindo ir atacar Camerino, deu meia-volta em direção ao estado de Urbino[108] e o ocupou em um dia e sem esforço algum, algo que outro não teria ocupado a não ser com muito mais tempo e despesas. Convém ainda àqueles que estão sitiados defender-se dos logros e das astúcias do inimigo, por isso os sitiados não devem confiar em algo que veem o inimigo fazer continuamente, mas sim acreditar que ele esteja logrando-os e possa mudar para dano deles. Domício Calvino, assediando uma cidadela, criou o hábito de rodear todos os dias, com boa parte de seus homens, as suas muralhas. Os habitantes, por acreditarem que fosse mero exercício, relaxaram as guardas, do que se deu conta Dionísio, que a atacou e a expugnou. Alguns capitães, ao pressentirem que estava para chegar ajuda aos sitiados, vestiram seus soldados com as insígnias daqueles que estavam por vir e assim introduziram-se na cidadela e a ocuparam. O ateniense Cimon pôs fogo à noite num templo que ficava fora da cidadela, para a qual os habitantes correram a fim de socorrê-la, deixando a cidadela nas mãos do inimigo. Alguns mataram os sacomãos que saíam do castelo assediado e, com as roupas destes, vestiram seus soldados, que mais tarde entregaram-lhes a cidadela. Os antigos capitães usaram também outros meios para espoliar as guardas das cidadelas que desejavam pilhar. Cipião, estando na África e

---

108. Em 1502. Ver, entre outros de F. Guicciardini, *História da Itália*, v, 3.

querendo ocupar alguns castelos nos quais haviam sido colocadas guardas cartaginesas, fingiu muitas vezes querer atacá-los, mas depois, por medo, não somente se abstinha de fazê-lo como também distanciava-se deles, o que Aníbal acreditou ser verdade; assim, pôs-se a segui-lo com toda força e, para poder oprimi-lo mais facilmente, trouxe todas as guardas consigo. Sabendo disso, Cipião mandou seu capitão Masinissa expugnar os castelos.[109] Pirro, combatendo na Esclavônia,[110] numa das cidades mais importantes daquele lugar, onde havia muitos homens nas guardas, fingiu ter desistido de expugná-la e voltou-se para outros lugares, o que fez as guardas irem ao socorro deles, esvaziando a cidade, que se tornou fácil de ser tomada. Muitos corrompem as águas e desviam rios para saquear as cidadelas, mesmo que depois não o consigam. É fácil também fazer os assediados se renderem assustando-os com boatos sobre uma vitória anterior ou sobre novos reforços que estão chegando para desfavorecê-los. Os antigos capitães procuraram ocupar as cidadelas por meio da traição, corrompendo alguém de dentro, mas o fizeram de vários modos. Um mandou um dos seus para, sob a pecha de fugitivo, granjear autoridade e fé dos inimigos, que depois as utiliza em benefício próprio. Um conheceu por esse meio os modos das guardas e, mediante as notícias que recebeu, tomou a cidadela. Outro ainda impediu com um carro e com vigas, sob uma alegação qualquer, a porta de ser fechada e assim tornou fácil a entrada do inimigo. Aníbal persuadiu um homem a lhe entregar um castelo romano:[111] este fingiu ir caçar à noite, temendo andar de dia por causa dos inimigos, e, voltando mais tarde com a caça, enfiou consigo alguns dos homens de Aníbal, que, matando a guarda, abriram-lhe a porta. Enganas também os sitiados tirando-os da cidadela e fazendo-os se distanciarem dela, mostrando que foges ao ser atacados por eles. Muitos,

---

109. Na segunda Guerra Púnica, travada em 202 a.C. (N.T.)

110. Antigo nome que se dava às regiões que hoje abarcam os Bálcãs, além de territórios da Itália e da Áustria. (N.T.)

111. Taranto, durante a segunda Guerra Púnica. Ver Tito Lívio, op. cit., xxv, 8-9. (N.T.)

entre os quais Aníbal, fizeram mais do que isso, deixando tomar seus alojamentos para ter ocasião de misturar-se aos inimigos e tomar sua cidadela. Enganas também ao fingir partir, como fez o ateniense Fórmion, que, tendo pilhado as terras da Calcídica, recebeu mais tarde os seus embaixadores, enchendo sua cidade de segurança e de boas promessas perante as quais, como homens pouco cautelosos, foram pouco depois oprimidos por Fórmion. Entre os seus homens, os assediados devem defender-se daqueles de que suspeitam: por vezes costumam assegurarem-se de sua lealdade disso com o mérito, fora o castigo. Marcelo,[112] sabendo como Lúcio Bâncio Nolano tendia a favorecer Aníbal, foi tão generoso e liberal com ele que de inimigo passou a grande amigo. Os assediados devem ser mais diligentes com as guardas quando o inimigo está distante do que quando este está perto e devem defender melhor os lugares onde pensam que serão menos atacados, porque perderam muitas cidadelas atacadas pelo inimigo por aquela parte onde não se acreditavam ser atacados. Esse erro surge por dois motivos: ou por ser o lugar fortificado e se acreditar que seja inacessível; ou por arte do inimigo em atacá-las, por um lado, simulando muito barulho e, pelo outro, estando silenciosos, a atacar de fato. Portanto, os assediados devem ter bastante cuidado com isso, a toda hora, e sobretudo à noite constituir uma boa guarda nas muralhas; e não somente com homens, mas também com cães, treinados e ferozes, que, com o faro, descubram o inimigo e, latindo, o anunciem. Além dos cães, já se viu gansos salvarem uma cidade, como aconteceu com os romanos quando os franceses assediavam o Capitólio. Alcibíades, para certificar-se de que as guardas vigiavam quando Atenas era assediada pelos espartanos, mandou que todas as guardas, quando à noite ele erguesse uma luz, erguessem uma também, castigando quem não lhe obedecesse. O ateniense Ifícrates matou um guarda que dormia e disse que o havia deixado tal como ele o encontrara. Muitos dos que são assediados têm vários modos de avisar os amigos. Para não enviar mensa-

---

112. Marcos Cláudio Marcelo. Sobre esse episódio, ver Tito Lívio, op. cit., xxv, 8-8. (N.T.).

gens de viva voz, escrevem cartas cifradas e as escondem de várias formas: as cifras escrevem-se de acordo com a vontade de quem manda, o modo de escondê-las varia. Houve quem escreveu no forro da bainha da espada; outros enfiaram a carta na massa do pão, depois o assaram e o deram para o seu portador como se fosse seu alimento. Alguns as colocaram nos lugares mais secretos do corpo. Outros, na coleira de um cão acostumado com o mensageiro. Alguns escreveram coisas corriqueiras em uma carta e, em seguida, nas entrelinhas, escreveram com água; depois, ao se molhar e aquecer o papel, aparecem as letras. Esse modo é astuciosamente empregado nos dias de hoje, de modo que alguém, ao querer comunicar algo secretamente a seus amigos que habitam uma cidadela e sem querer fiar-se em ninguém, mandava comunicados de excomunhão escritas segundo o costume, ao modo das entrelinhas, como disse antes, e mandava-as afixar nas portas das igrejas, as quais eram reconhecidas pelos contrassinais que levavam, arrancadas e lidas pelos destinatários. Modo muito cauteloso, porque seu portador pode ser logrado e não correr risco algum por causa disso. São infinitos os outros modos que cada um pode à sua maneira fingir e encontrar. Porém, com mais facilidade se escreve aos assediados do que estes para os amigos de fora, porque essas cartas não podem ser enviadas senão por alguém que saia da cidadela à maneira de um fugitivo, o que é coisa duvidosa e perigosa quando o inimigo é minimamente cauteloso. Quanto àqueles que enviam para dentro, pode o mensageiro enviado, sob inúmeros disfarces, andar pelo terreno que assedia e aí, chegada a ocasião propícia, escapulir da cidadela. Mas vamos falar das expugnações presentes, e digo que, se acontece de seres combatido na tua cidade, que não fosse ordenada com fossos em seu interior, como há pouco o demonstramos, se se deseja que o inimigo não entre pelos buracos das muralhas feitos pela artilharia (porque os buracos que faz não têm conserto), deves necessariamente, enquanto a artilharia dispara, cavar um fosso, do lado de dentro da muralha golpeada, com pelo menos trinta braços de largura, e jogar toda a terra cavada em direção à cidadela para se erguer um parapeito e deixar o fosso mais fundo; e convém que pressiones esses trabalhos de modo que, quando o muro caia, o fosso já tenha pelo menos cinco ou seis braços. E é preciso cercar com uma casamata cada flanco desse fosso enquanto ele é cavado. Quando a muralha é tão resistente que te dê tempo para fazeres o fosso e as casamatas, essa parte caída torna-se o lado mais forte de toda a cidade, porque tal anteparo vem a ter a forma que nós demos aos fossos internos. Mas quando o muro é frágil e te dê pouco tempo, então é preciso mostrares a *virtù* e confrontares o inimigo com os homens armados e com todas as tuas forças. Esse modo de proteger-se foi observado pelos pisanos, quando os assediáveis,[113] e puderam fazê-lo porque suas muralhas eram tão resistentes que davam tempo a eles, e o terreno sólido e muito bom para erguer parapeitos e construir anteparos. Se lhes faltassem essas conveniências, estariam perdidos. Portanto, sempre se deve prudentemente prevenir-se antes, cavando os fossos dentro da cidade e por toda a sua extensão, como há pouco vimos, porque, nesse caso, espera-se calma e seguramente o inimigo, estando com os reparos prontos. Muitas vezes, os antigos ocuparam as cidadelas com cavas subterrâneas de dois modos: ou eles faziam uma via subterrânea que chegava até a cidadela e por ela entravam (assim os romanos capturaram a cidade de Veios),[114] ou, com as cavas, tiravam os fundamentos de uma muralha, fazendo-a ruir. Esse último modo é hoje mais audacioso e torna as cidades erigidas no alto mais frágeis, porque facilitam a escavação. E colocando depois nas cavas aquela pólvora que num instante se acende, não somente se arruína uma muralha, como os montes também se abrem e as fortalezas todas em várias partes se desfazem. O remédio para isso é construíres no plano e fazeres o fosso que cinge a tua cidade tão profundo que, se o inimigo cavar mais fundo, aí encontrará água, que só é inimiga daqueles que escavam. Se a cidadela que tu defendes está em cima de uma colina, não podes remediar isso a não ser cavando dentro de tuas muralhas poços tão

---

113. No caso os florentinos, os interlocutores do romano Fabrizio. (N.T)
114. Ver Tito Lívio, op. cit., v, 7-22. (N.T.)

profundos, que sirvam como respiradouro para as cavas que porventura o inimigo escavasse contra ti. Um outro remédio é fazeres uma cava ao encontro da dele, quando souberes onde o inimigo a está cavando, modo esse que facilmente o detém, mas que dificilmente pode ser previsto quando se é assediado por um inimigo cauteloso. O assediado deve ter cuidado sobretudo de não ser atacado durante as horas de repouso, como depois de uma batalha, depois das guardas, ou seja, logo pela manhã ou ao entardecer, e sobretudo quando se fazem as refeições, momentos em que muitas cidadelas são expugnadas e muitos exércitos são arruinados pelo inimigo. Por isso se deve com diligência estar por toda parte defendido e bem-armado. Não quero deixar de vos dizer que o que torna difícil defender uma cidade ou um alojamento é ser obrigado a ter desunidas todas as forças que tens nelas, porque, podendo o inimigo investir como quiser, todo agrupado e de qualquer lado, é conveniente que todas as tuas posições estejam protegidas; assim, quem te ataca o faz com todas as suas forças, enquanto tu só com parte das tuas defende-te. O assediado pode ainda ser vencido totalmente, ao passo que o inimigo não pode ser mais que rechaçado; por isso, muitos que foram assediados ou no alojamento ou numa cidadela, ainda que inferiorizados, saíram com todos os seus homens de repente para fora e superaram o inimigo. Marcelo fez isso em Nola,[115] e César na França,[116] o qual, tendo os alojamentos atacados por um enorme contingente de franceses e vendo que não poderia se defender deles se dividisse suas forças em várias partes, e sem poder, estando limitado pelas paliçadas, golpear impetuosamente o inimigo, abriu o alojamento por um dos lados e, dirigindo-se para esse lado com todas as forças, atacou com tanto ímpeto e com tanta *virtù* que superou o inimigo e o venceu. Também a constância dos assediados muitas vezes deixa aqueles que os assediam desanimados e desesperados. Estando Pompeu combatendo César, e o exército deste padecendo de

---

115. Cláudio Marcelo, em 216 a.C. Ver Tito Lívio, op. cit., XXIII, 16. (N.T.)
116. Na Gália. Ver *De bello gallico*, III, 2-6. (N.T.)

fome, levou-se o pão que estes comiam a Pompeu; este, ao ver que era feito de capim, deu ordens para que seu exército não visse isso para não assustar seus homens, vendo que tipo de inimigo iam combater.[117] Nada honrou mais os romanos na guerra contra Aníbal quanto a constância deles, porque, mesmo na mais inimiga e adversa sorte, jamais pediram por paz, jamais deram algum sinal de temor; ao contrário, quando Aníbal estava nas cercanias de Roma, venderam-se mais caros os campos (onde este montara seus alojamentos) do que normalmente eram vendidos em outros tempos. E permaneceram tão obstinados em suas empresas que, para defender Roma, não quiseram suspender os ataques a Cápua, que, ao mesmo tempo em que Roma era assediada, os romanos a assediavam. Sei que vos disse sobre muitas coisas que por vós mesmos teríeis podido ver e considerar, no entanto o fiz, como hoje também se diz, para poder mostrar-vos, melhor por meio delas, a qualidade desse exercício e também para satisfazer aqueles, se o houver, que não tenham a mesma facilidade de entendê-la que vós. Nem me parece que reste disso mais alguma coisa para ser dita além de algumas regras gerais, as quais vos são muito familiares:

- O que serve ao inimigo a ti prejudica, e o que te serve prejudica o inimigo.
- Aquele que na guerra for mais cuidadoso em observar os desígnios do inimigo e mais tempo destinar aos exercícios o seu exército em perigos menores incorrerá e poderá esperar mais pela vitória.
- Jamais conduzas os teus soldados para a batalha se antes não tiveres te certificado da coragem deles e conheceres se não têm medo e se estão ordenados; nem jamais os coloques à prova, senão quando vires que eles esperam vencer.
- Melhor é vencer o inimigo com a fome do que com a espada, vitória em que pode mais a fortuna do que a *virtù*.

---

117. Ver Suetônio, *A vida dos Césares* (Júlio César, 61). (N.T.)

- Nenhuma resolução é melhor do que aquela que se esconde do inimigo até a hora em que tu o executas.
- Saber, durante guerra, reconhecer a ocasião e aproveitá-la vale mais do que qualquer outra coisa.
- A natureza gera poucos homens audaciosos; a indústria e o exercício geram muito mais.
- Na guerra pode mais a disciplina do que o furor.
- Quando alguns homens deixam as fileiras inimigas para te servirem, se forem leais, será sempre uma grande conquista, porque as forças adversárias se diminuem muito mais com a perda daqueles que fogem do que com os que morrem, ainda que o nome dos desertores seja suspeito aos novos aliados e odioso aos velhos.
- Ao ordenar a batalha, é melhor conservar bastantes reforços atrás da linha de frente do que, para torná-la maior, dispersar os soldados.
- Dificilmente se vence aquele que sabe conhecer as suas forças e as do inimigo.
- Mais vale a *virtù* dos soldados do que a multidão deles; e algumas vezes vale mais o lugar do que a *virtù*.
- As coisas novas e inesperadas assustam os exércitos; as coisas costumeiras e previsíveis são pouco estimadas por eles; por isso faz teu exército praticar e conhecer, com pequenas escaramuças, um inimigo novo antes que traves a batalha com ele.
- Aquele que persegue desordenadamente o inimigo depois que o derrotou não quer outra coisa senão vir a ser, de vitorioso, perdedor.
- Quem não prepara os víveres necessários é vencido sem espada.
- Quem confia mais na cavalaria do que na infantaria, ou mais na infantaria do que na cavalaria, que o lugar lhe favoreça.

- Quando queres de dia ver se há um espião em teu acampamento, manda todos os teus homens recolherem-se em seus alojamentos.
- Muda de resolução quando perceberes que o inimigo a previu.
- Aconselha-te com muitos sobre as coisas que deves fazer e comunica a poucos o que depois irás fazer.
- Quando estão nos quartéis, os soldados são mantidos pelo temor e pelo castigo; na guerra, pela esperança e pelo prêmio.
- Os melhores capitães jamais entram numa batalha se a necessidade não os obrigar ou a ocasião não lhes chamar.
- Faz com que o inimigo não saiba como queres ordenar teu exército para as escaramuças e, qualquer que seja o modo como o ordenes, faz as primeiras esquadras serem recebidas pelas segundas e pelas terceiras.
- Em uma escaramuça, se não quiseres causar desordem, jamais empregues uma companhia em uma ação para a qual tu não a encarregaste.
- Com dificuldade se acha remédio para os acontecimentos imprevistos; com facilidade, para os previstos.
- Os homens, a espada, o dinheiro e o pão são o nervo da guerra, mas, dos quatro, os dois primeiros são mais necessários, porque os homens e a espada encontram dinheiro e pão, mas o pão e o dinheiro não encontram nem homens nem espada.
- O desarmado rico é o prêmio do soldado pobre.
- Habitua teus soldados a desprezarem a vida delicada e as roupas luxuosas.

De modo geral, isso é tudo o que me ocorre lembrar e sei que seria possível dizer muitas outras coisas durante essa minha exposição, como estas: como e de quantas maneiras os antigos ordenavam as fileiras; como vestiam e como em muitas outras coisas se exercitavam; e acrescentar a isso muitas particularidades que não julguei ser necessário contá-las, seja porque podeis vê-las vós mesmos, seja também porque a minha intenção decerto não foi mostrar-vos como a antiga milícia era organizada, mas como em nossos dias se poderia ordenar uma milícia com mais *virtù* do que as de hoje. Donde não me pareceu falar das coisas antigas além do que julguei ser necessário para esta introdução. Sei ainda que poderia ter me estendido mais sobre a milícia a cavalo e depois discorrer sobre a guerra naval, porque quem reparte a milícia diz que ela é um exercício de mar e de terra, a pé e a cavalo. Do mar, não me atreveria a falar, por não ter disso notícia alguma, mas deixaria os genoveses e os venezianos falarem sobre isso, os quais, com estudos semelhantes, fizeram grandes coisas no passado. Da cavalaria também não quero dizer nada além do que já tenha dito, uma vez que é a parte, como disse, menos corrompida. Além disso, bem-ordenada a infantaria, que é o nervo do exército, necessariamente se fazem bons cavaleiros. Só lembraria a quem ordenasse a milícia em seu território que tomasse duas providências para ter bons cavalos: uma é que distribuísse éguas de raça pelo campo e acostumasse os seus homens a arrebanhar os potros como vós fazeis em Florença com os vitelos e os mulos; a outra é que, a fim de que os rebanhadores encontrassem comprador, proibiria de ter mulos aquele que não tivesse cavalo, de tal modo que quem quisesse ter uma só cavalgadura fosse obrigado a ter um cavalo; além disso, fosse proibido vestir-se luxuosamente quem não possuísse um cavalo. Vi essa ordenação empregada por algum príncipe nos nossos dias e, em pouquíssimo tempo, vi-o possuir em suas terras, em seu reduto, uma ótima cavalaria. Acerca das outras coisas de que se espera dos cavaleiros, remeto-me tanto ao que hoje já disse aqui quanto ao que se costuma fazer. Desejaríeis talvez saber, ainda, o que cabe a um capitão? Algo de que vos satisfarei brevissimamente, porque não saberia escolher outro homem a não ser aquele que soubesse fazer todas as coisas sobre as quais falamos aqui hoje, o que não bastaria caso ele não soubesse encontrar outras coisas por si mesmo, pois ninguém sem inventar jamais tornou-se um grande homem no seu ofício, e se a invenção honra os outros ofícios, acima de todos neste te faz honrado. Vê-se cada invenção, ainda que débil, ser celebrada pelos escritores, como se vê ao louvarem Alexandre Magno, que, para desalojar mais secretamente, não sinalizava com a trombeta, mas com um chapéu sobre uma lança; é louvado também por ter ordenado a seus soldados que, nas escaramuças com os inimigos, apoiassem o joelho esquerdo no chão para poder mais firmemente conter o ímpeto deles, o que, tendo lhe dado a vitória, rendeu-lhe também muitas homenagens, como as estátuas erguidas em sua honra dessa maneira. Como é hora de acabar essa exposição, quero voltar ao nosso propósito inicial, e em parte escaparei daquele castigo com o qual se costuma condenar nesta terra aquelas que não voltam. Se vos recordais bem, Cosimo, vós me dissestes que não conseguíeis encontrar a razão por que eu, um entusiasta da Antiguidade e um crítico dos que não a imitam nas coisas graves, não a havia imitado nas coisas da guerra, na qual me dediquei; ao que respondi que os homens que querem fazer uma coisa devem primeiro se preparar para saber fazê-la e depois executá-la quando a ocasião o permitir. Se eu saberia reconduzir a milícia nos modos antigos ou não, quero que vós me julgueis, uma vez que ouvistes discorrer longamente sobre esse assunto, donde pudestes conhecer quanto tempo me consumi nesses pensamentos, e também acredito que imagineis o quanto desejo tenho de efetivá-los. E se eu o pude fazer, ou se nunca me foi dada essa ocasião, facilmente podeis conjecturar sobre isso. Mas, para deixar-vos mais seguros, e para justificar-me melhor, quero ainda aduzir as razões disso, e em parte cumprirei o que vos prometi mostrar: as dificuldades e as facilidades que há hoje em tais imitações. Digo, pois, que não há imitação mais fácil de se fazer hoje do que reconduzir a milícia aos modos antigos, mas tão somente por aqueles que são príncipes de estados que possam reunir pelo menos quinze ou vinte mil jovens entre seus súditos. Por outro lado, nada é mais difícil do que isso para aqueles que não têm tal efetivo. Para que entendeis melhor esta parte, deveis saber quais são as duas razões pelas quais os capitães são louvados. Uns o são porque produziram grandes feitos com um exército ordenado por sua disciplina natural, como o fizeram a maior parte dos cidadãos romanos e outros que guiaram os exércitos, os quais não tiveram outro trabalho que o de mantê-los bons e guiá-los com segurança. Outros o são porque não só superaram o inimigo, mas porque, antes de se encontrarem com este, precisaram formar um exército bom e bem-ordenado; estes sem dúvida merecem ser muito mais louvados do que aqueles que com exércitos antigos e bons agiram virtuosamente. Entres estes houve Pelópidas e Epaminondas, Tulo Hostílio, Filipe da Macedônia (pai de Alexandre), o rei da Pérsia Ciro, o romano Graco. Todos esses tiveram primeiro que formar um exército bom e depois combater com ele. Todos esses conseguiram isso seja por ter prudência, seja por ter súditos disponíveis para guiá-los em semelhantes exercícios. Nem jamais teria sido possível que um deles, ainda que homem excelentemente dotado, tivesse podido em uma província estrangeira, repleta de homens corruptos, desacostumados a obedecer honestamente, realizar alguma obra digna de louvor. Na Itália, portanto, não basta saber governar um exército pronto, mas primeiro é necessário saber formá-lo e depois saber comandá-lo. E para isso é preciso ser um príncipe que, por ter muitos estados e muitos súditos, tenha facilidade de o fazer. Eu jamais os poderia comandar; apenas exércitos estrangeiros e de homens submetidos a outros e não a mim é que posso comandar. Se é possível ou não introduzir alguma das coisas comentadas por mim hoje, deixo ao vosso juízo. Quando eu poderia fazer nos dias de hoje um soldado carregar mais armas do que o costume e, além das armas, comida para dois ou três dias, além da pá? Quando eu poderia obrigá-lo a cavar ou mantê-lo todos os dias, e por várias horas, armados durante os exercícios de simulação, para poder me valer deles de verdade? Quando se absteriam eles dos jogos, da luxúria, das blasfêmias, das insolências a que hoje em dia estão acostumados? Quando se reuniriam eles tão disciplinada, obediente e reverentemente, a ponto de uma árvore carregada de frutos encontrada no meio dos alojamentos ali fosse deixada intacta, como se lê acontecer muitas vezes nos exércitos antigos? O que posso prometer a eles mediante o qual eles com respeito passem a me amar ou temer e, quando terminada a guerra, eles não tenham mais nada para acertar comigo? Do que posso fazê-los se envergonhar, se nasceram e cresceram sem vergonha? Por que eles me respeitariam se não me conhecem? Para que Deus ou para que santos eu posso fazê-los jurar? Para os que eles adoram ou para os que eles insultam? Não conheço nenhum que adorem, mas bem sei que insultam a todos. Como posso acreditar que eles cumpram as promessas a quem a todo instante desprezam? Como podem aqueles que desprezam a Deus respeitar os homens? Qual seria então a boa forma possível a ser impressa nessa matéria? E se vós me alegásseis que os suíços e os espanhóis são bons, eu vos confessaria que eles são, de longe, melhores do que os italianos; mas, se observardes a minha exposição e o modo de ambos agirem, vereis como falta a eles muitas coisas para chegarem à perfeição dos antigos. Os suíços tornaram-se bons por causa de um uso natural causado por aquilo que hoje vos disse; e os espanhóis pela necessidade, porque, ao lutarem em uma província estrangeira, segundo seu parecer, obrigados a morrer ou a vencer por não haver como fugir, vieram a ser bons. Mas é uma bondade em boa parte defeituosa, porque nela não há nada de bom além de estarem acostumados a esperar o inimigo até este chegar à ponta do seu pique e da sua espada. Nem aquilo que falta a eles alguém estaria apto a ensiná-lo, muito menos alguém que não falasse a sua língua. Mas voltemos aos italianos, os quais, por não terem tido príncipes sábios, não constituíram nenhuma boa ordenação e, por não terem tido aquela necessidade que tiveram os espanhóis, não a obtiveram por si mesmos, de tal forma que seguem sendo o opróbrio do mundo. Mas os povos não têm culpa disso, e sim seus príncipes; estes foram castigados por isso e pela sua ignorância sofreram castigos justos, perdendo ignominiosamente o estado e sem exemplo virtuoso algum. Quereis ver se isso que digo é verdade? Considerais quantas guerras houve na Itália da passagem do rei Carlos até hoje,[118] e ainda que as guerras costumem produzir homens belicosos e reputados, quanto mais ferozes e grandiosas elas foram, mais a reputação de seus participantes e capitães arruinaram. Disso vem que as ordenações costumeiras não eram e não são boas; e das novas não houve ninguém que soubesse empregar algo delas. Nem jamais acrediteis que se possa recuperar a reputação das armas italianas, senão por aquela via que eu demonstrei e mediante aqueles que possuam grandes estados na Itália, porque se pode imprimir essa forma nos homens simples, rústicos e próprios, mas não nos maus, mal-educados e estrangeiros. Nem jamais se encontrará algum escultor bom que creia poder fazer uma bela estátua com um pedaço de mármore malcinzelado, mas sim de um pedaço bruto. Os nossos príncipes italianos acreditavam, antes que eles sofressem os golpes das guerras cisalpinas, que bastaria a um príncipe estar em seus escritórios e pensar em alguma resposta aguda, escrever uma bela carta, mostrar nos ditos e nas palavras argúcia e prontidão, saber tratar uma fraude, ornar-se de pedras preciosas e ouro, dormir e comer com maior esplendor do que os outros, rodear-se de muita luxúria, governar seus súditos avara e soberbamente, apodrecer no ócio, conceder graus militares de graça, desprezar alguém que lhe tivesse mostrado uma saída louvável, pretender que suas palavras fossem tais como as de um oráculo; tampouco se davam conta, os mesquinhos, de que se preparavam para ser presa de qualquer um que os atacasse. Disso advieram, em 1494, os grandes sustos, as fugas repentinas e as milagrosas derrotas, e assim três poderosíssimos estados italianos foram várias vezes saqueados e destruídos.[119] Mas o pior é que os remanescentes cometem o mesmo erro, vivem na mesma desordem e não consideram o que fazia quem antigamente queria possuir um estado, todas aquelas coisas que por mim foram faladas, e que o estudo delas servia para preparar o corpo para suportar

---

118. Carlos VIII, em 1494. (N.T.)
119. Milão, Roma e Nápoles. (N.T.)

os desconfortos e o espírito para não temer os perigos. De onde se viam César, Alexandre e todos aqueles homens e príncipes excelentes entre os primeiros combatentes, iam armados e a pé; e, se por acaso perdiam o estado, eles prefeririam perder a vida, de tal modo que viviam e morriam virtuosamente. E se neles, ou em parte deles, se podia condenar a demasiada ambição de reinar, jamais se os condenará por molícias ou alguma coisa que torne os homens delicados e imbeles. Coisas que, se fossem lidas e cridas por aqueles príncipes, seria impossível que eles não mudassem sua forma de viver, e as suas províncias não tivessem melhor fortuna. E como vós, no princípio dessa exposição, vos condoestes da vossa ordenança, eu vos digo que, se vós a ordenastes como eu expus e isso não trouxe bom resultado, vós podeis se condoer disso com razão, mas se ela não foi ordenada assim e exercitada como eu disse, é ela que pode condoer-se por ter produzido um aborto, não uma figura perfeita. Também os venezianos e o duque de Ferrara a começaram, mas não a seguiram, o que aconteceu por erro deles, não de seus homens. Eu vos afirmo que o primeiro príncipe, entre os que possuem um estado na Itália, que hoje tomar essa via virá a ser, antes de qualquer outro, senhor desta província; e acontecerá ao seu estado o que aconteceu ao reino da Macedônia, que, sob as ordens de Filipe,[120] que havia aprendido o modo de ordenar os exércitos com o tebano Epaminondas, tornou-se, com essa ordenação e com esses exercícios (enquanto a Grécia estava em ócio, ocupada em representar comédias), tão potente que pôde, em poucos anos, ocupá-la toda e deixar a seu filho esse fundamento, que pode fazê-lo príncipe de todo o mundo. Aquele então que despreza tais pensamentos, se ele é príncipe, ele despreza o seu principado; se ele é cidadão, sua cidade. E eu me queixo da natureza, que ou não devia ter me feito conhecer isso, ou devia ter me dado condições para poder executá-lo. Nem penso tampouco, sendo velho, poder ter ocasião para tanto, por isso estou à vontade no meio de vós, que, sendo jovens e qualificados, podereis, se as

---

120. Filipe II, rei da Macedônia. (N.T.)

coisas ditas por mim vos agradaram, no devido tempo, em favor de vossos príncipes, ajudá-los e aconselhá-los. Não quero que vos assusteis ou desconfieis de vós mesmos, porque esta província parece nascida para ressuscitar as coisas mortas, como se viu na poesia, na pintura e na escultura. No tocante a mim, porém, pelo avançado dos meus anos, não confio mais nisso. E na verdade, se a fortuna tivesse me concedido anos atrás tanto estado quanto necessário para semelhante empresa, acredito que, em brevíssimo tempo, eu poderia demonstrar ao mundo quanto valiam as antigas ordenações; e, sem dúvida, ou eu o teria aumentado com glória ou o teria perdido sem opróbrio.

lepmeditores
www.lpm.com.br
o site que conta tudo

IMPRESSÃO:

PALLOTTI
GRÁFICA

Santa Maria - RS | Fone: (55) 3220.4500
www.graficapallotti.com.br